救赎

小黑羊 / 著

天津出版传媒集团

天津人民出版社

图书在版编目（CIP）数据

救赎 / 小黑羊著 . — 天津 : 天津人民出版社，
2018.5（2024.1重印）
  ISBN 978-7-201-13224-2

  Ⅰ . ①救… Ⅱ . ①小… Ⅲ . ①长篇小说 – 中国 – 当代
Ⅳ . ① I247.5

中国版本图书馆 CIP 数据核字（2018）第 073492 号

救 赎
JIUSHU
小黑羊 著

出　　版　天津人民出版社
出 版 人　黄　沛
地　　址　天津市和平区西康路 35 号康岳大厦
邮政编码　300051
网　　址　http://www.tjrmcbs.com
电子邮箱　tjrmcbs@126.com

责任编辑　张潇文
封面设计　杨泽江

制版印刷　三河市同力彩印有限公司
经　　销　新华书店
开　　本　660 毫米 ×960 毫米　1/16
印　　张　19.25
字　　数　274.5 千字
版次印次　2018 年 5 月第 1 版　2024 年 1 月第 2 次印刷
定　　价　63.80 元

目　　录

第一章

（A）

人生来便是愚蠢的，倘若不加管制，让这些愚蠢泛滥开，就可以荒芜掉一个人的人生。只是大多数人能力不足，无法对愚蠢进行有效的管制，于是便导致了满目的荒原。叶永当然觉得他是愚蠢的，只不过没有周围人明显罢了。或许正因如此，他才能心安理得地冷眼旁观。

他比他的同学大了三岁，小时候家里没钱，学习就被耽误了。他明白这是迫不得已，却没有宽宏地原谅，他恨他父亲。那个叫叶振东的混蛋在他三岁时就离开了他，在这点上叶永并没有怪罪，毕竟每个人都有权力去选择自己的生活，可是将近二十年，那家伙满足了吗？得到了吗？还不是现实地活在最底层？每次想到这里，叶永都会咬牙切齿地诅咒。牺牲掉最亲的人的幸福，换来的却是实实在在的苟且偷生，叶永无法原谅这种看不清自己能力却敢于抛弃至爱去赢得失败的人，这种人结合了愚蠢与自私，伤害自己也在伤害他人。

父亲走后，他的母亲不久就精神分裂了，有人说是因为思夫，叶永实在弄不懂这种夫有什么好思的。但活生生的现实摆在眼前，无法逃避，只能试图去接受。每次去医院看她的时候叶永都会很难过，看到她露出一口黄板牙时叶永会很愤怒。他的满腔怒火全都发泄在那个混蛋身上。这种恨并没有随着岁月流逝而被洗净，反而日积月累起来。

母亲病后，外婆独自承担起抚养他的义务——靠着扫马路的工作。应该说这个世界是很美的，几乎所有人都在不辞劳苦地去爱，连患精

1

神病的母亲有时也会给叶永一个温暖的拥抱。是的，倘若没有叶振东的出现，一切都会很美，他的母亲也会在家过着相夫教子平淡如茶的生活，不必在医院里被人怜悯。不，应该说不必被人鄙视，怜悯只是包装鄙视的外壳。叶永自己体会过那种滋味。那是在他小学时，无父有病母的事实被人捅出去了，班上一下子就炸开了锅，有人表示嘲笑，有人表示关切，形式不同，但本质却都是血淋淋的伤害——凭他们的程度，自然想不到用自己的幸福去咀嚼他人的不幸实际上是一种罪恶，或者说想到了却以自己的罪恶为傲——并不是每一个人都想去做一个中规中矩的好孩子。于是，小学六年，叶永成长得比他的同学都快——毕竟痛苦是成长最好的催化剂。初中之后，叶永变得非常小心，对年龄、家庭状况等守口如瓶。

　　他瞧不起他的同学们，准确地说是恨他的同学们。他们一遍又一遍地向叶永抱怨自己的家长多么严格，多么不尽人意，每到这时叶永都会很难过。他们拥有的爱实在是多得泛滥了，可是叶永呢？唯一得到的父母之爱就是医院里母亲偶尔一次的拥抱。有好几次叶永都想吼出来，但最终都忍住了，小学那段时光都走过来了，何况是现在呢？

　　每次去医院的时候都会经过一条鹅卵石铺就的小路，每到秋天那里都会铺满落叶。叶永最喜欢一脚踩上落叶，仔细地欣赏落叶粉身碎骨的声音。秋风是了无声息的，就那么轻柔地吹过去，带着草木欣欣向荣的清香味。是啊，如果不是去医院，而是去散步或是去其他什么地方，该多好啊，这样的天气，这样的风景。只是世上没有如果，叶永要去的地方就是医院，他去医院的原因就是有个精神病母亲。想到这里，叶永脚上的力气不知不觉就加了几分。叶永知道，其实这也说明他的无能为力，因为只有无能为力的人才会拿周遭不相关的人或物出气。

　　打开病房的门就是一股略微刺鼻的药味，眼前出现几张病床，他的母亲就躺在最角落的地方。她的头发是凌乱的，可以显示这里护士的粗心——但也没办法，谁叫这里是全市开价最低的医院。叶永径直走进去，看了看四周，周围的人要么神情呆滞，要么咧嘴傻笑。叶永实在不想让母亲在这种地方待下去，可家庭情况实在没有办法让她转入更好的医院。

母亲分明看到了叶永："小永，来了。"她咧开嘴笑。

"嗯，来看看你。"叶永坐到母亲身边。

"好，好。"

"妈，今天过得怎么样？"

"好，好。"

"妈，我马上要上高中了。"

"好，好。"

"你就不能换个回答？"

"好，好。"

叶振东，你知道这里发生的一切吗？

每次在路上碰见外婆的时候，看着外婆费力地挥着扫把，叶永的心里都是五味杂陈的。他明白，以外婆这个年纪，根本不必负担起养家糊口的重任。只是世事难料，想必外婆以前也不会知道，她的晚年生活会轻而易举地被一个男人给毁了。但尽管如此，她依然顽强地活着，甚至在家的时候会给叶永一个微笑，表示今天一切安好，虽然根本没那个必要。叶永当然知道一切安好，但叶永心领了这份好意。

有的时候，叶永真的很恨这个世界。这个世界是不公平的，有人犯了错，可无辜的人却要为他承担后果，这叫什么玩笑。可看到外婆笑容的时候叶永又会觉得温暖，虽然他打心里抗拒这笑容背后隐藏的令人沉沦的气息。叶永曾经得出这样的结论：一个人如果爱这个世界，就说明他已经对现状足够满足；而一旦一个人对现状足够满足，则必然会安于现状，不思进取，从而导致能力低下，以至于想进取的时候无能为力。而叶振东却更进了一步，固执地和自己的无能做斗争，明知希望渺茫，付出与回报不会成正比，却牺牲掉亲人的幸福去满足自己尚未成熟的虚荣心。是的，叶永绝不会步他的后尘，因此，他必须抛弃柔软，用尽全力去恨，然后从中汲取力量前进。

只是有的时候，叶永会累，那种心里全是负面情绪的感觉让叶永很难受。累的结果是叶永更加恨叶振东，是叶振东把他变成现在这个样子的。叶永早就没有退路了，拥有这样的家境，未来他只能自己一人披荆斩棘，他没有资格像别人那样沉沦，他只能不断向前冲，直到他有能力独当一面。

站在永平五中的门口，叶永对自己笑笑。过去他可没想到会真的来到这所中学。他承认他对高中生活是有期待的，可是中考成绩却把期待毁了大半。那个时候是七月，是夏天大张旗鼓来临的时候，空气中有种令人烦闷的燥热。看到成绩的时候，叶永感到一种万籁俱寂的凉意。其实失败的人并不可悲，可悲的是那些绝不允许自己失败的人失败了。这是叶永头一回真真切切地感到耻辱。周围的同学谈笑风生，互相恭喜对方或为对方遗憾，偶尔会有人过来安慰叶永，替叶永感到惋惜。而叶永却只觉得烦躁，他很讨厌别人用关心的形式触及自己的敏感部位，小时候如此，现在也如此。

"都去死吧，一群装模作样的家伙，你们，都去死吧。"叶永在心里不停地诅咒。当然他不会明白，他之所以会这么想，究其根本还是他太小了。

二流的学校就是二流，连军训服装都是二流，才发下来的衣服就到处都是线头。请来的教官也令人恼火，不过只是二十出头的年轻人，脱离了学生阶层便觉得自己和学生们在思想上有了本质区别，觉得眼前这些未经世面的家伙不过是群小鬼。叶永觉得真是可笑。军训的几天他一直用看小丑的态度看他们表演，看他们笨拙地展现威严，看他们装模作样地与学生亲近。恐怕他们觉得自己真的能在威严与温和间游刃有余地转换吧，实际上他们和叶振东一个德行——自以为是的家伙们。还有他的同学们，真是什么样的都有。有的刚进了高中就被要成为大人的虚荣心所支配，笨拙地和教官用大人的口吻开着玩笑；有的还未从青春期的阴影里逃脱出来，顶着乱七八糟的头发，肆无忌惮地用粗话与人打交道；还有些人比较内向，话说得比较少——叶永比较喜欢这种人，毕竟他们不会张牙舞爪地展现自己的愚蠢。只有班主任令他稍稍满意，虽然和教官聊天的时候手舞足蹈像个孩子，但面对学生时威严毕露，即使微笑也会给人一种可信的感觉，一看就是高手。

军训的那几天一直没有下雨，太阳火辣辣的，不知疲倦地散发着光与热。每当感到汗珠在打滚的时候，叶永都会望望天。天空是淡灰色的，作为一个工业化刚刚起步的城市，这里的天只有在雨后才会呈现出一种澄澈透明的蓝。真是个悲哀的城市，叶永想。

（B）

踏上火车的时候，叶平有一种怅然若失的感觉。不知不觉自己就不再是个学生了，应该觉得可喜可贺，可叶平却感觉心里空落落的。已值六月，这个时候正是春天与夏天的拔河时期，气温在临界线边摇摆不定，动不动就会让人觉得烦躁。但叶平却异常冷静，看着窗外飞驰的风景，心中空白成一片。

作为普通人，叶平有作为普通人的自觉，他从未想过自己会某一天一鸣惊人。自己的能力和成就往往是相对应的，叶平倒是不认为自己有多大的能力，因此对自己的预期定位比较低。不过这样也好，人生如茶，清茶最为爽口。

他从小一个人跟着父亲，母亲在很小的时候就跟人私奔了，父亲却一直没有再婚。他曾不止一次地问父亲，妈到底为什么不要他们，父亲却总是笑笑不语。有时叶平闹得凶，父亲没有办法，就说她只是年轻，要去闯闯。叶平不明白，吵着让他继续说，父亲就轻轻摸摸叶平脑袋："乖，你妈只是去旅行了，会回来的，会回来的。"只是妈回来的日期一直在无限期延长。

叶平觉得这纯粹是自欺欺人。

其实有的时候，叶平真的会因为没有母亲而自卑。但是他很少说出来，尤其是在父亲面前。因为他知道说出来会让父亲难过，毕竟父亲所承担的，远比他承担的多得多。世上很多事情都一样——沉默是金，说得太多不仅会伤害自己，也会伤害他人。

在大学他像几乎所有的大学生一样谈了恋爱，又像几乎所有的大学生一样将毕业当成了分手仪式。他的女朋友叫杨欣，他们第一次见面是在 KTV 里。他记得那家 KTV 的灯光是五颜六色的，灯光有规律地旋转，在地板和墙壁之间平添了一份斑斓。他被朋友邀来庆祝生日，杨欣喝了很多酒，一边喝一边扯着嗓子叫，手舞足蹈像个疯子，全然不理会别人的目光。结果杨欣跳着跳着，突然一个趔趄倒在叶平身上。叶平不知所措，呆呆地看着杨欣缓缓抬起头，呆呆地看着杨欣理了一下头发，呆呆地看着杨欣微微一笑，呆呆地看着杨欣轻轻吻了自己。

事情总是这么奇妙地进展着，超越了人们的想象。叶平没有任何反应，只是觉得那一吻有着浓郁的酒味。他听到了旁边人的起哄声，他紧张起来，开始用眼角瞟着四周，但他只看到了一张张被灯光照得朦胧的、表情夸张的脸。他又将目光集中在杨欣脸上，杨欣的脸庞泛着红晕，不知是因为喝酒还是因为羞涩，刘海斜斜下垂，遮住一只眼睛。叶平突然发现，杨欣是如此漂亮，倾国倾城。

再然后，他们恋爱了。

没了酒劲的杨欣是一个很正常的女孩，活泼可爱，只是有时她会闹。他们曾一起骑着自行车在沿江的马路上飞驰，他们也曾在花前月下互诉衷肠、拥抱亲吻，他们甚至曾一起进了情侣旅店，在狭小的房间里上演在羞涩和欲望之间挣扎的好戏，享受着仿佛飞一样的缠绵迷乱。大学生活对叶平而言是最珍贵的回忆，叶平也正是在大学彻底地脱茧了，整个人完成了脱胎换骨的质变，举手投足都已经带上了成年人特有的气息。叶平也明白自己变了不少，并为此小小地欣喜着。

他们最后一次见面是在毕业前夕，天气正缓缓地预热，他们像所有大学情侣一样讨论毕业后的去向。杨欣是南京人，而叶平是永平人，他们都想回各自的家乡生活，并都试图劝服对方去自己的家乡。于是不可避免地，他们起了争执。叶平说他爸这么多年一个人养他不容易，他想多陪陪爸。杨欣不知怎么就胡搅蛮缠起来，问叶平爱她多一点还是爱他爸多一点。叶平说爸只有一个，杨欣就大声嚷嚷，说难道她就不是一个，难不成叶平喜欢上了其他人？然后她就气冲冲地自顾自走了。叶平想挽留她，拉住她的胳膊，却被她一把甩开。当时叶平也被杨欣弄得有点焦躁，就暂时没有管她。回到宿舍后叶平又给杨欣发了短信，但没有收到回复，给她打电话，没人接。于是叶平就明白，两人在毕业后的去向这个问题上不会给彼此留有余地，一切也都结束了。

那天晚上他静静地看着天花板，等着夜幕降临，又等着天色渐亮。手机一直在手心紧握，只是一直没听到他所期盼的铃声。等到外面天放亮，开始有喧闹声的时候，叶平终于睡着了，一觉醒来，已是次日晚上，窗外漆黑的夜被点点灯光斑驳着。

他没有哭，因为他曾为这天做好了心理准备。可即使再有准备，悲伤来的时候还是会让人觉得猝不及防。叶平爬起来，打开令人失望的电话记录和收信箱，艰难地笑了。

他终究是一个人踏上火车，没有人送他。他站在汹涌的人流里，像是迷了路的小鹿。

出火车站的时候叶平差点没看见父亲。父亲一个人站在人海里，踮脚抬头，拼命张望——但这也不能改变他几乎被人潮淹没的事实。父亲看到叶平时，先是眼前一亮，然后咧嘴一笑，满脸的皱纹像水波般荡漾开来。父亲摸摸叶平的头："好小子，又长高了。"叶平突然觉得自己回家了，即使要到家还有一截路，可是这个时候，他真的有一种找到依靠的感觉。

"爸，开啥玩笑？我多大了，还能长？"叶平笑着调侃。

父亲只是笑笑，然后就弯起腰准备帮叶平拿行李。叶平看着父亲略微佝偻的脊背，有了一种想哭的感觉。他轻轻拥住父亲："爸，我回来了。"

父亲的身体猛然抽动了一下，然后一动不动，维持了那个弯腰的姿势几秒。但他最后缓缓站起，拿过了叶平的行李。

他们一路寒暄，可叶平觉得父亲有点心不在焉。但叶平并没有在意，因为他回来了，他回家了。即使在外面经历了那么多，心里填充了那么多的悲伤，但是他终究还是回到了能让自己依靠的地方。

叶平没有意识到，在他这么想的时候，他的内心已经开始背叛杨欣，因为他已经将杨欣当作了"外面"的一部分。

杨欣，我回家了，你呢？

之后叶平参加了永平五中的教师招聘考试，非常顺利地通过了。父亲做了一大桌菜恭喜他，叶平也很高兴，毕竟自己心里的一块石头终于落了地，他现在可以自食其力了。父子俩相互举杯，不一会儿一瓶酒就见了底。叶平不知道他自己是什么时候醉的，但他清楚地记得父亲喝醉时反复重复的两个字：若潇。

李若潇是母亲的名字。

醒来时已是第二天清晨，父亲已将桌子收好，还端上了热腾腾的早餐，桌面已经完全没有昨晚狼藉的样子。吃饭的时候，叶平一边舀着粥，一边用眼角的余光死死盯着父亲，若无其事地问："爸，这么多年，为什么不再找一个呢？"

叶平清晰地看见父亲的肩膀微微颤动了一下。

"傻孩子，我要是再找一个，你指望你后妈能好好待你？还是说，你就想找一个后妈？"父亲抬起头，笑吟吟地看着叶平。

"嗯，有时候，也挺想，毕竟你一个人过了那么多年，也需要一个伴了。"叶平说。

"真的？你还真希望你老爸能有个伴？"父亲从上衣口袋拿出烟盒，从里面抽出一根烟，放到嘴边。然后拿出打火机，准备点烟。

"当然。不过爸，你要找老伴的话注意点，不要找像我妈那样的就行，要有点责任心的。"叶平假装没在看父亲。

父亲点燃烟，深吸一口，然后吐出一个完美的烟圈："放心，儿子。"

叶平轻轻叹了口气，继续吃粥。

永平城是座很奇妙的城市，作为城市化刚刚起步的小城，它将原始与现代化融于一身。这里既有已经落后的、被岁月斑驳殆尽的低矮平房，红砖墨瓦，蜘蛛网虬结成看不清楚的一团，也有锋利的、直插云霄的高楼大厦，周围的霓虹灯围绕大厦，众星拱月般。这里的天空永远不会蓝得彻底，也不会灰暗得彻底，只会一直平稳地维系在一个恰到好处的点。

临近开学的傍晚，叶平像以前那样站在家里的阳台上，俯瞰这座城市，看着灯光一点一点将夜幕蚕食。叶平静静地站了很长时间，然后拿出手机，犹豫了一会儿，点进了杨欣的空间。

杨欣发了一条新"说说"：才发现生活没有想象的那么简单。

叶平将手机又重新放回兜里，闭上眼睛。杨欣，你在经历什么呢？没有那么简单？唉，算了吧。叶平轻轻笑笑，都过去了，也许是找到一段新的恋情了，正为此苦恼吧。想到这里，叶平又笑了一下，原来你还在我心里啊，我亲爱的。

没错，那种苦涩的感觉，错不了的。

这时，父亲走到叶平身边："叶平，看风景呢。"

"嗯。"叶平应道。

"马上就要当别人的老师了，什么感觉？"父亲说。

"什么感觉……"叶平想了一会儿，"就是有点紧张，有点激动。而且，马上要拿工资了，挺高兴的。"

"还没工作就想着拿工资？你想得倒挺远。"父亲调侃道，"小伙子一点儿不踏实。"

"要没钱的话，哪能叫工作呢？"

"叶平。"短暂的沉默后，父亲的语气严肃起来。

"嗯？"叶平依然在看着风景，"干吗？"

沉默了很久，父亲说："这么多年，你恨你妈吗？"

叶平犹豫了一会儿："不知道，也许，有点吧。"然后又顿了一会儿，继续说，"都快二十年了，妈到现在都没回来一次，说一点也不恨，恐怕没什么人相信吧。"

"也对。"父亲笑笑，"这么长时间也难为你了，没妈的滋味不好受吧。也怪我当时没有留住她。"

"爸，"叶平终于问了，"这么多年，你还是……记得她？"

叶平其实自己也知道"记得"用得不对，可是叶平实在没法说出"爱"这个字。他挺害怕"爱"会触犯到父亲心里最敏感的位置。

"怎么可能不记得呢？"父亲的脸上看起来没有出现任何慌乱，"她毕竟是你妈妈啊。"

于是叶平就知道自己已经没有问下去的必要了，父亲制成的茧异常坚实。

开学初叶平进了永平五中，那天天气还行，虽然有点热，但是有风吹来的时候会有片刻的凉意。校门口的参天大树像是在欢迎客人，偶尔发出"沙沙"的响声，像是在弹着某种乐器。大门上方的牌子上刻着四个大字——永平五中，而且还镶了金边，似乎象征着这所中学的荣耀。

叶平有预感，在这里，他的生活一定会发生什么，对，一定会。

（C）

当叶平走在永平五中的小路上，心情愉快地看着周围的风景时，叶永正在阳光下站立，面无表情地诅咒着周围的一切。的确，世上总会发生这样的事情，几乎同一地点同一时间，有人在放开心窗去爱，而有人却在用尽全力去恨。

此时叶平正斜倚在操场的栏杆边，抬眼望去，椭圆形的操场上，学生们列成了一个个方阵，秩序井然，仿佛列阵的士兵。教官们则像将军一样站在方阵的前方，举手投足颇有挥斥方遒的气势。而叶永便是士兵中的一员，不过他倒是没有作为士兵的觉悟，毕竟应该没有士兵会动不动送将军一个嘲讽的冷笑。他站在队形中，静静打量着周围的一切。

不一会儿，学生开始练正步。叶平饶有兴趣地看着教官猛然将手挥下，一声吼，学生们便像是上了发条的机器，一齐向前方迈步，动作整齐划一。各个方阵就这样交换了位置。叶平觉得这倒真颇有军队的气氛。而叶永则隐藏在移动的方阵中，满心愤懑地甩着腿脚。

天空依然半蓝半灰，微风依然时隐时现。

集体休息的时候叶平注意到一名学生，那学生不像周围的学生那样有说有笑，他只是一个人低着头，偶尔把头抬抬，又把头低下去。叶平不知道为什么，虽然那孩子穿的是学生统一的军训服，但他觉得那孩子浑身散发着什么说不清的东西，让人感觉凉凉的——那孩子是叶永，他正低着头听着周围人毫无营养的谈话，偶尔抬起头看看朦胧的天。

这时，叶永注意到有人在看他，他猛然回过头，看到了栏杆边斜倚着的叶平，白衬衫，黑中裤。两人视线相对。几秒钟之后，叶平觉得这么看着有点尴尬，于是抬起手挥了过去。叶永一愣，显然没有料到对方会这么做。出于礼貌，他还是僵硬地挥了一下胳膊，然后低下头不再看叶平。但那倒不影响叶平的兴致，也许是受到叶永那一挥的鼓舞，他四处在操场上搜索指向他的目光，然后用力地朝他们挥手。但无一例外，叶平没有受到像第一次那么友好的待遇，大多数人都忽视了叶平善意的挥手，这让叶平有点垂头丧气。

叶永一直用余光将一切尽收眼底，他叹了口气，轻轻摇了摇头。他突然觉得朝那个男人挥手是个错误。叶平几经挫折，终于感受到叶永的好，只是无奈，休息结束，所有方阵重新开始走正步，叶永彻底淹没在人海中，叶平根本找不到他。

叶平回到家后，父亲已经为他做好香喷喷的菜。

叶永回到家，彻底累瘫，但他只是在地上躺了一会儿，就挣扎着站起，打开冰箱，考虑今晚热哪些剩菜吃。

第二章

（A）

　　每次军训完叶永都觉得自己忍受了莫大的屈辱，他看不惯教官颐指气使的样子，仿佛自己当真攥了多大权力似的。叶永找不到任何理由在这种货色手下卑躬屈膝。他每天数着军训还有几天，但是日子仿佛无穷无尽，明明只有七天，却像是被拉成了无限长。

　　日子在每天减少，愤怒在每天积累。叶永越来越焦躁，终于，他爆发了。

　　那是阳光明媚的一天，太阳明媚到足以让所有人诅咒这令人窒息的温度。叶永感觉他浑身火辣辣的，汗水凝结在衣服和体表之间，将两者牢固地结合到一起。周围的同学都在抱怨这该死的天气，希望能快点下雨。叶永没有附和，但也在期盼着一场奇迹般的大雨，能够将他从这种处境拯救出来。教官仍然站得笔直，口令依然响亮有力。也只有在这时候，他才能勉强对教官产生一丝的敬意——只是在看到教官在吆喝命令的时候，这些仅有的敬意会一扫而光。

　　"立正！"教官大声吼。

　　"向右看齐！"

　　"向前看！"

　　"稍息！"

　　"立正！"

　　……

口令不断在嘈杂的操场上响起，又不断地被别的口令淹没，然后又是新的口令，循环往复，似乎永不停息。叶永觉得他陷入了某个幼稚的游戏，他感觉索然无味，浑身没劲。

"那边的同学，注意你好几次了，你怎么回事，松松垮垮的！小伙子打起精神来！"教官显然发现了叶永的消极态度，用手指着叶永。

叶永一动不动，没有扭头面向教官。周围的同学都将视线集中在叶永一个人身上，叶永只是旁若无人地看着前方。

"那位同学，说你呢！"教官走到叶永面前，"就是你吧，我记得昨天还警告过你要打起精神。你是想在校领导检阅那天丢你全班的脸吧？"

军训结束的那天校领导会检阅军训成果，这个大家都知道。

"说完了吗？"叶永扭过头看着教官。学生中有人开始起哄地笑。

"你什么态度？"教官看起来有点生气，他用力将叶永胳膊一扯，直接将叶永一路拉到班上所有人前面，"你就在这里！你来带头，以后你就站在我旁边了。"

叶永觉得有点尴尬，有点后悔自己刚才的鲁莽，但箭已至弦上，难以收回，干脆玩一把吧，叶永想。他扫了一眼教官，教官的脸上有一种介于稚嫩和成熟之间的东西。他手上会握着什么牌？班主任和暴力？很好，那就直接封住这两张牌就行了。想到这里，叶永微微笑了笑，他向后退两步："如果我拒绝呢？"

学生中有人开始窃窃私语，显然对接下来的事情充满兴趣。教官用手指着叶永："你拒绝也不用对我拒绝，你找你们班主任拒绝。你是不是不想军训？行，我现在就把班主任叫来。"说罢，教官手伸向口袋，一副要拿出手机的架势。

叶永挺了挺脊背："身为教官，身为国家的保障，您教育我们这些未成年人只能够依赖班主任的名号？我们尊敬的教官大人难道就这点本事？"叶永的脸上绽放出一个极其标准的、友好的笑容，仿佛他和教官之间并非争吵，而是在谈论什么值得高兴的事情，"不过——"叶永话锋一转，"我倒是知道你们军人在使用暴力方面都是专家，怎么，想对我们展示一下你们军人粗暴的一面吗？"说完，他猛然收敛笑容，直勾勾地盯着教官。

学生们中间传来几声哄笑。但叶永还没意识到他的行为有多么愚蠢。

教官轻轻摇了摇头，然后露出了一丝微笑。他拍了拍叶永的肩膀："好了同学，表演结束了，该回到你的队里去了。我也只是给人打工的，你以为大热天我愿意对你们指手画脚的啊，不都是没办法吗？大家互相体谅一下好吗？"

叶永没有料到教官会这么快缴械投降，他倒是有点措手不及，因此只是象征性地点点头。教官走到叶永身后，两只手搭上叶永的肩膀，轻轻地，用一种近乎父亲的方式把叶永推回队里面。然后他一个人走到学生们前面："同学们，我只是接受任务来对你们进行训练的，你们累，我更累，没有人愿意大热天的待在这样的大太阳下。可是有什么办法呢？既然带了你们，我就得对你们负责，绝对不能让你们在巡视那天丢脸。大家说，是不是！"

"是！"同学们似乎被教官的精神感动了，回答特齐，特响。

叶永没有说话，但他知道他输了，有了教官刚才的话，他没有理由再去捣乱，刚才他的挑衅与挖苦也都成了小孩子的无理取闹。他愤愤地看着教官，可教官并没有将目光投向他，仿佛丝毫不在意叶永刚才的行为。这时，叶永发现前面的一个女生正意味深长地看着他，他慌忙低下头。

叶永后悔了，他不该小瞧面前的看起来没多大本事的教官。现在他颜面尽失，丢盔弃甲。

"立正！"教官大喊，学生们立刻打起精神，包括叶永。

"向右看齐！"

"向前看！"

……

第二章

一切按部就班地进行着，仿佛刚才的闹剧从未发生过。偶尔教官会将目光扫向叶永，叶永举手抬腿分外有力，完全没有之前的懒散。应该被刚才的话感动了吧，教官想。

之后估计是教官发现苦情牌非常好用，一看到学生开始懒散的时候，教官都会说自己比学生更累，大家要相互体谅相互配合。话虽然是大实话，可叶永听到后就会觉得莫名地讽刺。他每天都在认真观察教官的一举一动，想弄清楚自己为什么会输给他，可是越观察他就会觉得越失望，自己实在没有任何理由输给他。于是叶永就特别希望能找个机会，等到教官露出破绽的一刻，瞄准核心，一击必杀。

只是叶永一直没等到这个机会，教官也一直没想到人群里会隐藏着一个已经把自己当成猎物的猎手。只不过不知道是猎物太谨慎还是猎手太平庸，当然也有可能所谓的"猎手""猎物"都是个笑话，猎手迟迟不肯出击，猎物依然逍遥自在。

军训结束的前一天，天气终于对学生们网开一面，乌云悄悄挤满了天空，倾盆大雨轰然而下，带着高空清爽的凉意。密密麻麻的雨滴以接近垂直的角度射到地面上，激起了朦胧的水花。"下雨了，下雨了！"学生们兴奋地喊道，全然不顾自己即将会全身湿透——事实上如果不下雨衣服也会被汗湿透。班主任们打着伞来了，组织学生们向所在班级撤退，教官们和学生一样顶着雨向班级冲。操场的一个个方阵顿时汇成了一条长龙，在路上汹涌。叶永也是构成长龙的一分子，他在人群中奔跑，溅起的水花在双腿间舞蹈。

到班上的时候，他挑了个最后面的位置坐下。叶永比较喜欢坐最后面，因为那里可以将整个班级的状况一览无余。但同学们似乎都不太愿意坐最后面，叶永同桌的位置是空的。不过这样也好，叶永有点烦躁——到现在都没有发现教官的重大失误，实在没有心情应付别人。他双手抱胸，盯着教官，教官也被淋得很惨，浑身都在滴水。教官扫了一眼整个班级，看有没有空着的位置，结果发现叶永旁边没人。叶永面无表情地看着教官向他走来，意识到教官想坐他旁边，立马换上

15

毕恭毕敬的笑容，把椅子摆好，表示欢迎。

"谢谢。"教官对叶永笑笑以示感谢。

"别这么客气，上次那么顶撞您，您也没生气，实在是不好意思，对不起啊。"叶永尽量表现得很真诚，同时仔细观察教官表情的变化。

"没事，你们军训很苦，有点脾气应该的，可以理解。"教官拍拍叶永的肩膀，"不过下次要注意，跟我这样就算了，别跟你们老师也这样，遇事稍微冷静点。"

"放心，"叶永笑，"怎么会呢，教官的话一定牢记。"

很好，教官已经对他丧失警惕了。叶永在心里窃笑。这时，前面的同学回过头来找教官聊天，教官热情地和他们谈天说地，叶永在旁边仔细观察着教官的一举一动，有时会和他们一块聊，表示自己并未冷场。

"教官是什么军衔啊？"

"我啊，中尉。"

"哇，中尉啊，教官好牛啊！其他人是不是都那么牛？"

"没有，其他人的军衔比较低，这里就我一个中尉。"

"啧，我们班的教官就是不一样，甩别的班教官一条街。"

"对啊，我们班教官最帅了！"

"没有没有。你们说得我有点不好意思了。"

还不好意思，叶永在心里哼哼，你也知道不好意思？恐怕连你自己都不知道，你眉毛上方跳荡的全是若隐若现的自豪吧？真是无可救药，别人稍微一捧就能把你捧上天。这时，叶永突然觉得有人在看自己，他转过头，但并没有看见他意料之中的眼睛。叶永也没有过多地在意，他重新把目光移向教官，突然，一个念头一闪而过，他立刻打起精神。

"教官，您看您来我们班这么久了，不如给我们表演个节目？"叶永提议道。

"对。"前面的同学立刻附和，"是啊，教官来表演个节目吧！"

"不行不行。"教官连忙摆手,"我哪会表演什么节目啊!"

要的就是你不会,你要会还要你表演什么啊?叶永不禁为自己的智慧而自豪。他猛然站起,双手成喇叭状放在嘴边:"教官说他要表演节目,大家欢迎不欢迎?"

"欢迎!""教官来一个!""教官我们爱你!""上啊教官!"班上一下子就沸腾了,大家都起哄让教官上台表演节目。教官还在摆手推脱,叶永弯下身在教官耳边说:"您就去吧,教官,不然我多尴尬啊,而且你看同学们都那么欢迎您,对不对?"

教官对叶永笑笑:"你啊,就知道让我出丑。"

"上去嘛教官。"前面的同学喊道,"没事的,就表演个节目,又没人笑你。"

"对啊,上去一下又不会死。"叶永劝道,"好歹也是军人,怎么扭扭捏捏像个娘们一样。"

"好好好,我上去。"教官显然是没办法了,他站起身,走到讲台,台下都是欢呼声,"我就唱首军歌吧,我唱得不太好听,别见怪啊。"

"没事,教官,唱吧。"

"快唱啊,教官我都等不及了!"

很好,叶永微笑。一个人最容易在自己不熟悉的场合犯错误。现在班里的气氛已经被完全调动起来,等到教官唱破音的一刹那,他起一下哄,局势就完全一边倒了,到时候看教官到底怎么收场。

教官干咳了两声,示意要唱了,班上立马安静了下来。

一二三四一二三四像首歌
绿色军营绿色军营教会我
唱得山摇地也动
唱得花开水欢乐
一呀么一呀么一呀么一

救　赎

一把钢枪交给我

二呀么二呀么二呀么二

二话没说为祖国

三呀么三三军将士苦为乐

四海为家

嗨！嗨嗨！

哪里有我

哪里有我

哪里就有

一二三四

一二三四

一二三四

战士的歌

教官唱得很卖力，但他确实五音不全，动不动就跑调，但中途没有人笑他。有好几次叶永想起个哄，但是看到周围人都在认真地听教官唱，只好作罢。这让叶永有点垂头丧气，可叶永实在想不通教官到底为什么能坚持唱下去，明明有好几处明显地破音了。教官唱完后，台下爆发了雷霆般的掌声。叶永站起来起哄："教官唱得好，再来一个！"

教官连忙摆手："不唱了，不唱了。"又看到下面吵得凶，连忙转移话题，"那位同学，对，跟我同桌的，"他用手指着叶永，"你来唱一首，我都唱过了，你不上来唱首歌对不住我们啊！"

"对啊，上来唱啊！"班上起哄的对象又变成了叶永。教官径直走向叶永，一把拽起他："上去啊，你都把我弄上去了，自己还不上去？"

"行，我上去。"叶永举起手以示投降。

"那还差不多。"教官笑着放开了他。

　　得意什么？叶永想，你以为我和你一样五音不全？叶永昂首挺胸，大步走上讲台，点了点头，台下马上就安静了。

　　"各位同学，我叫叶永，叶子的'叶'，永远的'永'，非常抱歉的是，我不会唱军歌，我只会唱流行音乐，希望大家喜欢。"

　　"好！"台下人一片叫好，"唱周杰伦的！""唱林俊杰的！""唱《两只老虎》！""《世上只有妈妈好》！"

　　叶永轻轻闭上眼睛，台下的起哄声没了，取而代之的是一种比较纯粹的安静。叶永张开嘴唱：

　　　　每一辆火车前进必须沿着轨道

　　　　跟随着记号往平淡或热闹

　　　　没一辆火车是累了就随时能停靠

　　　　我迈向目标却又想要逃

　　　　我从来不害怕天崩或者地塌

　　　　OH 我其实活得很潇洒

　　　　我每天都重新出发

　　　　可是我不快乐真的不快乐

　　　　每天走到同样的分岔

　　　　可是我并没有选择

　　　　这是一条单行的轨道

　　　　我已经退不了后路

　　　　褪不掉最面无表情的微笑

　　　　走在一条单行的轨道

　　　　让铁路决定了命运

　　　　决定我每一步都脱离不了

　　　　单行的轨道

　　叶永唱得很动情，也很好听。唱完之后，台下爆发了比刚才更夸张的叫好声："好听！""叶永唱得怎么那么棒！""真好听，什么歌啊？"

当然好听了，我可不像那位上台就是为了出丑，叶永心想。这首《单行的轨道》是叶永最擅长的歌，第一次听到邓紫棋用着有点沙的嗓音唱着的时候，叶永就明白他就是在单行的轨道上。为了唱好它，叶永颇费了一番精力。

叶永对着台下鞠躬："谢谢。"他微笑，然后将目光转向教官。教官也在为他鼓掌。叶永下台回到座位，教官拍拍他的肩膀："小伙子唱得真好听，我真羡慕死了。"周围的同学也都在夸着叶永："你歌唱得真好。""什么歌啊这是？"叶永突然有点心花怒放把持不住，他扭头看了一眼教官，教官正对他微笑。叶永没来由觉得有点感动。

朋友，我算是原谅你了。不过，别以为我是怕你，我只是没有力气再和你斗下去了。叶永在心里说。

他看了一眼这个班级。"我累了。"叶永用几乎听不到的声音对自己说，"今天就休息一下吧，我愚蠢的同学们，只有今天，我甘愿和你们一样愚蠢。"

他轻轻闭上眼睛。

（B）

每次早上起床的时候，身体都会有一种钝重感。将起未起，此时人的状态处于迷糊和清醒之间，灵魂像是半依附在身体上，让人难受——所以叶平最讨厌的事情之一就是起床。不过床终究是要起的，一直睡着也不是回事。正如有人病了讨厌吃药，但药终究是要吃的，一直病着也不是回事。

这就是叶平决定不声不响就踏上火车的时候为自己找到的理由——一直拖着也不是像那么回事。而且杨欣也一直没有找他，估计她也早已做好了类似的打算。

叶平不是那种说放下就能彻底两清的人，即使他当时自以为有多么决绝，事后也总会在心里留下一点藕断丝连的东西。而这些细长的东西，叶平就交给了时间。叶平会在漫长的等待中，用感激和惋惜的双重心情静静看着那些顽固的东西慢慢腐烂，最终消失不见。叶平本以为"杨欣"这个名字会以这样的方式最终消失在他的生命中，但事实上他错了。

那天他正和父亲一起在家吃晚饭，他们聊到军训，父亲正夸张地描述他当年军训的惨况，两个人哈哈大笑，手机就在这时突兀地响起来。叶平做了个手势，父亲点点头不再说话。叶平看了一眼来电人，顿时就打了个激灵。

杨欣。

"谁啊？"父亲看叶平有点不对劲，问。

叶平没有回答，按了接听键。这时，他的手剧烈地颤抖了一下，手指一不小心按到了免提，猝不及防地，电话那头传来尖利的女声，女声在客厅里回荡开来。

"叶平，叶平，是你吗？你怎么可以说走就走啊？"杨欣的声音带着很浓厚的哭腔，此外还可以听到明显的、专属于夜店的嘈杂声，猜得出来她是在酒吧里喝多了。"你个混蛋，临走之前都不告诉我一声！叶平你个没良心的，信不信我杀了你！我告诉你我杨欣不是好欺负的……"杨欣继续哭喊。

叶平慌忙把手机放在嘴边，大声说："喂，杨欣你怎么了？你在哪里？你就在那等我，我去找你！……"

可是电话就在这时干净利落地挂断了，手机里只传来清脆的"嘟嘟"声，分外刺耳。

叶平颓然关掉手机，把手机随手扔在桌上，然后拿起筷子，扒拉着饭，眼神仿佛空了一样。他知道他刚才说的话都是废话，杨欣远在千里之外，他怎么可能找到她？刚才的话纯粹就是一种习惯，是他们一起走过大学时光所留下的最坚定的证据。叶平还记得，每次他们闹别扭的时候，杨欣都会去酒吧借酒浇愁，而叶平则负责把杨欣拖回来。

"怎么了？"父亲犹豫了一会儿，小心翼翼地问道，"那个人是你女朋友？"

"不，是前女友。"叶平说。

"分了？为什么？"父亲问。

"她现在离我很远，我们不可能在一起的。"

"怎么回事？"

"爸，我现在心很乱，能不谈论这个问题了吗？"叶平低下头，勉强吞了两口饭。

"好，不谈论了，你自己考虑明白。"父亲叹了口气，继续吃饭。

于是就这样，叶平心里的那细长的东西开始膨胀蔓延，逐渐扭成一团。叶平明白，至少未来几天，他正常的生活都会被杨欣的电话彻底地破坏。他将在同情中生出愧疚，在愧疚中生出自责，在自责中体验搅人心肺的痛。

之后杨欣的微信和QQ便成了叶平经常光顾的地方，每次叶平拿起手机都想去看一下杨欣的最新动态，然后默默地删除访客记录。有那么好几次，叶平都想打电话给杨欣，哪怕是简简单单地发条留言。可是叶平最终还是放弃了。他实在不想把现在的生活搅得乱七八糟。他有稳定的工作，而且好不容易才勉强忘掉杨欣，可是杨欣的电话又将他所努力想要完成的忘记化成了泡沫。他实在不敢想象他去找杨欣后会发生什么。感情是世上最强大的猛兽，奔腾而来像是海啸，到时候叶平也许会任由感情摆布，无从防御，无法还手。

杨欣的"说说"按时间顺序如下：

> 我终究逃不过曾经，过去将我牢牢抓紧。
>
> 我亲爱的，我终于放弃了，我终于哭泣了，可是这次你不在我身旁。

为什么？为什么我总是会这么没用地被感情玩弄？

你在哪里，你在哪里啊？回来吧。求你回来。

不行了，我要疯了，我真的要疯了。

底下的评论五花八门。比如："欣儿你怎么了？没事啊，还有姐姐呢，别怕。""叶平就那么一走了之，真不是男人，世上哪有这么负心的人啊？""乖啊，过去的都过去了，下次我再给你找个好男人，乖。"但杨欣一直没有回复下面的评论，像是真的没有力气再回复了，又像是一直在等某颗重磅炸弹。

叶平每次看过之后都会非常非常难过，都想立刻去安慰她，但是他最终什么也没做。他知道他不能向自己投降。杨欣的当务之急是忘掉他，只有彻底把他忘记杨欣才能有新的生活。叶平觉得他不能去打扰杨欣，毕竟他知道，杨欣是不会和他守在永平的，这注定是个没有结局的闹剧。

杨欣，你还好吗？

为了逃避伤痛，他尝试将自己的思想投入到工作中。他联系了他教的班级的班主任曹宝轩老师，并请求能出来一起吃个饭，共同探讨教学工作，曹老师非常爽快地答应了。吃饭地点约在一家茶楼。叶平到的时候曹老师已经在位置上等他了。两个人客套了一番便开始交流经验，谈论现在的学生偏好什么，用什么样的方式教学比较好。你来我往间，双方的意见便已基本达成一致，并将话题引向了这次军训。

"明天下午学校领导会来检查军训成果，不如你来参观一下，顺便了解一下你马上要面对的学生？"曹老师问。

"行，明天我一定来。"叶平满口答应。

回家的时候叶平心里又猛然感到一阵刺痛，之后便是纷至沓来的各种画面。"还真是逃不掉呢。"叶平轻声说。

（C）

军训的日子终于能一眼看到头了，这让叶永很是兴奋。最后一个下午，只要校领导过来巡视一番，军训就算是彻底结束了。他站在操场中央，顶着热毒的太阳意气风发。汗水渐渐渗到衣服里，但他并没有像前几天那么在意。也就最后几个小时了，地狱即将结束，何必在意那么多呢？

他的班主任——曹宝轩老师正站在队伍的后面，叶平站在曹老师旁边。

"叶老师，真是辛苦了，这么大热天的。"曹老师说。

"没有没有，您不也和我一样站在这里吗？"叶平说。

"不说这个，你觉得我们班怎么样？"

"嗯，精神状态相当不错。"

"叶老师教他们有信心吗？"

"不说多有信心，但我会尽力而为。"

两个人一边低声聊天，一边扫视整个操场。不一会儿，校领导们列队来了，他们走向了主席台，那里的屋檐刚好遮住了毒辣的阳光。叶永也就在这时攥紧了拳头——这里的校领导可真是会享受，那么多学生都在操场上顶着毒辣的阳光，中间还有那么多女生，那几个大老爷们儿也好意思乘凉？叶永愤愤不平，但他什么也不能做。

接下来是校长讲话，校长那不太精到的普通话通过喇叭在操场上方回响：

"尊敬的各位教官和老师、亲爱的同学们，大家下午好。时至初秋，为了让同学们磨炼自己的意志，加强自己的身体素质，我们非常荣幸地请到了市消防队武警为大家军训。今天，看到各位的精神面貌，我非常欣慰。军训起到了良好的效果，也为即将到来的高中生活打下

第二章

了坚实的基础……"

叶永觉得很生气，那家伙在阴凉处偷懒也就算了，他还大言不惭"我非常欣慰"，弄得像是我们为了他才军训的，这人是不是自我存在感特强啊。后面的话叶永听不下去了，他只是模糊地听到几点要求，什么要好好学习天天向上啊，什么要注意安全啊，什么要尊敬师长啊。叶永觉得很无奈，这位先生弄得像是他不说别人就不知道似的。叶永笑笑。人们往往以吃的盐比别人吃的饭多自豪，便自以为有了对别人谆谆教诲的资格，殊不知吃的盐多只能表示他得高血压的概率比别人大。

叶平小声问曹老师："这是校长？"

"嗯，对，他旁边的那个是副校长。这里有三个副校长，我指给你看……"手机就在这时响了起来，曹老师掏出手机，看了一眼，然后做了个抱歉的手势。叶平示意随意，曹老师接通电话。

"喂，您好……对，我是，请问……哦，你已经在学校门口了，我马上过去……知道了，马上到。"

曹老师挂掉电话，对叶平苦笑。

"没事，你去吧，这里我帮您看着。"

"那谢谢了，还好你来了，要不然我都不知道该怎么办。"

"放心，我帮您看着。您快点吧，别让人家等急了。"

"嗯，我去一趟，也许会晚点回来，有什么事打我电话。我去跟教官说一声。拜托你了。"

"好。"叶平应道。而曹老师看起来确实有点急，他快步走到领队的教官面前，交代了几句就匆忙走了。

校长讲完后是领导讲话，然后又是领导讲话，再然后还是领导讲话。领导数量实在是太多，话讲得没完没了，空气中飘荡着一种让人烦躁的气息。叶永终于受不了了，他掉头离开队列，在众目睽睽之下向操场外走去。叶平注意到他破坏纪律的行为，立刻拦住叶永。两人四目相对，叶平想起来了，这个学生就是上次对他挥手的人。他立刻就有了亲切感。

"这位同学，请问你准备去干什么，为什么要离队？"叶平尽量表现出和蔼。

叶永已经把上次挥手的事忘了，他扫了一眼叶平——穿得倒挺正式，只是脸上还残留着点稚气。叶永挤出标准微笑："老师您好，我想去上趟厕所，可以通融一下吗？"

还挺礼貌，叶平心想。"那你快点回来，一会儿要在操场上走正步，要点人数的，快点回来。"

"嗯，我尽量，好吗？"叶永说。

"行。"叶平挥一挥手，"去吧，等你回来。"

"谢谢老师。"叶永鞠了一躬，然后与叶平擦肩而过。走过的瞬间，他猛然收敛笑容。

叶永当然没有想过再回来接受校领导们的俯视，相反，他准备俯视校领导。他走到了教学楼的最顶层，透过窗户，整个操场一览无余。从这个角度看去，操场上的人像左一团右一团的狼群，而校领导则像是落单的羊。叶永不禁被自己的比喻逗笑了。其实叶永潜意识里也知道，相比之下，说领导像狼，学生像羊群才更靠谱。但叶永就是不肯承认这个。

而此时，叶平却有点慌了，他反复看向操场的出入口，可一直没等到想要看到的人。叶平也不知道发生了什么，那孩子也不像是撒谎的人。想了一想，他走向教官："教官不好意思，刚才有一个学生走了，到现在都没回来，您看这怎么处理？"

教官吃了一惊："有人走了？什么时候走的，马上就要点人数走正步了，人还没回来？"

"刚才从后面走的，你一直在前面听领导讲话，所以没注意到。是我放他走的，他说要上厕所，所以就让他去了，结果到现在都没回来……对不起啊。"

"等一下，我看看。"教官将班上人扫视了一圈，"问一下，刚才走的那个学生是不是特别有礼貌？脸色有点白，留着斜刘海？”

"嗯，是挺有礼貌，还对我鞠躬了，弄得我挺不好意思的。"叶平想了想，"怎么了？他有什么问题吗？"

"就知道是他。"教官叹了口气，"那孩子估计不会回来了。放心，校方规定一个班人数缺二个以上才扣分，要是再走一个就要扣分了，你注意点。那孩子走了就走了，你别太放在心上。"

"哦，实在对不住。"叶平有点抱歉。

"你是这个班任课老师吧？"教官问。

"对，我是。"叶平说。

"这孩子你要稍微上点心，他很聪明，但有时候聪明不放在正经事上。我为了不让他捣乱费了点心思，还以为他已经好点了，没想到关键时候还是给我掉链子。"

"哦，我知道了。一定。"叶平点点头，有点颓然地走到一边，"那孩子不像是个会骗人的孩子啊，怎么就不回来了呢？"叶平喃喃道。

这时，他抬起头，突然发现教学楼顶楼的窗户边好像站了个人，好像还穿着墨绿色的军训服装。但人影一闪而过，立刻消失不见。

叶永躲在墙后面窃笑。

第三章

（A）

正式开学的第一天，叶永踏进402班，看着嘈杂的人群，他笑了。没错，就是这种崭新的使命感，让他全身上下都洋溢着仿佛种子破芽而出的那种纯洁的喜悦。只是因为对新生活的期待，毫无杂质。曹老师站在门口笑容满面，手里拿着一张表，看起来是排座位用的。看到叶永来了，他的笑容立刻被满脸严肃取代。

"你是叶永吧，昨天军训半途走的人就是你吧？"曹老师盯着叶永。

"不好意思。"叶永鞠躬，"昨天我肚子不舒服，所以在厕所的时间比较长，要回操场的时候，看到大家已经开始走正步了，因此就没回去，怕打乱队形。"

"哦，这样啊。"曹老师的脸上恢复了笑容，他用力地拍拍叶永的肩膀，"好，小伙子，为班级考虑得挺周到的嘛！后生可畏，长江后浪推前浪啊，希望你以后也能多想着班级。"然后他又指了指靠窗的位置，"叶永，你就坐那，好吗？"

"谢谢老师的原谅。"叶永礼貌地笑笑，然后走向曹老师为他准备的位置。

叶永知道他的谎没骗过曹老师，也知道曹老师是在照顾他面子，更知道曹老师是在警告他。你来我往间，大家就已经把事情说开了，没有伤到任何一方的脸面。

叶永就座后，同桌立刻迎了过来："你叫叶永是吧？我叫张阳，认识一下？"

"还用认识一下？"叶永一把揽住张阳的肩膀，"以后咱俩就是兄弟了，别说认识不认识这种客气话，伤感情。对不？"

张阳显然没料到叶永会这么热情，反而有点手足无措："对对，下次不说了，伤感情。"

叶永仔细打量了一下张阳，很朴实的方脸，很老套的发型，全身上下都带着平庸者的气息，尤其手足无措的样子实在让人感觉好笑。

"叶永，前几天你唱歌唱得真好听，怎么不去当歌手呢？"张阳赞叹，又说，"还有，昨天你中途跑掉了吧？"

"嗯，总是领导讲话，烦死了，所以就走了。"叶永说。

"你怎么那么拽！"张阳赞叹，"这次估计班主任可是要把你作为重点关注对象喽！做好准备啊！"

叶永耸耸肩，然后扫了一眼曹老师，曹老师站在门口，目光环视整个班级。叶永冲曹老师微笑，但曹老师并没有看到。

放学后叶永去了一趟医院，进去的时候没人注意到他。他顺着楼梯向上走，周围的墙壁散发着令人厌恶的诡异。就在他走到半路时，他突然听到一种杀猪似的嚎叫声，他听出来这是母亲的声音，立刻疯了似地奔跑。他一脚踹开病房门，母亲在病床上疯了似的挣扎，两个壮实的护士强行把她按住，其中一个低声骂了句，甩手给了母亲一巴掌。叶永看不下去了，立刻冲上前去，用力把那两个护士推开，刚准备安慰一下母亲的时候，却被母亲一脚踢中小腹。叶永吃痛，捂着肚子后退几步。

"你这个杀千刀的，给我滚，滚！否则老娘下地狱也不会饶了你，要死带着你一起死！滚啊！滚！"母亲坐在床上，眉毛微微扬起，满脸的憎恨和痛苦。

一股寒意就这么从骨髓深处慢慢渗出来，他明白发生了什么，母亲又想起叶振东了。一直以来，叶振东像是个永远也无法摆脱的阴影，死死地缠绕在母亲大脑里，母亲就这么变成现在这个样子。那两个护士连忙扶住叶永，叶永轻轻推开那两个护士："对不起，我现在想和母亲说话，可以拜托你们一会儿在旁边，无论发生什么，都不要插手吗？"

那两个护士相互对了对眼神："行，但你自己注意点。"然后她们退到后面，紧张地看着叶永和他母亲。

叶永点点头。母亲脸上仍有那种滑稽的狰狞："你走啊，怎么不走啊！"

叶永狠狠地吸了口气，然后缓缓地吐出来。他慢慢地走近母亲："妈，我是小永啊，您还记得吗？叶振东早就死了，早就被五马分尸了。乖，你乖，都结束了，别闹了，好吗？"

"滚！你们男人没一个是好东西，滚，都给我滚！"母亲仍然声嘶力竭地叫。

"别怕，一切都结束了，我是来救你的。我不是你想的那个混蛋，我是小永，小永你知道吗？从你肚子里出来的，是你身体的一部分啊，你真的不记得我了？还是说你不想记得我？"叶永仍在靠近母亲。

"滚！"母亲抬手一巴掌甩在叶永脸上，叶永的左边脸立刻肿了起来。护士们刚想帮忙，却被叶永用手势阻止了。叶永咬了咬牙，突然冲上去抱住母亲，把母亲的头狠狠压在胸前。母亲开始挣扎，使劲挠叶永的头，扭叶永的肉，捶叶永的背，像是要把叶永撕成碎片才罢休，可是叶永什么反应都没有，只是一直抱住母亲。

"你滚啊！你别碰我！信不信我带你一起死？你快放开，不然我就和你拼命！……你个天杀的！我告诉你，别以为老娘不敢动你，你信不信老娘一刀砍死你，把你剁成肉馅包饺子！……"

两名护士相互看了一眼，对了对眼神，犹豫要不要有所行动。

"妈！"叶永突然大喊一声，手上死死发力。可是怀里的女人却柔软了起来，接着是仿佛快要崩溃的抽泣声。叶永感觉到母亲正在剧烈地颤抖，然后胸前便传来潮湿感，冰凉刺骨。叶永很想哭，但是不知道为什么，他眼里就是没有眼泪——也许是习惯坚强了吧。他缓缓松开母亲，可是母亲却将他紧紧抱住："别走，求你别走，我怕。"

对不起，我亲爱的母亲，请想我无能为力。叶永在心里说。他轻轻抚摸着母亲的头，细数着母亲多出来的银丝。母亲真的已经老了，被岁月苍老，被过去苍老，被爱情苍老。可是叶振东应该在很年轻地走南闯北吧，到处潇洒自在，埋下祸患却自得其乐，轻而易举地将那么多人的悲鸣甩在脑后。叶永蹲了下来，用力捧住母亲满是眼泪的脸，狠狠地吻了母亲的眼睛。

"别怕，妈妈。"叶永很温柔地一笑，"如果这个世界都背叛了你，你别怕，儿子会为你扛下一切。你只要乖乖的，等到你彻底忘掉那个男人为止。妈，我心疼你，你不要闹，知道吗？"

母亲用力点点头，也不知道是听懂了还是没听懂。

护士的声音从身后传来："还好你来了，还是家人最管用，否则我们可能又要使用镇静剂了。"

叶永回过头冷冷地看着那两名护士："护士大人，我希望你们能明白，我妈是个活生生的人，即使她疯了，有精神病，可还是有人会拼命爱她。"

"我明白。"右边的护士说，"可我们也是没办法，你妈闹起来我们根本管不住，希望你能谅解。"

"是啊，我们也实在是没办法了，你是他儿子，我们只是护士啊。"

"谢谢你们，我妈在这里就承蒙各位照顾了。我这个做儿子的谢谢你们了。"叶永深深鞠了一躬。

"没事，这是我们的本职，你放心，我们一定会好好照顾你妈。"左边的护士说。

离开医院的时候，太阳已经在天空上高高悬挂，迎面而来的阳光让叶永感到分外刺眼。但叶永并没有逃避，他睁大眼睛朝太阳望去，仿佛想让阳光射进身体里的某个位置。

救　赎

（B）

　　叶平知道自己被耍了，被一个非常有礼貌，看起来让人比较舒服的男孩耍了。叶平一直不明白为什么这样一个男孩会撒起谎来面带微笑，面不改色心不跳。叶平觉得很悲哀。那孩子才上高一，却已经到了这种地步，难以想象他再长大一点，进入社会，到底会变成什么样子。没来由地，叶平想救救他，即使那个半大男孩欺骗了他，愚弄了他的信任。

　　曹老师和教官都说没事，让叶平别放在心上，可是叶平不这么认为。他的确没事，可那孩子有事，到底那孩子为什么能够这么心安理得地欺骗别人？那孩子曾经历过什么？

　　但这个念头只在叶平脑子里过了一下，毕竟今天真的很美，太阳在云后微微含笑露齿，微风轻拂过操场，偶尔带来不远处草木的清香味，学生们也都慷慨激昂，一个个脸蛋红扑扑的。叶平有点恍惚，七年前他也是和这些学生一样，穿着军训服，在操场上转了一圈又一圈，而现在他只是个旁观者。叶平也并没有觉得现在多美好或是以前多美好，他只是本能地觉得难过，仿佛听见了时光匆匆流过的脚步声。

　　军训结束的时候也是教官和大家分别的时候。其实大家都明白筵席终究要散去，可大家都被分别弄得狼狈不堪，叶平甚至看见有女生哭了。这让他心里有点酸酸的——人终究还是感性动物。然后他又想起了杨欣。亲爱的，我走的时候，你为我哭过吗？

　　然后他注意到一名女生拿出了照相机，一张接一张地拍照。那女孩留着一头漂亮的长发，很圆润的脸蛋，一身迷彩服显得特别英气。她一边拍照一边和别人打闹，笑的声音很清脆，像是田野深处的铃铛响。他突然想起了杨欣那时候也很闹。当女孩来到他身边要求合影时，叶平问："同学你很喜欢拍照啊？"

"哦。"女孩笑，"对拍照很有兴趣，毕竟世界变得太快了。"

"也对。"叶平心中泛起了苦意，"变得实在太快了。"

快门按下的一刻，叶平静静地看着白色的闪光灯亮起。好亮啊，叶平想。然后叶平突然有种错觉，闪光灯亮起的一瞬，时间仿佛静止了，他听见了时间在微微喘息。

回到家，打开QQ，杨欣更新了"说说"：亲爱的，我想死。

叶平终究没有回复。

（C）

9月1号下午第二节课，402班将迎来第一节生物课，也是叶平正式上的第一节课。临走前叶平仔细对着镜子整理仪容。头发比较短，看起来比较成熟；上身是白色衬衫，下身是黑色西装长裤。叶平对自己的形象很满意。离开家的时候他有点意气风发，一种全新的使命感和责任感笼罩了他——他马上要正式为人师表了，将要先学生之忧而忧，后学生之乐而乐，他将为自己的学生付出精力与汗水，微笑着看着这群半大孩子慢慢长大成熟。

一路走来，穿过川流不息的马路，目光投向车窗外，风景在眼前倒流。踏进学校，他觉得学校里的一切都在欢迎他。走进办公室，他热情地和所有人打招呼，所有人也都友好地回应了他，这让他很高兴。他坐在椅子上收拾教学用的东西，用紧张与期待的双重心情等待预备铃的响起。他对自己微笑，也是给新生活一个微笑。预备铃打响的一刻，叶平立刻站起来，端起书本，步伐坚定地向402教室走去。也许是因为学生们刚进高中的缘故，一路上经过的教室都很吵。推开402教室的门，嘈杂声立刻就小了很多，这让叶平颇有成就感。

而叶永正静静地坐在位置上，欣赏着叶平推开门时那不经意间流露出的沾沾自喜。

"上课!" 叶平喊道。

"起立!"

"老师好!"

很老套普通的开场，看似毫无新意，但叶永还是发现了叶平站在台上那溢出的骄傲，即使他再怎么刻意伪装都没用。真是稚嫩。叶永很快便对这位年轻老师失望了。

之后叶平便开始自我介绍，然后讲课，主要讲解初高中衔接方面的内容。很快，叶平发现了叶永。他本以为叶永会躲闪他的目光，却没想到叶永的目光直直地迎了上来，就像他们是第一次见面，会对彼此有所好奇，双目相对便是相互认可的象征。叶平却没来由有点胆怯，他装作环视四周，避开了叶永的目光。叶永倒是一直盯着叶平，想仔细看看这位老师的水平如何，避免因为过于轻视这位老师造成麻烦。

临下课的时候叶平已经将核心内容讲完了，然后他又看见了叶永。距离下课还有三分钟，他突然想认识一下叶永。于是他假装无意间走到叶永旁边，假装无意间碰到叶永的桌子。

"同学，我刚才讲了那么多，现在你介绍一下自己好吗?" 叶平尽力让自己表现得很和蔼。

叶永愣了一愣，很快便反应过来。他落落大方地站起，微笑："叶老师，我也刚进高中，不太明白应该怎么介绍自己。"

下面已经有人开始窃笑，但叶永没有在意，他盯着叶平，看他怎么应对这个问题。叶平拍了拍叶永的肩膀："就介绍一下你的姓名、年龄，哦，别忘了性别。"最后他还不忘幽默一下。班上已经可以听到非常明显的笑声。

"老师、同学们，大家好，我叫叶永，叶子的'叶'，永远的'永'。老师，我们同性，不是吗?"

"很好，我们的确同姓。不过同学，你性别好像没报。"叶平还对这个幽默念念不忘。

叶永开心地笑了："老师，我说了，我们同性，不是吗?"班上安静了一会儿，猛然爆出大笑。

叶平立刻反应过来："哦，对对对，我们的确同性。"

班上人笑成一片，叶平觉得有些尴尬。在一片哄笑声中，下课铃响了。离开班级的前一刻，叶平回头看了一眼，叶永在座位上对他招手，应该是在道别。叶平笑了笑，立刻招手回了过去。

张阳看叶平走了，悄悄对叶永说："我觉得这老师挺好，跟我们没代沟。"叶永笑笑没说话。

物以类聚，人以群分，愚蠢的人终究还是喜欢愚蠢的人。

第四章

（A）

叶永终于开始觉得索然无味。他觉得这个班像是块小池塘，到处都是聒噪的蛙鸣。他冷眼旁观着他的同学们，看他们夸张矫作地展现自己的愚蠢——或许凭他们的水平无法想到，在这个时候过分地展现自己只能说明对他们自己不够自信。天气还未完全转凉，班上闹哄哄的，叶永心里烦躁的情绪就这样一波又一波蔓延开来，渗入五脏六腑。有的时候叶永会安慰自己，毕竟他们都是沙里淘金中剩下的残留物，理应弃置荒野，有个地方学就不错了。

叶永觉得很悲哀，但也无可奈何。在扫视全班的时候他总是怀着怜悯与憎恨——哀其不幸，怒其不争。叶永不明白，作为淘汰下来的产物，他们到底为什么能允许自己如此心安理得地开心，难道不应满怀着忏悔，安静地等待高考来临的钟声，然后一举洗刷耻辱？可是，看看他们，叶永很失望，他们好像根本没有在忏悔，相反，他们弄不好想重蹈覆辙，等待下一次被淘汰。

张阳这时候凑过来："叶永，你觉得我们班哪个女生最好看？"

叶永有点无奈，但出于礼貌，他还是大致扫了一下全班。"那边。"叶永指了指左前方的一名女生的背影，"那个好像挺好看。"也就在这时，那名女生回过头。看见了女生的脸，叶永愣了愣，因为他好像见过这名女生，但是他想不起来在哪见过。

"哎呀，回头了，多有缘！"张阳一声怪叫，"你知道她的名字吗？"

叶永低下头假装在看书，没有理会他。

"不知道对不对？"张阳不依不饶，"就知道你不知道。我和你说，她叫方园，我也不是很了解她，只知道她很喜欢照相。军训结束那天她拿着一台相机到处照相。跟你说，她超上镜的，要追趁早……"

叶永嗯了一声，张阳撇了撇嘴。"没劲，"张阳说，"好心给你指点，你却不领情。"

叶永对张阳笑了笑，没有再说什么。

放学后叶永没有立刻回家。他在外面吃过饭后坐上公车，抵达市中心的滨湖公园。他倒是不担心家里会有人不放心他——外婆今天有事不在家，而父母更是一个远在天边，一个还在医院里。夕阳浓墨重彩地笼罩下来，仿佛给周围的一切涂抹了一层血。有时从湖面吹来的风会晃动着这层血，让夕阳斑斓地破碎。太阳像是一个圆形的心脏，夕阳便是心脏里迸出的血。

叶永在湖边站直了，感受风掠过时带来的短暂的清凉。他深深吸了口气。湖面像是在酝酿着什么，波浪一层叠一层起伏不定，红色光晕碎裂又融合。他蹲下来，将双手缓缓插进湖水。刚进去的时候他觉得湖水好冰，他胳膊甚至抖了两下，但他并没有将手收回，反而将手臂一点点地深入湖水。他闭上眼睛，静静地感受环绕在手臂上的凉意。他悠长地吐了口气，感觉灵魂像是要被解放出来。

夕阳西下，天色渐晚，夜幕终于彻底张开了怀抱。叶永缓缓抽出手，站了起来。

（B）

看到杨欣最新说说的时候叶平剧烈地颤抖了一下，已经一天没有更新了，叶平本以为已经风平浪静，可他万万没有想到，有时候寂静是灾难来临的前奏。

救　　赎

"爸，妈，对不起，女儿不是有意要寻短见的。还有，叶平，我恨你。再见了，那些爱我和我爱的人，祝你们平安。"

他先是愣了愣，然后立刻明白有什么糟糕的事发生了。他一遍又一遍地打杨欣的电话，但始终没有人接。他给杨欣发短信，在 QQ 和微信上留言，可是他所有的努力都像是坠入谷底的沙，他听不见半点回应。他又联系杨欣的朋友，可不知道为什么，那些朋友的电话也没人接，短信留言也没人回。叶平受不了了，他开始胡思乱想起来，杨欣现在在干什么？会不会真的寻短见？寻短见后他又该怎么办？他觉得他的脑子混乱得像是团乱麻，过去的记忆纷至沓来。前一秒他在想以前和杨欣一起在湖边散步，清风徐徐杨柳依依，可下一秒他就会想杨欣会不会做傻事跳湖自杀；前一秒他还在想曾经和杨欣一起坐着摩天轮俯瞰全城，杨欣靠在他肩膀上，发香萦绕鼻尖，可下一秒脑海里却浮现出杨欣在半空中直线下落的画面。叶平越想越后悔，越想越自责，倘若临走前再找杨欣谈谈，也许不会发生现在的事情，当时为什么没再找她呢？

叶平累了，他感到非常无能为力。他考虑过现在是不是应该立刻坐火车去一下杨欣那里，但他很快将这个念头压了下去。"人渣。"他对自己说。

他在心里告诉自己，自己现在去了也没用，如果杨欣没有寻短见反而会造成麻烦。但无论他怎么安慰自己，心中的涟漪终究是无法抹平。然后叶平就明白，自己到底有多爱她。

他觉得他该出去散散心，或许能让他暂时摆脱这个有点神经质的状态。踏上公车，前往滨湖公园，那里藏着他以前的回忆。公园这么多年没有什么变化，这让叶平有一种亲切的感觉。走在公园的鹅卵石路上，行人擦肩而过，偶尔经过的情侣有时会挑起叶平的神经。后来，他觉得腿有点酸了，他坐在路边的座椅上，闭上眼睛感受风轻柔的抚摸。过了一会儿，他缓缓睁开眼，远眺湖岸，夕阳下湖面波光粼粼，水波有规律地起伏。这时，他看见了一个眼熟的身影。

是叶永。他一个人站在湖边，像是被世界遗忘的一般，和眼前的风景格格不入。叶平觉得有点奇怪，已经开学了，为什么这孩子会一个人在公园里？可是他接下来又想到杨欣的说说，他突然害怕叶永会跳下去。"怎么会呢？"他安慰自己，想必那孩子也没那么傻，杨欣也不会那么傻。于是他便静静地坐在椅子上，目光锁定叶永。他看见叶永缓缓蹲下，然后把双手放进湖里，然后一动不动。叶平觉得这十有八九是失恋了，他生出一种同病相怜的感觉。太阳缓缓下沉，黑暗慢慢扩散，直到路灯亮起的时候，叶平看见叶永终于站了起来。然后，叶永转身，看见了叶平。

两人四目相对，很快，叶平站起来朝叶永招了招手，向叶永那里走去。

（C）

叶永没有想到会在这里看到叶平，可他还未明白是怎么回事就看见叶平已经向他招手。按照叶永的性格，这个时候他会假装什么都没看见，绕道走人，但今晚倒是可以破例。刚刚在湖边待了那么久，心情格外放松，感觉灵魂都是空盈的。

"老师好。"等叶平走近的时候，叶永微笑鞠躬。

"你好。"叶平拍了拍叶永的肩，"刚才我就看你一直在这里蹲着，有心事？"

"哪有什么心事？"叶永一边说一边仔细观察叶平脸上的表情，他看到了隐隐约约的期待。期待什么呢？难不成期待他真的有心事？

"那你为什么一直蹲在这儿不动？"叶平不太信。

"这是我的习惯。"叶永笑了笑，果然，叶平真的期待他发生了什么事，"我每次开学的第一天都会来这里，看看风景，放松一下，其实我真的没什么事。不过——"叶永话锋一转，"老师为什么这么希望我有心事？"

　　叶平被这话噎住了。对啊，为什么呢？是幸灾乐祸吗？他觉得自己有点卑劣，竟然希望别人出了什么事。他没有想到这其实是一种本能，任何人在自己受伤的时候都希望能找到一个同样受伤的人，好相互舔舐伤口，相互搀扶前行。

　　"同学你说什么呢？我为什么希望你有心事？对我也没好处。"叶平自己也觉得这解释有点苍白。

　　"老师自己有心事吧。"叶永说。

　　叶平笑笑："同学怎么知道的？"

　　"我觉得希望别人有什么事的只有两种人。一种是精神极度空虚，需要什么来充实自己生活的人；一种是自己心里有事，希望找人一起分担的人。老师，你并不属于前者。"

　　叶平有点吃惊，这样的话从高一学生的嘴里说出来的确让人感到有点意思，他一下便对叶永来了兴趣："那么，同学，你觉得我有什么心事？"

　　"为什么让我说这个呢？"叶永笑道，"老师是希望我猜中还是不希望我猜中？"

　　"不知道。"叶平说。

　　"老师坐吧，看你也挺闲，我今晚也刚好有空。"叶永说着便自顾自地坐在草坪上，"老师，我猜你遇到的应该是感情上的事吧？"

　　叶平没有说话。犹豫了一会儿，他在叶永旁边坐下。

　　"那就是了。"叶永揽住叶平的肩膀，这让叶平觉得不大自然。但叶平没有拒绝。叶永在心底笑了，内心疲惫的人总会试图找一个依靠，哪怕那依靠不知道是否管用。

　　"你真是个特别的学生。"叶平说，"你今年多大了？"

　　"十九岁。"

　　"就知道你比你们班同学大几岁。感觉你经历的东西很多，完全不像是个高一学生。你能说说你为什么在湖边一动不动蹲好长时间吗？

我觉得你可能在说谎。"叶平说。

"老实说，我也觉得自己不是个值得信任的人。"叶永笑笑，"但事实上我真的只是因为想来所以才来，我喜欢这里，就这样。而且从初中开始，每个学期初我都会来这里，蹲下来，望望风景。我觉得这样很好。"

"这样啊，那你在这里看风景的时候会想些什么吗？"

"我来这里就是因为这里能让我什么都不想。"迟疑了一会儿，叶永说。

叶永还未发觉，此时他的心房正慢慢打开，对一个只见过几面的老师。他的灵魂正在从自己设下的重重桎梏中解放，他开始卸下层层盔甲。他想忘掉很多事情，母亲的病情、父亲的背叛、旁人的愚蠢、自己的未来。或许明天，他又会重新武装自己，重新拾起那些令人厌恶的事情作为前进的动力，但今晚，冷月清辉，叶永觉得自己像是醉了。

"为了什么都不想？"叶平叹了口气，"可是我来这里为的是能把事情想明白。"

"感情上的事是很难想明白的吧。"叶永说。

"所以我才来这里，我不知道该做什么。其实叶永，你还小，有些大人的事，你不懂。"

"是吗？"叶永笑，"这个世界的确有很多事很难懂，不过这不是大与小的问题，老师比我大，可是也不懂，不是吗？"

"说得对。"叶平点点头，"不过我的事说起来比较长。我就提醒你一下，以后你谈了恋爱，千万要好好珍惜你的女朋友。"

"你们分手了？"叶永问。

"对。"犹豫了一会儿，叶平说。

"为什么呢？"

叶平又迟疑了一会儿："不知道。"

"好吧。看样子老师并不打算告诉我什么。但是我听得出来，你在自责，你觉得你没有珍惜你的女朋友。"叶永望着湖面，眼睛像是被月光染了色一般，"既然自责，为什么不挽回，反而在这里犹豫呢？"

叶平长长地叹了口气："说得有道理。不过我想应该什么都挽回不了。但是，孩子，你还年轻，可能不知道，有些事真的不是想放掉就能放掉的。"

"老师，我说一下我的看法。我觉得你之所以放不掉是因为你还在岔路口，你还在考虑何去何从。只要你真的铁了心放掉，没有什么放不掉。如果真的放不掉，只能说明你潜意识里还是不想放掉，你认为的放掉只是在自我欺骗。"

叶平想了一会儿，自嘲地笑笑："你是说我在骗自己？"

"老师，你觉得你了解自己吗？反正我有的时候觉得我不了解自己。"

叶平愣住了，他从未思考过这个问题。但他立刻给自己暗示：如果一个人自己都不了解，那他不白活了？叶平觉得自己应该是了解自己的。

"好了，叶永，撇开这个问题。"叶平说，"看样子你懂的东西不少。"

"你现在估计在为自己的选择纠结吧。"叶永想起了叶振东，"但我想说一点，就是每一个人都要为自己的选择负责，不负责任的选择会伤害很多人。"

"说得对，说得真好，每个人要为自己的选择负责。"叶平抬起头看着夜空，"你说的话不像个孩子，不过你还是个孩子。"

"不，我早就失去了当孩子的资格，我没有权力去当孩子。"叶永用力，从旁边拔起一把绿草，然后松开手，冷冷地看着草一根根从手中滑落。

"叶永，你真可怜。"叶平看着叶永，"能和我说说你遇到的困难吗？"

"老师，每个人都有不愿让别人触碰的事情，不是吗？"叶永扭过头盯着叶平的眼睛，"还有，老师，我不可怜，当然也不需要别人的怜悯。"

"对不起。"叶平知道自己说错话了，"我向你道歉。"

叶永低下头沉默了很久。"怜悯"这个词让他想起了小学的时候。他一个人默默地藏在阴影里，生怕别人提起他的家庭。"怜悯"这个词对于有些人来说并不是什么好词，比如叶永。他一直小心翼翼地埋藏自己的秘密，他害怕被人怜悯。

叶永终于抬起头："老师，不早了，我们回家吧。"

"叶永。"叶平说，"我真的非常抱歉。"

"没事了。"叶永笑笑，"不过也许你是对的，我的确很可怜。"

第五章

（A）

　　叶永开始对这个班级失望了，他甚至已经失望到生气的程度。上课的时候总会有一帮人在讲台下叽叽喳喳，像是一帮苍蝇嗡嗡乱叫。刚开始的时候他在忍，毕竟大家刚进高中，可能新鲜感还没过。可是日子一天一天地过去，班里还没有消停的迹象。曹老师也在班上讲过很多遍，也惩罚了一些人，但是有些人的有些习惯可能早已根深蒂固，无法改正。叶永终于知道中考失败是多么严重的事情了。但更严重的是，叶永越生气就对这个问题越敏感，以致上课一听到有人讲话便烦躁不安，越烦躁不安就越生气，叶永最终陷入了这个没有止境的死循环中。他在上课的时候咬牙切齿，有时张阳会好奇地问："叶永，你怎么了，表情怎么那么恐怖？"叶永一般不理会他，继续沉浸在对这个班的诅咒中。

　　他固执地将自己和班上的人隔离起来。下课当所有人都在一起打打闹闹、谈天说地的时候，叶永却拿出一本资料做着题目，仿佛周遭的一切都和他毫不相关。偶尔有些人叫得或笑得实在太大声，叶永才会抬起头，往声音传来的地方嫌恶地看两眼，然后又低下头。张阳有的时候会找他聊天，但叶永总是爱理不理的，如此几次，张阳也就识了趣，不再找叶永聊天，对外宣称叶永是个勤奋向上的好学生，自己打扰他好好学习实在感到不好意思。

　　于是，就这样，叶永疏远了所有人。但疏远总是相互的，有时叶永能够非常明显地感受到周遭人对自己的冷淡。这的确会让叶永很难受，人毕竟是社会动物。但叶永有自己的方法。他将冷淡看作敌视，再将敌视看作鄙视，强制性地让自己感到被瞧不起了，强制性地让自己充满恨意地看待他人，再强制性地把恨意作为自己拼搏的原动力。此外，他将目光放在遥远的大学，他告诉自己，现在之所以无法融入班级完全是因为班里人太废物了，没有达到和他交友的标准，所以他一定要努力，必须要在大学里认识和他档次相当的人，这样才不会独自一人。

他开始为若隐若现的未来孤军奋战，开学后的几天他就为自己树立好了目标，自己要上最好的大学，在那里拿最高的奖学金，然后硕士、博士、博士后，出来便是教授。他为这个很远很远的理想小小地欢喜着，借这个理想支撑自己这一面孤独的、残缺不齐的旗帜。

叶永有时觉得自己真的很不容易。他觉得自己已经四面受敌，却仍然死命向上，不断用各种方式支撑着自己摇摇欲坠的心。但是很久以后他才知道，原来他一直没有倒下并非因自己有多顽强、多聪明，而是四周没有任何敌人，所谓的"四面受敌"只是他的臆想。

但现在的他，为孤独流血，为孤独自豪。他拼命地让孤独刺穿他的心脏，尽情舔舐喷薄而出的血。

（B）

叶平最终下定决心不去找杨欣。叶永虽然比他小，但是他的话确确实实是有道理的。"每一个人都要为自己的选择负责"，他牢牢记住了这句话。他无法负起责任，他没有信心将杨欣带回永平，而他自己也不能离开永平——他得陪着他的父亲。因此他不能贸然去找杨欣。

杨欣目前没有任何新的动态，这才是最令叶平心焦的地方。他没有任何根据判断杨欣的行为，无法判断杨欣到底有没有寻短见，若寻短见有没有被救下，如果没有寻短见那她现在又在做什么。他尽力克制自己想要去见杨欣的欲望，可他的担心却穿越到千里之外。他可以控制他的身体，却无法控制自己的大脑。他怀念过去的日子，想念杨欣的无理取闹，想念杨欣在他的耳边轻声说"我爱你"。他越想念便越难过，越难过便越自责，越自责便越想念。意识到这一点后叶平开始努力克制自己想念的冲动，在网上打斗地主来分散自己的注意力。他知道目前也只能这样了，他将在漫长的等待中慢慢磨去他的记忆，慢慢清洗掉过去的岁月刻下的痕。

　　与此同时，他开始格外注意叶永，他发现叶永在上课的时候动不动就露出一副很愤怒的表情。起初他还以为自己课上得不到位，让叶永不满意，后来他才发现，每到班上开始骚动的时候，叶永的脸立刻就变了形。于是叶平就明白了。他开始经常强调课堂纪律，平常他都是懒得强调的，轻微的骚动虽然有时令人反感，但还在叶平接受的范围之内。下课休息的时候叶平偶尔会经过 402 班，他从窗户外向里看去，班里吵得仿佛炸了锅，只有叶永一个人低下头写着题目。这一幕让叶平非常触动。他开始由衷地敬佩叶永。偶尔他会想，为什么叶永会如此努力。他想起了叶永那晚说过的话："因为我早就失去了当孩子的资格，我没有权力去当孩子。"他努力去想象叶永说这句话时的心情，感到了浓浓的辛酸。

　　穷人的孩子早当家，叶平对此深信不疑。

　　晚上的时候叶平做了一个梦。在梦里，他的眼前是波涛汹涌的海浪，他悬浮于大海之上，海风携带水花呼啸而过，他在空中信步而行。突然他觉得有点不对劲，为什么自己能浮在半空中呢？正想着，他的身后就多出了一个静止的螺旋桨。这就对了，他心里想。他走着。太阳落下来，又升上去，光明与黑暗在相互打着拉锯战，不断地僵持。最终，光明与黑暗分居天的两侧，然后逐渐融合在一起，汇合成一个阴阳鱼的图案。叶平也没想什么，甚至没觉得这有多奇怪。可是在那个阴阳鱼图案里，慢慢浮现出一个女人的形象。女人慢慢清晰，她穿着黑色的连衣裙，一头飘逸的长发在身后起伏。叶平屏住了呼吸，他认得那件黑色的连衣裙，那是杨欣最喜欢穿的一件衣服。叶平还记得有一次他问杨欣，为什么总是穿这件裙子，杨欣调皮地笑笑，说，因为我很黑啊。叶平说，你很黑？天啊，你这么白都说自己黑，你叫我怎么办啊。杨欣突然就变得好认真，她凝视着叶平的眼睛问，真的吗？叶平点点头。然后杨欣就搂住他的脖子，蜻蜓点水般地吻了他一下。

阴阳鱼缓缓褪去，而杨欣却站在了叶平对面的位置。她对叶平轻笑，叶平试探着向前走了两步，看见杨欣一动不动，他没来由觉得有点害怕。他停住了脚步，远远地望着杨欣。杨欣终于动了，她开始向着叶平的方向飘去，可叶平却往后退了两步。这时，海浪消失了，海面出现一个个幽蓝色的漩涡。杨欣的速度猛然加快，叶平大叫一声，转身疯狂地向后跑去。

叶平就在这个时候醒了。窗外依然是黏稠的夜。他大口大口地喘气，脑子里乱成一团。

他悲哀地想，为什么自己会逃呢？这个时候他不是应该立刻冲上去抱住杨欣，然后温柔地安慰她，抚摸她，再说上一句"幸好你没做傻事"？

叶平不愿再想下去了。睡吧，毕竟只是个梦，没什么好追究的，他如是告诉自己。可是在他躺下的时候，他仍然感受到了自己强劲的心跳。

（C）

402班周四下午最后一节课是生物课。当下课铃声打响的时候，班上立刻就沸腾起来。叶平无奈地看着叶永脸上扩散开来的狰狞。他觉得有点不好意思，这毕竟是他的课堂，没有管理好有他的责任。于是他扯着嗓子喊了一句："大家安静！"班上立刻安静了下来。叶平瞥

救　赎

了叶永一眼，叶永正在收拾书包。叶平顿时觉得没什么意思，匆匆叫了声"下课"。

走在街上，尘土被掠过的车辆卷起，飘洒在空气中，让人觉得很呛鼻。叶平忍不住皱了皱眉。就在这时，他发现叶永正在前面一个人走着。叶平在后面喊了一声："叶永！"

叶永缓缓转过头，停住了。叶平快步走到叶永面前："下午好，叶永，又见面了。"

叶永笑笑："是啊，好巧。"

"没人和你一起？"叶平问。

"老师不也是吗？"

"那叶永，你家在哪？"

"伯乐小区那里。"

"那正好，我家也住在那，一起吧。"

"好。"

他们肩并肩走着，街头略微生锈的红绿灯闪灭。他们左一句右一句地聊着，中间叶永问了叶平几个生物问题，叶平都耐心地解答了。

"叶永，我感觉你对自己要求很高啊。"解答完问题后，叶平说。

"老师，你是希望我把要求放低点？"叶永问。

"没有没有。"叶平连忙否认，"我只是，怎么说呢，老师看到自己的学生好好学习都会感到欣慰的。学生对自己要求高当然是好事，我们当老师的都巴不得所有人都像你这样呢。"

"但愿吧。"叶永冷冷地说。

"这话说的，"叶平听出了这话里的不对劲，"你好像对班里人不太自信啊？"

"还行吧。"叶永说。

他们走过转角，去狐臭药水的小广告七零八落地在墙上耷拉下来。在转过身的一瞬，叶平清晰地看见叶永嘴角挑起的不屑。这让叶平有点不舒服。

"叶永，问你一个问题。"叶平说。

"嗯，老师你问吧。"

踌躇了一会儿，叶平缓缓说："你是不是觉得自己很了不起？"

叶永定住了。

"怎么了，叶永？"叶平看叶永突然停下来了，有点怀疑刚才说话是不是有点过了，"不好意思，叶永，我就是随便说说，你别往心里去。"

"不，老师，你不是随便说说的，我知道。"叶永低下头，"你说得一点没错，我的确觉得自己很了不起。"叶永又缓缓抬起头，"可是老师，你知道我为什么要觉得自己很了不起吗？"

"不知道。"

"老师，我说了你也不会明白的。"叶永盯着叶平的眼睛，"你只是单纯地觉得我自以为了不起是不好的，可你不明白一个人自以为了不起到底意味着什么。"

叶平觉得有些好笑，他不明白叶永为什么要将一件很简单的事说得那么玄乎。但他还是问了："叶永，那你觉得这意味着什么？"

叶永听出了叶平语气里的微弱的嘲弄，于是他没有再说话，径直向前走。叶平无奈地笑笑，跟了上去。他们没有再说话，有好几次叶平想挑起新的话题，可看到叶永面无表情的脸，他立刻把想说的话吞了进去。这让叶平感到有点尴尬，但出于礼貌，他还是耐着性子走了下去。

叶平看了看天，乌云在天上聚集，天色黑压压一片，应该是要下雨了。

他们拐进一条小巷，小巷的两边是高高的、土黄色的墙。小巷的中央，一个老乞丐端坐在那里，面前放着一个破瓷碗，瓷碗里面零星地放着几枚硬币。他们走过乞丐身边的时候，乞丐立刻拿起碗，伸出一只干枯得像是老树皮的手，手指扭曲成怪异的爪，在空气中有节奏地摆动。叶平有点不忍心，他停下来，蹲下身，从口袋里掏出两枚硬币，轻轻放进乞丐的碗里。乞丐立刻点头道谢，然后诚恳地看向了叶永。叶永缓缓蹲在乞丐面前，死死地盯着乞丐。乞丐有点手足无措，目光开始轻微地晃动，同时更加剧烈地摇动手里的碗。叶永笑了笑，伸出手，在乞丐有点焦急的目光中，他轻轻伸手从碗里掏出一枚硬币，然后放进自己的口袋。乞丐先愣了一下，然后立刻拉住叶永的胳膊。叶永猛然站起，乞丐被带得失去平衡，摔在地上。

"叶永，你在干什么？"叶平一把扯住叶永的肩膀，强行让叶永看着他的眼睛，"你怎么能这样呢？"

叶永满不在乎地耸耸肩，把那枚硬币掏出来，随手一扔，银白色的硬币在空中转了几个圈，跌进了乞丐碗里。乞丐明显没有经历过这种情况，目光呆滞地看着那两个人。

"行了吗？老师？"叶永问。

"叶永，你知道你在做什么吗？"叶平轻轻推了一下叶永，然后蹲下身，从口袋掏出一张十元钞票，"不好意思，他是我的学生，还希望你别在意啊。"

乞丐拿过那张钞票，忙点头道谢。

"谢谢。"叶平站起来，然后拉住叶永，径直把他往小巷外面拽。叶永也不反抗，就任凭叶平把他拉着。等到走出小巷，叶平回过头："叶永，你为什么要这么做？欺负一个乞丐很好玩吗？你看看人家多可怜，整天就蹲在那，你难道一点同情心都没有吗？你换位思考一下，如果你是乞丐，别人对你做了相同的事，你会怎么想？"

叶永笑笑："老师，我会想，这是我应得的惩罚。"

"你真是……"叶平实在找不出什么好词来形容眼前这个孩子。这孩子脸上没有一点为自己的恶作剧幸灾乐祸的痕迹，可越是这样叶平就越感到悲哀。如果叶永做这件事是因为心理年龄太小，恶作剧，叶平倒是无所谓，因为随着年龄的增长叶永会逐渐改变。可是叶永并不小，可他的表情淡漠得像是在做着什么很普通的事情，换而言之，叶永在做完这件事后没有感觉到一点罪恶感。这让叶平很心寒。

"老师，你是名教书的老师，你只需要教好你所应传授的知识就行了，为什么要管这么多呢？"叶永问。

"对，我只是名老师。"叶平觉得自己被冒犯了，声音不自觉提高了两分，"可你知道老师的使命是什么吗？教书育人！教书是我的责任，可育人也是我的责任。叶永，我知道你很聪明，但你也别太不把老师放在眼里了。你现在必须给我个理由，为什么你要那么做？"

"为什么？"叶永轻笑，"我说了你就能懂吗？"

"你不说我肯定不懂，但你说了我可能会懂。"叶平说。

"行，叶老师，既然你那么想知道，我就告诉你是什么原因。"叶永缓缓说，"我非常讨厌能够心安理得接受别人怜悯的人。"

"你这话说得，弄得好像别人希望被怜悯似的，大家不都是没办法吗？"叶平情绪有点激动，"我知道你们现在家里都是独生子女，没吃过什么苦，但我告诉你，叶永，你没吃过苦就别小看别人的苦，大家都不容易，知道吗？"

叶永低下头没说话，叶平松了一口气，他以为叶永应该已经有所感触。可是叶永缓缓抬起头，脸上依然是那副固执的模样："老师认为自己吃过哪些苦？"

"我？"叶平愣了一愣，但他立刻反应过来，"行，叶永，我告诉你我吃过什么苦，在我很小的时候我妈就把我抛弃了！你知道没妈的感觉吗？叶永，不要总是用自己的标准去衡量别人，别人经历的苦你未必知道。"

叶永却笑出了声。

"怎么了？叶永，哪里好笑了？"叶永的笑容让叶平有点心悸。

"老师，这就是你的不幸？"叶永不再笑了，取而代之的是满脸的苍凉，"我承认我的确不知道没妈的感觉，可是老师你知道没爸的感觉吗？你又知道有个精神病母亲的感觉吗？老师，你知道你为什么你能把你没妈的事实毫无芥蒂地说出来吗？因为你很幸福，没有妈妈对你而言并不是什么多大的伤害。"叶永的拳头不知不觉握紧了，像是在拼命攥紧什么，"真是可笑，幸福的人总是把自己生活的一点点瑕疵当作炫耀的资本。老师你能不能不要这样？"

说完叶永就头也不回地走了，留下呆站在原地的叶平。他觉得自己好像做错了，他想立刻追上叶永和他好好谈谈。可是他已经看见了，街道的另一边，一个眼熟的身影笔直地站着，目光直直地投向他。

杨欣站在斑马线的另一边。她穿着黑色的连衣裙，长发披肩，随风摇摆。她正对叶平微笑，带着风尘仆仆的气息。

深呼吸——杨欣

我经常会心疼叶平那孩子，请允许我叫他"孩子"，没有人比我更了解他。大学四年里我像一个亲姐姐那样陪伴他，安抚他，然后，玩弄他。他在我手里就像一个可以随意摆弄的玩偶。他几乎不生气，有的时候我会怀疑他是不是不懂得如何生气。

抱歉，叶平，我甚至脚踩两只船，秘密地谈了另一场恋爱。这是一种背叛，我自己也知道。我经常在夜里质问自己的良心，但最终我宽恕了自己。我不是纯白干净容不下一点污渍的人，相反，我很脏很脏。

叶平，你还记得我们第一次上床吗？我对你说，我不是处女，你会介意吗？当时我们已经脱光了衣服，一丝不挂地面对面。你尴尬地站着，不知道该做些什么。最终还是我假装害羞地抱住你，亲吻你，爱抚你。你没有回答我的问题，但我知道你是不想回答，你认为人们在心中对"处女"这个词都是很敏感的，你怕伤到我。但是你可能小看我了，我不是那种在乎贞洁的人，我亲手践踏过我的贞洁。

我在高一那年就和我的第一任男友开房。那时候我是年轻的，是青涩的，当我和他融合在一起的时候我的眼睛是花白一片的，疼痛伴随着快感刺激着大脑，我紧紧抱住他，像是在寻求依靠的鸟儿。可能你以为我有多爱那个人，但你错了，我只是想体验那种感觉，贞洁那种东西才无所谓呢。高三那年，我把我男朋友甩了，谈恋爱会分散我的精力，我马上要高考了。然后那个男的就像是丢了魂一样整天萎靡不振。当然我也没有同情他，他从高二开始就到处拈花惹草，还自作聪明，以为我不知道，他怎么样和我又有什么关系？

高三暑假，凭着在社会上结交的人脉，我瞒着家人接了几次客。我想体验一下妓女的生活。当妓女的确是耻辱的。和贞洁无关，我只是心疼我的身体，说心里话，我真的不太舍得把自己的身体交给不相关的人。那些客人都是在街上耍棍弄刀的男孩，眼睛里全都是野兽般的欲望，有好几个都要求我像 AV 女优那样和他们做。我才不干呢，能陪你们玩已经够可以了，还提要求？

于是，我就再也没接过客，总有人会觉得自己付了钱便拥有了多大的权力。

向大学出发的前一天，我仔细地为自己洗了一次澡。我将浴缸里放满了热水，然后小心翼翼地躺在里面，用力地注视着我身体的每一寸肌肤，然后用毛巾沾上沐浴露，粗暴地将全身擦了好几遍。我想洗掉我身体里的脏，那些满是肉欲的脏，我想在大学里能看见一个干净的自己。当然，我也知道，这只是自我安慰罢了。

第二天我登上了飞机，飞机穿越云海的时候，我觉得过去已经离我很远了。但在飞机上睡着的时候，我还是梦见了我的前男友。他站在荒凉的大草原上，我隐隐约约看见他对我微笑，风卷起他衬衫的下摆，真帅。我想毕竟都过去了，于是对他打了招呼。但是接下来他突然来到我面前，将我狠狠地压在身下，他的脸庞迅速变化为一张半大男孩被兽欲充斥的脸。

我猛然惊醒。于是我明白，过去并非那么容易就能过去，它会以某种形式刻印在大脑里，挣不脱，逃不掉。然后我开始回忆过去。我想起那时我前男友和别的女孩眉目传情时我心中的愤恨，那种酸楚我还记忆犹新；我想起第一次接客时我的胆怯，男孩强行将我按下时我的恼怒和无能为力，还有心头略微泛起的绝望。

我哭了，难以抑制地哭了。爸妈着急地看着我，大声吆喝空姐端茶送水。他们轻轻拍着我的肩，温柔地安慰我。我用力将头埋进妈妈的怀里。"不哭不哭，杨欣乖。"妈妈抱住我，抚摸我的头。

爸，妈，女儿对不起你们。

我不愿想起曾经，那时候我是非常厌恶世俗道德的，我一直在想凭什么男的可以到处流连花草，而女的一旦沾上就会被所有人唾弃。但是现在的我终于明白了，贞洁这东西的起点是爱，是守护，女人想要一直珍惜自己的身体，直到将它完美地献给自己最爱的人。

可惜，我已经做不到了。

我对叶平可以说是一见钟情。我受邀参加一个朋友的生日聚会，在 KTV 里大声扯着嗓子，回过头时我便注意到他。他正目不转睛地看着我。他脸上的线条很柔软，眼睛里有一种澄澈的光芒。那时我觉得他纯洁得像是个天使。没错，天使。他一定是来拯救我的，拯救我这个犯下累累罪行的妓女。我想和他在一起，这个念头立刻就从脑子里冒出来，一种冲动开始势不可当地涌入我的全身。我猛然拿起一罐啤酒，一口喝下，借着酒劲边唱边向他走去。近了，越来越近了，我用眼角的余光算计着我和他的距离，然后，在合适的时候，假装喝醉脚步不稳，倒在了他的身上。

我能感觉到他是慌乱的，他的身体立刻绷紧得像条弓，甚至在我倒下的一瞬明显地颤抖了一下。我听见周围人立刻安静了下来，估计都想看后面事情会如何发展。我把脸缓缓抬起来，目光在自己的腿和叶平的脸之间游离——这是以前练习过很多遍的动作，能让所有人都觉得我在害羞。我清晰地看见叶平眼里的那份空白。我在心里笑了，我知道他就是我想要找的人，能让我忘掉所有罪恶的人。

我吻了他。当我听到周围人发疯似的叫好，看到叶平眼睛里的东西慢慢开始凝聚的时候，我明白，我成功了。

我们恋爱了。

　　我的确没有看错，叶平是个太过善良的人，他对很多事情都无所谓，甚至有时候连自己都无所谓。他和我不一样，他会用心爱着所有的一切，并能将爱付诸实践；而我就算爱着什么东西，也迟早会因为各种各样的原因把它糟蹋掉，比如我的身体，再比如，我的叶平。

　　我珍惜并糟蹋着我的叶平。我总是命令他蹲在地上，然后凶狠地抱住他的头，使劲地吻他，我的舌头疯狂地在他嘴里打转，恨不得将他的嘴掏空。在床上的时候我会将指甲狠狠地嵌进他的脊背，任凭他痛得咬牙皱眉，但我始终不松手，反而愈发用力。完事的时候我会抚摸他的背，用手指轻轻滑过他背上布满的伤痕。"疼吗？"我每次都这么问他。他笑着对我摇摇头。也许你想象不到我那时有多心疼他，我在心里向他忏悔。但下一次我却会将指甲嵌得更狠。我动不动就让他帮我干这干那，他也对我唯命是从。我经常辱骂他，嘲笑他，但他总是不放在心上。极少数，在我提到他父亲的时候，他才会动怒。比如，有一次我对他说："你不就是个没娘养的吗？你爸也就这点出息，连自己的女人都留不住！"我知道我很过火，但我却一而再再而三地触犯他的底线，然后在他将要生气之前猛然抱住他，温柔地吻住他的嘴唇，在他耳边轻声说"我爱你"。他立刻便没了脾气，无奈地摸摸我的头，轻轻拥抱我。偶尔我会感觉到他环住我时手上加重的力量，我知道他很难过，很痛苦，我也很自责。可是每次我看见他温暖纯洁的微笑时我都会觉得自卑，觉得自己很龌龊。那种卑微的难过总是让我愤怒异常。于是我想把他拉下水，把他糟蹋成和我一样的人。可有的时候我会害怕，我怕如果有一天他真的被我拉下水，我又该怎么办，我不能没有他。

　　我深深爱着叶平，我深深恨着叶平。因此，我又恋爱了。

　　他是个外校的体育生，眉眼英朗，看样子就是一个经历过很多事的人。他的全身让人感觉充满了力量，肌肉线条很漂亮，还有鲜明的六块腹肌。他很霸道，经常不会给我选择的余地。第一次在床上的时候我试图将指甲嵌进他的背部，就像对叶平那样，可他立刻反剪我的手，不让我动弹，我在他手上就像是只绵羊。我经常被他弄疼，每次他拥抱我的时候我都有种要窒息的感觉。可是我深深地迷恋他，在他面前我不会自卑，虽然我在他面前远没有在叶平面前那么嚣张，但我是骄傲的，我知道自己是在让着他。他看我的眼神永远不会像叶平那样让我感到自己很卑鄙。没错，我很贱，我就是个贱骨头，世上不会再有像我这么贱的人。

但脚踩两只船却给了我更强烈的罪恶感。我真的很害怕伤害到叶平。他那么纯洁，那么善良，就像是个天使，我怎么可以伤害他？但事实上我根本无法抑制想要糟蹋他的念头。有好几次我都在考虑要不要把和那个体育生谈恋爱的事实公布出来，给叶平戴上绿帽子，仔细欣赏叶平会变成什么样子。但我终究是不敢，我知道一旦我真的做了，我一辈子都不会原谅自己。

就这样，我和他走过了一年又一年，我无数次伤害他，然后无数次满怀忏悔地抚摸他的伤痕。在一次次的挣扎中，我也明白了我到底是什么样的人。我是那种会不停追求疯狂的人，为了疯狂，我打碎了自己，打碎了我的爱情，打碎了我的生活。我像一个求虐者那样拼命地往飞溅的碎片上撞，直到自己伤痕累累才肯罢休，然后尽情享受疼痛带给我的煎熬。我注定会下十八层地狱的，即使身边有一个天使我也不会升入天堂。

我终于觉得我们不适合了，即使他那么包容，那么善良，但他终究不属于我的已经成了废墟的生活。有时候我会想，或许属于我生活的人应该和我一样罪孽深重，比如那个体育生。虽然我不是很了解他，但是我知道他是个有故事的人，有故事的人都曾犯下过罪恶。我会和我的伴侣在剩下的日子里一起厮杀，相互磨牙吮血，不断地为我们的生活种下狰狞的罂粟，直到天荒地老。

于是，在毕业前夕，我安排了一次争吵。我假装无意地聊到毕业后的去向问题，然后跟他无理取闹，最后甩手而去。他没有挽留我，这让我松了一口气，否则我会更加觉得对不起他。

第五章

　　回到宿舍后我就躺在床上，看着漆黑的夜空，脑海里一帧一帧地放映着我和他一起走过的时光。我想起他温柔的笑容，想起他那温暖的拥抱，想起他对我嘘寒问暖时我的感动。我哭了，我号啕大哭，我明白我失去了大学四年中对我最重要的人。那种撕心裂肺的难过让我无法控制自己的情绪。有人在使劲敲我宿舍的门，大声在外面问我怎么了，为什么哭得这么厉害。我没有回答她们，只是一个劲儿地哭。后来，我哭累了，不知不觉就睡着了。等我醒来的时候，太阳已经悬在半空中了，阳光刺破窗帘照了进来。过了一会儿，我掀开被子，缓缓爬到阳光照射的地方，好暖和。

　　我删掉了昨晚叶平给我的一切消息。

　　晚上我去找了体育生，和他上了床。我们依然在那间阴暗狭小的旅馆中见面，昏黄的灯光下我仿佛看见了叶平那温暖的笑。于是我下意识将指甲嵌入那个体育生的背，却被他干脆利落地把双手反剪在一起。我立刻反应过来，叶平已经不在了。一种让人心凉的悲哀就这么在我身体里回荡，我不再迎合体育生。体育生好像明白了什么，但他什么也没说，只是狠狠地亲吻我的嘴唇。

　　半夜醒来的时候，我借着黑暗中残存的微光仔细地看着体育生轮廓鲜明的脸。我明白在我的爱情里我只剩下他了，在这片一望无际的荒原中，我只能找到这一个依靠。我轻轻抚摸着体育生的脸庞，眼泪默默地流下。

　　叶平走的时候，我在和体育生翻云覆雨。

　　可是后来，一次很偶然的机会，我登入了体育生的QQ，我发现了体育生和另外一个女生也在谈着恋爱，而且已经有很长一段时间了。我生气地找到他，并大声质问他。体育生却轻蔑地对我笑笑："你认识叶平吗？"

　　这句话像是道惊雷，瞬间将我劈成了半晕的状态。我有点心虚地望着他，低声说我不知道。体育生低下头，在我耳边说："杨欣，别以为自己多聪明，除了叶平那傻小子，有谁会真的爱你？"

救　赎

我甩手一巴掌抽过去，却被他轻松地接下。"杨欣，我一直在忍你，你以为谁都能像那个叶平一样？"

他使劲捏了一下我的手，把我弄得生疼。我尖叫一声，用力地挣扎。他放开我的手，拍了拍我的脸，然后扬长而去。

我瘫软在地上，脑海里空白一片。我知道我输了，我成功地输给了自己。我真的很愚蠢，自以为能不着痕迹地脚踩两只船，而事实上大家也许都早已明白一切。我闭上眼睛，用心地体会那种仅剩一棵树的荒原终于彻彻底底变成沙漠时的孤独。没错，我的生活原本是片一望无际的森林，可是我却发疯似的放火焚烧它们，毁坏它们，直到我终于如愿以偿地一无所有。

我很难过很难过，可是我不能将我的难过和任何人说。如果我真的说了，所有的人都会在心里骂我自作自受。我已经不堪一击了，我没有力量再去承受其他人鄙视的目光。

叶平，你在哪里？为什么不来救我？我是如此依恋你的微笑你的翅膀，能不能不要这么抛弃我啊？

我已经无法再糟蹋叶平了，于是我开始糟蹋自己。

我开始出入于各个酒吧，过上了放荡淫乱的生活。我在不断旋转的霓虹灯光中频频向各个男人举杯，那些献殷勤的男人狗一样为我添酒，斑斓的灯光将他们的脸映出了一种诡异的色彩。我知道他们想要什么，他们想要的不过是一个女孩年轻的身体。我倒是不介意，我是一个肮脏的女人，身体对我已经无所谓了，他们想要给他们就是了。一般在酒吧混了一两个小时后我就去和男人开房了，我在床上疯狂，在床上试图忘记叶平。心情好的时候我不收钱，心情不好的时候我会收几百块钱当服务费。那些男人也都爽快地把钱付给我，因为一般他们都会再次来找我。等那些男人走了，我会点燃打火机，睁大眼睛看着火苗缓缓上移，逐渐将那些钞票吞噬殆尽。我烧的不是钱，我烧的是我的罪恶，烧的是埋藏在我身体里的脏。

我就这么一天天地堕落。我的父母不知道我已经成了怪物，我想如果他们知道我现在的样子应该恨不得打死我吧。他们在我拿到学业证书后的一个星期打电话给我了，当时我还在和一个常客在床上打滚。他们要我回家。妈妈的声音让我惊醒，我呆呆地看着眼前满是划痕的墙面，眼前掠过的是五彩斑斓的灯与影，还有那些男人赤裸的肉体。我什么也没说，任凭我妈在那边不停地呼唤我。等我反应过来的时候，我妈还在叫我，让我回答她。我对着话筒说："妈，过一会儿我再打给你好吗？"然后干脆地挂掉电话。

那个男人用胳膊环住我的肩膀："怎么了，小乖乖，还继续吗？"

我没有回答他。我用力挣脱了他的胳膊，开始穿衣。"怎么，要走了？"他说。我说："没错，我要走了。"他对我笑了笑："也对，生活终究还是要步入正轨的，祝你好运。"我对他微笑："谢谢。"

离开旅店的时候我感受到了一股扑面的凉意。我抬起头，月亮在天上呈现出一个完整的圆，零零碎碎的星星若隐若现。我静止了好久，看着远方的灯火在半空狂乱地闪耀，看着眼前的树枝随风摇摆。

我终于拨通了妈妈的手机："妈，请原谅我，再给我三个月时间好吗？我想带回一个人，一个对我很重要很重要的人。"

妈在那边喊："为什么？好不容易你毕业了，大家都想好好看看你，快点回来吧！"

我说："妈，我保证尽快回去。我会去永平，我姨妈不是在那里吗？你们可以去那里看我啊。"

"你个傻孩子，天下到哪找不到好男人？"妈焦急的声音从话筒里传来，"你快回来吧，别给人家给骗了。我一直看着你长大，我知道你最容易上当受骗。刚上大学的时候我就告诉过你别对感情太认真，可是你看看现在的你……"

我打断她："妈，我对不起他，我是去忏悔的。"

我挂断了电话。

不久，妈妈又打了过来，但她的语气温柔了很多，也没有责骂我。只是劝我三思，然后希望我路上小心。不久姨妈也打电话过来，估计是爸妈已经交代过了。她轻声问我到底发生了什么事，我支支吾吾地左一句右一句。最终姨妈叹了口气，说一切随我。我道了声谢，挂掉手机。

我重新回到旅馆，男人已经走了。我疲惫地倒在床上，一个计划慢慢在脑海里成型。

叶平，请原谅我，接下来我要欺骗你。但你知道吗？只有你可以救我，只有你可以带我逃离这罪孽深重的苦海。叶平，请原谅我，你那么纯洁那么善良，就算我不欺骗你也还是会有人欺骗你的。所以，请原谅我这个贱人。

我先在 QQ 里写下几条说说，内容就是那些伤春悲秋、有点露骨地揭示我对叶平的想念的话。接着，我去了一家嘈杂的酒吧。坐在被空调吹得冰冷的椅子上，我深吸了一口气，拨打叶平的号码。当我听到手机里传来"嘟"的一声，也就是电话接通的一刻，我的喉咙里爆发出了响亮的哭声，我哭着指责叶平，然后算准时间，在他准备说话的时候挂断电话。虽然我自己也知道这纯粹是无理取闹，但这对叶平有用。他是那种看不得别人受伤的人，何况我和他走过了那么长的时间，就算他知道我是装的，他也会本能地心疼我装得很辛苦。

可我没想到的是，在挂断电话后我无法克制自己，哭个不停。是啊，那么长的时间，我一个人无助地在旷野里挣扎，用迷乱掩盖我内心深处的悲伤。此刻，我所经历的煎熬都仿佛洪水决堤一样奔腾出来。周围的人都对我侧目，可我没有理会他们的目光。

我打开 QQ，看到了叶平的来访记录，可紧接着叶平的来访记录消失了。我知道是怎么回事。我开始定时地在说说上留言，内容越来越激烈。然后我打电话给了几个要好的朋友，恳请他们，如果叶平打电话给他们，请不要接，短信留言也都不要回。他们知道我想重新挽回叶平，于是都答应了。同时，我密切关注着空间的来访记录，发现叶平越来越频繁地来我的空间，然后立即清空来访记录。我知道，我就要赢了。

"爸，妈，对不起，女儿不是有意要寻短见的。还有，叶平，我恨你。再见了，那些爱我和我爱的人，祝你们平安。"

当写下这条留言的时候我特意屏蔽了我的父母。紧接着叶平的电话疯狂地打过来，我一个都没接；QQ 微信邮箱统统都是他的消息，但我都没有回复。我的朋友们也都遵守了他们的承诺，没有和叶平说上一句话。

我登上了去永平的火车。踏上火车的时候，我看见眼前密密麻麻的人群。我突然明白，当时叶平一个人在人群里游荡的时候，他有多么孤独。

亲爱的，请原谅我，我保证这是最后一次。

第六章

（A）

叶永很愤怒很愤怒，他觉得心中像是堵了一口气，让人喘不过来气。转过街角的时候叶永往叶平的方向瞥了一眼，他看见叶平正和一个女孩对视，一看就知道两人经历过什么故事。叶永叹了口气。"真是幸福啊。"叶永轻喃，"可是为什么，为什么所有人都觉得不幸是件很简单的事？"

他拖着步子，乌云仍然在聚拢，天色阴沉沉的，好像整个天都下坠了许多似的。周围的小铺仍在费力地叫卖，汽车扬起的尘土仍在肆意地舞蹈。他在街上走着，像是迷失在荒原里的狼。

打开门的时候外婆已经把饭菜做好了。看见叶永回来了，外婆满是皱纹的脸立刻堆满了笑容。"小永回来了，快吃饭，快吃饭，在学校累到了吧？"她握住叶永的手，把他往饭桌上拉。

外婆总是这样，她那看似面面俱到的关怀是让人窒息的。有时叶永很反感这种表达爱的方式，但叶永能理解：外婆把希望全都寄托在他身上了，她得做些什么来抓住仅存的希望，好让自己能感受到希望还在自己身边。这种说法有点抽象，却是叶永看到的事实。他尽量不去反抗外婆的爱，即使有时候他真的不耐烦。

"小永，来，吃菜，今天外婆提前下班，做了一大桌菜，尝尝。"外婆一边说一边殷勤地替叶永夹菜。

"好了，外婆。"其实叶永心里是烦躁的，毕竟刚惹了自己的生物老师，"你也多吃点，我吃什么菜会自己夹的，放心。"

"那不行，你平常就不喜欢多吃，晚上晚自习那么长时间，肚子饿了怎么办？"外婆说着又给叶永夹了一筷子红烧肉。

叶永没有再说什么。他望向灰色的天花板，天花板的墙皮已经掉了很多了，灰色与白色夹杂在一起，给人一种错乱的感觉。"我是不是也很幸福呢？"他在心里默念道。

（B）

叶平无论如何也没想到，事情竟会这样进展。他曾想过很多个结局：曾想过杨欣会真的寻短见，然后他就带着悔恨与自责活上一辈子；也曾想过杨欣会想明白，会忘掉他，然后开始新的生活，这样他就可以安心地在岁月的流淌中逐渐清洗掉杨欣留下的印记。可是，无论如何他都没想过故事会在这个城市继续下去，没想过杨欣竟会千里迢迢前来找他。

他没有任何准备，完全不知道应该怎么办，呆站在原地一动不动。杨欣也没有动，她纤细的腰肢挺得笔直，脸上一直保持着那个微笑。他们长久地凝视，路人从身旁擦肩而过，车辆从眼前飞奔而去，仿佛一切都在运转，只有他们俩成了雕塑。

叶平承认他是喜悦的，杨欣既然来了就有可能陪他在永平生活下去；可他也承认自己是恐慌的，他骤然加速的心跳无疑暴露了这一点。他在想自己是不是应该立刻走过去，然后用力拥抱杨欣，跟她说，还好你没事。可是他还在胆怯，还在紧张，还不敢迈步。然后他想起了那个梦，想起那个疯狂逃跑的自己，他猛然打了个激灵，立刻坚定起来。人行道的红灯在闪，绿灯亮起的时候，叶平向杨欣走去。起初他走得很慢，可是他的速度越来越快，到后来他感觉自己像是在飞一样。最后他冲上去用力抱住杨欣，将她小巧的身躯使劲往自己的怀抱里塞。

救　赎

杨欣的笑容也恰恰是在这个时候崩溃的，她哭了。她在叶平的怀里抽泣，身子剧烈地一颤一颤，肩膀抖动得像是受伤的鸟。起初她还在压抑自己的哭声，可是没一会儿，哭声仿佛山洪似的爆发出来，眼泪汇成水流从脸庞滑落。

"杨欣，你怎么了？别哭啊。我在这里呢。"叶平觉得有点尴尬，路人都停下脚步，向他们两个看去，他说，"乖，别哭了。"

可是杨欣哭的声音更大了。叶平突然觉得自己怀里的身躯一下沉重了许多，他下意识松了松胳膊，杨欣的身体就这样无力地瘫了下去。等叶平反应过来的时候，杨欣已经半跪在地上，将上半身所有的重量压向他。叶平慌忙想要蹲下来安慰她，可是杨欣的胳膊也就在这时候紧紧地缠绕住他的腿，叶平刚想移动腿，杨欣就用全身的力量箍紧。她依然在颤抖，可是她的手臂依然有力量。这让人感觉叶平那两条腿是杨欣仅剩的唯一，杨欣正在用所有的力量拼命捍卫它们。

杨欣还在放声大哭，偶尔喘不上气在干咳。可是叶平听出来了，杨欣是在发泄。在那片时断时续的仿佛海浪一样的哭声里，他听出了很多很多的情绪：悔恨、孤独、自责，等等等等。路人渐渐将他们围住。有些上了年纪的人开始指责叶平，说他为什么傻站着，还不快去安慰杨欣；有些人在那说叶平怎么能把这么好的女孩弄哭呢？叶平并没有理睬那些人，他静静看着杨欣不断起伏的身躯，心里仿佛刀绞一般。他想起有一次，他和杨欣起了很大的争执，杨欣狠狠推了他一把，然后就头也不回地走了。晚上叶平找到她的时候，杨欣正在酒吧里买醉，周围一帮男人围着她喝酒，他们在一起大笑起哄。叶平记得他当时很生气，他快步走向前去，站到一个杨欣能看到的地方。杨欣缓缓抬起头，看见叶平，她向叶平举了举手中的酒杯，里面剩下一半的暗红色酒液在剧烈地摇晃。她在笑，她的脸因为这笑容妩媚异常，脸颊的红晕因为这微笑格外红艳。叶平咬了咬嘴唇，转身准备离开。

可是他只踏出了一步。因为他被人狠狠地抱住了，与此同时他听见玻璃碎裂的声音。他向后微微回头，杨欣的脸完全埋进了他的背部，酒杯碎了一地，酒液流淌开来像是鲜血。他听见杨欣颤抖的声音："别走，求你别走。对不起。"那微妙的震颤狠狠地击中他刚刚变得冷硬的心。他缓缓转过身，用力托起杨欣被酒精冲得通红的脸。那些人开始鼓掌起哄，口哨声响成一片。

杨欣的嘴还在微微蠕动："对不起，我不会这样了，真的，真的。"她的声音微弱得像是黑夜里摇摆不定的烛火。叶平抚摸着杨欣的脸，满心怜惜地为她擦干眼角的泪。那个时候他在心里默默发誓，一定要保护眼前这个女孩子一辈子。

此刻叶平想起了他当时默默发过的誓。他长长叹了口气。杨欣好像哭累了，哭声越来越小，但叶平觉得自己裤子的膝盖处已经湿透了。他弯下腰，两只手插进杨欣的下腋，用力托起了杨欣的身体。杨欣的胳膊顿时变得绵软无力，叶平缓缓蹲下，轻轻地抱住杨欣。路人们都立刻鼓掌叫好，庆祝这对情侣重归于好。

叶平像以前那样用力托起她的脸，可是被杨欣挥手打开了。杨欣猛地站起，用手抹了一把眼泪，身体略向前挺，她全身因为这一挺变得坚硬起来，仿佛刚才的号啕大哭只是一个玩笑。她居高临下地看着叶平，眼睛里再也找不出刚才的柔软与脆弱，取而代之的是仿佛钢铁一样的东西。她握住叶平的手，猛然向前拉。叶平措手不及，被拉了个趔趄。杨欣头也不回地向前方走去，叶平跟在杨欣后面。路人们在身后起哄大笑尖叫。叶平看着杨欣有点固执的背影，有时长发被风吹起掠过鼻尖，叶平感受到了久违的发香味。

"杨欣。"叶平试着叫了一声，可杨欣没有回头。他们走过转角，进入了叶平刚刚走出的小巷。叶平看见那个乞丐仍坐在那里，破瓷碗随意地摆在面前。

杨欣停住了，她回过头，反手搂住叶平的脖子，凶狠地吻了上去。叶平也拥住杨欣，两个人缠绵地吻着，仿佛要把对方的血吸干才肯罢休。当叶平有了一点窒息的感觉时，杨欣松开了他，然后她的身体微微向前倾，头轻轻靠在叶平肩膀上。

救　赎

"我来就是为了看看你。"杨欣轻声耳语。

"我知道。"叶平说。

"不，你不知道。"杨欣轻轻推开了他，"我明天就要走了。"

叶平心里的喜悦顿时被削去了一大半。他有点不自然地笑笑："哦，这样啊。"

"但是我爱你，我不想离开你。"杨欣长久地凝视叶平的眼睛，叶平被看得有点胆怯，目光开始略微游离。杨欣笑笑，从口袋里摸出一张纸，塞进叶平的上衣口袋："这是我今晚入住的旅馆，我等你等到晚上九点，如果在九点之前你没来，明天早上我就会坐火车走。"

说完她就转身要离开，叶平连忙抓住杨欣的肩膀。杨欣没有回头："叶平，你能考虑清楚再见我吗？我们都是成年人，应该知道是要为自己的行为负责任的。"

叶平慌乱地收回了手，杨欣停了一会儿，咬了咬嘴唇，向小巷外走去，留下叶平一个人呆呆地站在原地。

巷外吹来略带凉气的风，叶平狠狠闭上眼睛。

叶平颓然靠在墙上，头微微抬起，眼里倒映出斑驳的墙壁，无数已经泛黄的墙皮无精打采地耷拉着，一副将落未落的样子。再往上是阴沉沉的天，乌云聚拢在一起不停翻滚。叶平从口袋里掏出那张纸，上面写着一行字：银都宾馆202。叶平盯着那张纸看了很久，最终将那张纸重新放入口袋。

叶平明白杨欣是什么意思。他和杨欣走到今天这个地步，以后的路会非常艰难，光是两个人会在哪里生活就已经很让人烧脑子了。杨欣曾对他说过，她的父母非常疼她，最不放心的就是让她出远门，因此如果让杨欣和他一起在永平生活，他必须要用自己对杨欣的爱来说服两位老人。可是一个月前他才刚刚抛弃杨欣回到永平，让两位老人心甘情愿地将女儿交给他实在是挺困难的事情。而叶平更是不会离开永平，否则他父亲就会一个人孤苦伶仃地守着这个家，他会内疚的。

他明白杨欣那么做并不是要让叶平立刻和她离开永平，而是在询

第六章

问他一个问题：你会和我一起走下去吗，不管遇到什么困难？但叶平还没有做好这个准备，他一个人在永平建立起的生活让他很满意，他也渐渐开始习惯没有杨欣的日子，他喜欢这种平淡。如果他真的去了，他的生活将因为杨欣而再次波涛汹涌。他曾在大学四年见证过杨欣的疯狂，明白杨欣是一个几乎什么事都能做出来的人。他缓缓蹲下，两只手紧紧地抱住头部。这个时候他听到了歌声。

是乞丐的歌声。叶平看向乞丐，乞丐正抬头对着天空，两只眼睛轻轻闭上。他应该是在做一个深情的表情，可是他脸上的污垢将他的表情毁得一干二净，于是他就保持着这个滑稽的表情歌唱。可是叶平却被这个表情感动了，他感觉那些污垢里藏着很多东西。乞丐的声音是沙哑的，但是却给人一种纯净的感觉。他动情地唱着：

风带来了玫瑰

玫瑰被风吹落

我曾向着候鸟迁徙的方向

跋山涉水

终究逃不开大地的拥抱

我在逃离

我被恐慌

岁月却为我的脸颊

割上一圈圈年轮

你们背叛了我的过去

我于是背叛你们的未来

乞丐唱完了。他回过头，微笑地看着叶平。叶平走到乞丐旁边并肩坐下："你歌唱得真好听。"乞丐伸手握住碗的边缘，轻轻晃了晃："一块钱。"叶平被乞丐逗笑了，从口袋里掏出几枚硬币放到乞丐碗里，抬起头的时候视线对上了乞丐的眼睛。他立刻觉得有点不自在，因为乞丐看他的眼神像是长者在看孩子，而这名乞丐刚才还向他乞讨。

"你是个好人。"乞丐说。

"我可算不上好人，我干过的缺德事多了，不是坏人就谢天谢地了。"叶平想起了他抛下杨欣坐火车回永平，还差点让杨欣寻短见的事。

"不，一个人是不是好人和他做的事好不好没有直接的关系。你也许做过缺德事，但不妨碍你是个好人。"

叶平笑了："我说，你这句话有点意思啊，从哪学的？"

乞丐也笑了："每个人都会因为我是乞丐所以瞧不起我，以为我是为了乞讨到更多的钱所以才特意学了这些鬼话糊弄人。"他低下头，犹豫了一会儿，"可是如果我的生命只剩下这些鬼话了咋办？"

"抱歉，我不是故意的，我也不是那个意思。"叶平连忙道歉。

"没事，我当乞丐也当了有段时间了，这种事情我都经历过很多了。"乞丐说，"我都四十多岁了，混成现在这个样子也能称得上报应吧。"

叶平没有说话，他不知道该说什么来安慰眼前的男人。倒是乞丐依然宽厚地微笑，伸出手准备拍拍叶平的肩，可是他的指尖刚触及叶平的衣服，乞丐的胳膊就立刻像是触电般缩了回去。

"怎么了？"叶平问。

"没事。"乞丐有点不好意思，他伸出他那干枯黝黑的手，黑色的不明物塞满了他的长指甲，"我的手很脏，怕把你衣服弄脏了。"

叶平觉得心里有点苦涩，他叹了口气，然后紧紧握住了乞丐的手。起初乞丐还试图挣脱，可是叶平用尽力量不让乞丐的手逃脱。最终乞丐放弃了反抗，他认真地看着叶平："谢谢你，我没想到即使我变成这个样子还是会有人尊重我。"

"当乞丐那么苦，你现在看起来手脚健全的，为什么不找份工作呢？"叶平问。

"这是我应得的惩罚。"乞丐说。

"不懂。"

"你当然不懂，你也不能懂，如果你真的懂了，说明你的生活已经彻底毁了。"

"我可以认为你在自暴自弃吗？"踌躇了一会儿，叶平说。

"不是你认为我在自暴自弃，我就是在自暴自弃。我比任何人都明白我在毁掉自己，可是我只能通过毁掉自己来减轻我的罪恶感。"

"真是弄不懂你。"叶平轻轻摇了摇头。

"你要是能弄得懂我那我也不会在这乞讨度日了。"乞丐笑。

"不说这个问题了。"叶平松开乞丐的手，然后双手摩擦。然后他立刻意识到这是洗手的动作，他慌忙把手放下，"你刚刚应该听到了我们的谈话了吧，你觉得我该不该去？"

"我不是你，也不知道你们曾经经历过什么。但是我所能告诉你的是，你们也许不合适，但她是真的爱你。我这辈子最后悔的事就是亲手葬送了那些爱我的人。"

"真是个有故事的人。"叶平站了起来，"不过，你说得对，我的确不能亏待那些爱我的人，否则我一定会后悔。"

乞丐向他招了招手："祝你好运。我一直在这个地方蹲点，记得来照顾我生意哦。"

"一定。"叶平也对乞丐招了招手。然后他掏出手机，边走边拨打父亲的号码，"喂，爸，跟你说，今天我一朋友请我喝酒，晚上不回去吃饭了……什么时候回来？看情况吧，也许今天喝醉了，干脆在那睡了。"

下出租车的一刻，叶平感受到迎面而来的凉意，他的全身因为这凉意紧绷成一条蓄势待发的弓。箭已在弦上，叶平已经没有犹豫的余地了。出租车在身后摩擦着地面，尾气管喷出袅袅的白雾，向远方慢慢开去。他抬起头，"银都旅馆"这四个大字在夜空中浮夸地变换光芒。他深深吸了口气，快步走进去。店里的店员都在清理账目，没有人注意到他。他爬楼梯到二楼，从口袋里掏出那张纸。"202。"他一边轻喃一边用目光扫着各个房间的门牌。在走廊尽头的地方，他找到了房间。那里的光线有点暗，让人有种幽深的感觉。叶平向前慢慢走着，他的脚步很轻，每当听到自己的皮鞋在走廊里踏出回音的时候，叶平都有种不自在的感觉。他越往前走就越紧张，他所积累的勇敢就像光线一样慢慢被甩在身后。他的影子在前面越来越长，却越来越淡，最后仿佛藤蔓一样开始在墙上慢慢生长。

他站在 202 房间门口。冰冷的铁门是虚掩着的，叶平咬了咬嘴唇，轻轻推门。门发出吱呀一声响，缓缓旋转，转出了整个房间的风景。杨欣坐在床边，双腿叠放，腰肢轻扭，整个人因此显得曼妙无比。看到叶平站在门口，杨欣嘴角轻挑，因为口红而娇艳欲滴的嘴唇绽放出一个妩媚的微笑。

"我一直在等你。"杨欣轻声说。

叶平慢慢走向杨欣。杨欣的手臂缓缓张开，头向侧面一歪，一缕发丝斜斜地跨过了整张脸。叶平走到杨欣面前，俯下身轻轻抱住杨欣，杨欣的胳膊也顺势环绕上叶平的脊背。

"我来了。"叶平在杨欣耳边说。

"我知道。"杨欣笑笑，闭上了眼睛，"其实我刚才真的很害怕。我害怕你真的不来，这样我明天就得一个人孤零零地坐火车回去。那样多窝囊啊，我才不要。不过幸好你来了。"

"我来了，之后呢？你明天还是得回去吗？"叶平问。

杨欣没有回答。她的手臂开始松动，缓缓移动到叶平的脖颈；她的身体开始绵软无力，身体慢慢地后仰。而叶平的身体也顺势缓缓前倾，最终轻轻地将杨欣压在床上。

他们相视一笑，然后突然疯狂起来。他们拼命地热吻，相互撕开彼此的衣服，双手仿佛误入歧途的鱼一样漫无目的地在对方的身体上游走，嘴里大口呼出湿润的热气。杨欣的手指熟练地掐入了叶平的背，叶平熟练地让自己的脸因为疼痛而狰狞万分。他们像是情人，又像是仇人；他们既是在相互爱抚，又是在相互磨牙吮血。他们在床上成了野兽，昏黄的灯光在墙上映出了一个怪物似的东西。

最后，他们累了。当杨欣的指甲终于松开的时候，叶平才发现，杨欣的眼角有两行泪痕。

他们在一张被子里并肩躺下，没有说话。良久，杨欣慢慢移动着身体，将自己的头放在叶平胸前。叶平伸出手抚摸杨欣的头，玩弄着杨欣的头发。

"疼吗？"杨欣问。

"什么疼？怎么了？"叶平没有明白。

"我是说你的背。"话音刚落，叶平长长的"咝"了一声，吸了口气——不知不觉杨欣的手已经绕到了叶平身后，轻轻点了点刚才她掐的位置。"那么疼吗？"杨欣将手指收回到眼前，指尖残留着殷红的血迹，"流血了。"杨欣扭过头，直直地盯着叶平的眼睛，"为什么不直接把我的手捉住，你做那种事的时候感觉不到疼吗？"

"你不是一直都这样吗？今天怎么了？"叶平问。

"因为我一直都很蠢。"杨欣的声音带上了一点点哭腔，"你也觉得我很蠢吧。可是我不能这么蠢了，我再这么蠢下去就什么都没有了。"

"你在说什么啊？你这一个月是不是有什么人欺负你了？感觉你好像不太正常啊。"叶平紧张地问。

"没有人欺负我，真的。"杨欣的指尖划过叶平的脸颊，"叶平，你真好。"

"其实我一直在关注你，你知道吗？杨欣，你那次在酒吧打电话给我，我都急疯了。"叶平抬起头看着天花板，"那个时候我就在想要不要打个电话去安慰你，可是我放弃了。因为我没有想到你会那么想我，我以为我们已经没机会了，不如就这么干脆地让你就这样忘掉我。可是……"

"我知道，你不用再说下去，我都懂，没有人比我更懂你，真的。"杨欣说。

救　赎

　　嗫嚅了一会儿，叶平缓缓说："对不起，让你受苦了。"

　　"没事，这是我应受的。"杨欣艰难地笑笑，"对了，我明天不走了，我一个亲戚住在这里，我已经说服我爸妈会在这住上一段时间，这段时间你会好好陪我吗？"

　　"一定会。"叶平点了点头，"辛苦你了。"

　　杨欣再次挪动身体。她的身体缓缓上移，头枕在叶平的脸旁边，叶平感受到了从杨欣嘴里吹出的轻柔的风。"我累了，我们就这么睡吧，好吗？"杨欣的声音低得像是在呓语。

　　"好的，我们睡吧。"叶平说。

　　灯熄了，叶平轻轻合上眼睛。可是他很快就感觉到了杨欣的双肩剧烈地抖了一下。他扭过头，借着月光，他看见了杨欣眼角那晶莹的两滴。"杨欣？"叶平试探性地唤了一声，杨欣立刻像是受惊的小兔子一样拼命往叶平的怀里钻，叶平听到了低沉的呜咽。

　　"天啊，我到底把她伤得多深。"叶平在心里说着，手臂环住杨欣的身体，一只手轻轻地拍着杨欣的脊背。

　　杨欣终于睡着了。叶平的胳膊很酸，可是他没有乱动。他小心翼翼地看着眼前的女孩，生怕惊醒了这位天使。

第七章

（A）

清晨醒来的时候叶永听见了雨声。他拉开窗帘向外看去，长长的雨丝凶狠地砸在地上，争先恐后地粉身碎骨，无数个小型波纹不断出现又碎裂。"该死。"叶永低声骂道。

天气依然阴沉，无数的伞在地面盛开成花。

刚进班里的时候叶永就被人叫住了："叶永！"他回过头，一个女孩向他招了招手。叶永觉得这个女孩有点眼熟："你是……方园？"

"对，喔！好开心，你原来还知道我名字啊！"方园双手捂脸，摆出一个夸张的笑。

叶永觉得这女孩相当幼稚，便想快点脱身。"你找我有事吗？"叶永问。

"哦，差点忘了。"方园拍了拍头，"你数学作业写完了吗？"

"写完了，怎么？想抄？"叶永勾起嘴角。

"别说得那么直白嘛，多难为情啊。"方园摆出不好意思的表情，"就是，昨晚数学最后一题实在太难了，怎么做都做不出来。我听张阳说你每次数学作业都是全对，所以想问问你怎么做的。"

"该死的张阳。"叶永在心里暗暗骂道。他有点想拒绝，可是他却答应了："行。"叶永点点头，"你到我座位上来。"说完叶永就走向他的座位，方园在后面跟上。叶永卸下书包，抽出作业。方园在叶永对面坐下，两只手撑在自己的下巴上。叶永翻到昨晚写的部分，将作业递给方园。

"喔！过程这么多，不是吧，你怎么想到的？"方园大叫。

"我也是想了很久的，这道题确实很难。"叶永说。

"大神，果然大神。张阳说得一点没错。"方园用力点头，故意将声音压成一个滑稽的腔调。

"你先看看吧。"叶永被逗笑了，"要是哪里不明白可以问我。"

"等等，我在看。"方园的目光迅速向下扫去，然后停住了。

"怎么了？"叶永问，"是不是哪里错了？"

方园用力拍头："对了，就是这里，我怎么就想不到呢？叶永你怎么那么厉害！"

"也不是，因为我最近刚做了一道很类似的题，所以做起来比较顺手。"叶永说着就在书包里翻找，又拿出了两本数学资料。

"你自己买的？"方园问。

"对，自己做自己对答案，不会就问老师。"叶永答道，一边把其中一本资料翻开，"好像是这本，我找找……对，就在这里，你看。"他抬起头准备把那道题给方园看，结果却对上了方园的眼睛。叶永没来由觉得方园的眼神有点复杂。叶永有点慌乱地低下头："看不看啊？"

方园轻轻站起来，叶永疑惑地抬起头看着方园。"算了，能把这道题弄懂就不错了。"方园吐了吐舌头，似乎很无奈的样子，"你这种学霸我还是不要比了。"

"真不看了？"叶永问。

"不看了，不看了。"方园连忙摆手，然后像是突然想起了什么，"对了，你每门科目都自己买了两本资料做？"

"也不是，除了语文和生物，其他都是两本。"叶永老实地回答道。

"这么多资料你能做完吗？"方园问。

"只要想做，抽时间总能做完的。"叶永笑道。

"好吧，真有你的。"方园的声音骤然轻了下来，笑容消退，取而代之的是一种含糊不清的东西。然后方园像是意识到了这一点，脸上的笑容又仿佛烟花般迅速爆炸，"我就先回去把这道题补上，拜拜喽。"

"嗯，好的。"叶永笑笑点头。

然后方园就离开座位走了。叶永在她身后默默地看着她的背影。挺漂亮的，叶平在心里说。途中方园回过一次头，发现叶永在看着她，于是笑着对叶永招了招手。叶永措手不及，忙低下头，然后眼珠上挑，用余光盯住方园，直到方园就座。

张阳就在这时候满脸怪笑着走过来，他拍了拍叶永的肩："嗨，兄弟，我在旁边看半天了，你老盯着人家看干什么？是不是有意思了？"

叶永看了看张阳，没有说话，然后又迅速扫了一眼方园。方园正低着头。应该是在写那道题吧，这个想法一闪而过。他低下头拿起笔，笔尖在纸上有规律地打着节拍。

第二节语文课结束后，叶永很疲倦。他刚拿起笔想做些题目的时候，呵欠就一个接一个地涌上来。叶永明白题目没法做下去了，他起身走向教室外的走廊。走廊上的栏杆已经被雨水淋个透，水滴在栏杆的底部排成一行晶莹剔透的珍珠。他站在栏杆边，伸出食指，轻轻滑过那行珍珠。珍珠在他的食指尖汇合成水流坠下。叶永笑了笑，然后看着珍珠重新成型。他又望向栏杆外，瓢泼大雨拉成了针，猛烈地刺着作为永平五中标志的老树。那棵树在瑟瑟发抖，树枝相互摇摆撞击，偶尔会有树叶被大雨拍落。叶永就看着那树叶在空中笨拙地下坠，并因为风吹雨打而左右摇晃。真是悲哀，叶永想。

这时，叶永感觉旁边有人，他扭过头去，发现方园不知什么时候站在旁边。方园对叶永甜甜一笑，然后转过头，眼光投向外面。

"在看什么呢？"方园问。

"还能看什么？外面那么大的雨。这该死的雨也不知道什么时候能停，我来的时候裤子都湿透了。"叶永抱怨道。

救　赎

"其实我觉得这雨景很漂亮。"方园双手按在栏杆上，也不管栏杆上全是水，她轻轻踮起脚，头向外微伸，头上立刻出现了雨珠，"要是学校让带手机就好了，如果拍下来一定很美。"

"是啊，会很美。"叶永自己都没察觉到他的一边嘴角已经微微上扬。

"你是不是从来就没觉得这很美？"方园问。

叶永呆住了。

等叶永回过神来的时候，方园已经不在旁边了，她正和班里一帮人闹成一团。"真有意思。"叶永轻声说。他觉得自己被看穿了，被一个比自己小三岁的女生看穿了。他有点耻辱。方园注意到叶永在看着她，连忙推开一个女生，"我先玩去了，你慢慢看风景。"她对叶永说，然后她又抱住那个女生，一只手捏住女生的脸，"小朋友，给你姐姐笑一个。"那女生笑着打开方园的手。旁边一帮男生起哄："方园又在调戏良家妇女喽！"方园摆出很痞的样子："怎么了，姐姐就是喜欢调戏良家妇女，怎么了？有意见的出来！""不敢不敢！"男生们连忙摆手。

叶永又望向栏杆外。大雨依然在连绵，老树依然在跳舞。"很美？"叶永轻声呢喃，像是在问自己，又像是再问面前的空气。

（B）

叶平是被雷声惊醒的。他醒的时候天才微微放亮，黑暗正在做垂死的挣扎。闪电突兀地刺破掺杂着一丝光明的夜色，借着这一道光亮，他看见杨欣正在他的怀抱里熟睡着，微微翘起的睫毛像是鸟儿的羽。他轻轻伸出手，手指慢慢滑过杨欣的侧脸。然后他突然想知道现在是几点，于是他转过身在床头柜上摸索着手机。

杨欣的声音就在这个时候猝不及防地响起："叶平。"

叶平转过头看了杨欣一眼。"你醒了啊。"他将摸到的手机打开，"才五点，醒得太早了。"

"其实我和你是差不多时候醒的。"杨欣说"醒"的时候外面刚好炸起了雷声，将杨欣的声音彻底地掩盖。杨欣的脸色是平静的，并没有因为雷声受到一点点惊吓。

"那你干吗还装睡？"叶平扫了一眼未接来电，父亲昨天晚上打了个电话没接到，然后他放下手机。

"因为你的手刚才在我脸上摸。"杨欣说。

叶平被逗笑了，他伸手在杨欣脸上摸了摸："我现在又在摸你喽，你怎么不继续装睡呢？"

"不一样的。"杨欣认真地看着叶平，"刚才你以为我在睡觉，所以你是很小心的，生怕把我弄醒。你知道我是什么感觉吗？"杨欣把手放在叶平脸上，轻轻抚摸着，这让叶平觉得有点痒，"就像自己的脸是什么珍贵的瓷器一样，真的，好幸福。"

叶平伸出手轻轻抱住杨欣："我说，一个月不见，你怎么变得这么多情了呢？"

"觉得不舒服？"

"那倒没有。"叶平说，"就是感觉你和以前不太一样，你突然就变得……好温柔。我知道这一个月我伤你伤得深，我心疼你，真的。"

"这话说的。"杨欣的手仍然在叶平脸上游移，"好像我以前很粗暴似的。"

"好，我的错。"叶平松开杨欣，平躺在床上，眼睛望着天花板，"我说，杨欣，接下来你有什么打算，留在永平？"

"也许，如果我实在说服不了你的话。"杨欣说，"永平是个小城市，而且污染还比较严重，我不愿在这住。我爸妈也不希望我在这里常住，他们在南京人脉很广，给我们找个工作不是问题。"

"你说的我都懂。"叶平说，"但是我不能把我爸一个人留在这里。"

"我知道你的性格，我不强求你，但我会尽量说服你。如果你实在不愿走，到时候我会想办法说服我爸妈。你也知道我爸妈从小就宠我宠得不得了，我说要去另一个城市住他们肯定不会同意。"

"你打算怎么说服我？"叶平看着杨欣。

"叶平，你考虑过给你爸找老伴吗？"

"老伴？"叶平吃了一惊，"你怎么想到这个？"

"我是说真的。"杨欣认真地看着叶平的眼睛，"你爸这么多年都是一个人带着你，不愿意续弦可以理解。可你现在毕竟那么大了，你也不可能一辈子都和他住一块，你爸一个人不寂寞吗？我觉得是时候帮他找个伴了。"

"你说得有点道理，可是……"叶平有点犹豫。

"你放心，就算你爸成功找到了伴，我也不会强求你跟我走，选择权还在你手上。"杨欣说。

"不是这个意思。"叶平嗫嚅了一会儿，说，"我听你那么一说，我突然想起来了，我爸最近有点不对劲。但是那段时间我状态不怎么好，就没怎么管他。"

"怎么个不对劲法？"杨欣来了兴趣，"是不是已经偷偷把老伴找好了？"

"说不清。"叶平仔细地回想，"我爸最近动不动就一个人发呆想心事，有一天晚上睡觉还说了我妈的名字。而且老伴的事我也不是没提过，但直接就被他带过去了。我也就没再提。"

"那就对了。"杨欣猛拍手，"你爸一定是看上什么长得很像你妈的人了，然后就有点想你妈，所以才在睡觉的时候念叨你妈的名字。之所以对老伴的事一带而过是因为他的心里已经有合适的人选了。"杨欣越说越激动，"你今天回去就跟你爸爸谈谈，怎么样？"

"行。我会好好和他谈谈的。"叶平答应道，"但老实说我其实也不太确定我爸在想些什么。"

"那有什么关系。"杨欣妩媚一笑，手指点了点叶平的脸，"你也就是问问，关心一下他又没错。"

"也对。"叶平笑笑。

离开旅馆的时候雨还在下，大雨在地面溅起了朦胧的水雾。下雨时的空气格外清新，叶平贪婪地吸了口气。

"雨下得这么大，你一个人回去不要紧吗？"杨欣在旁边问。

"这有什么要不要紧的，最多就是淋点雨。"叶平转向杨欣，"你呢？真的不回去吗？要不一块打车回去？"

"不了。"杨欣摇摇头，"我现在还是最好不要去我姨妈那里，我还没想好该怎么见他们。"

"可是你迟早是要见他们的啊，早去晚去不一样？"叶平拍拍杨欣的头。

"不了，我还没想好该怎么和他们说。我为了一个男人千里迢迢地跑过来，他们肯定在心里把我骂死了。"杨欣把头略微低下，"有点怕。"

"抱歉，是我的错。"叶平说。

"跟你没关系的。"杨欣抬起头笑笑，"这是我自己的选择，真的。"

叶平转过身看着雨幕："其实我想多陪你一会儿的，可是后来听你那么一说，我有点担心我爸。所以对不起啊，我想我现在真的要走了。"

"没事，这有什么对不起的。要是你爸真的能找到伴，我高兴还来不及呢。"杨欣将双手放在叶平肩膀上，"快去吧，好不好？等你佳音。"然后她眼前一亮，蹦到门外，也不顾外面的雨，伸手招了招，一辆出租车停在旅馆门口。

"杨欣，雨那么大，你到外面去干什么？"叶平把杨欣拉了回来，用手拂去杨欣脸上的水。

"好啦，我没事。"杨欣轻轻推开叶平，然后从包里拿出一把伞递给叶平，"拿着伞，赶快去吧。你乖。"

"那你……"

"我等雨停了再走，下次见到我记着把伞还给我就行——当然，你要是不想还也没事。"杨欣亲了叶平一口，然后后退一步，"拜拜。"

叶平站了一小会儿，然后有点无奈地说："好吧，那我先走了。"

"会想你的。"杨欣露出一个送别式的标准微笑，"还有，你到家了要记得打电话给我。你爸那边是什么情况也要第一时间告诉我。"

"知道了。"叶平打开车门，"再见。"

"嗯，再见。"杨欣招了招手。

车向前开去，叶平透过后视镜盯着杨欣。杨欣在旅馆门口站着，黑色的连衣裙随风摇摆。在那么一刻叶平有种错觉，仿佛那里站着的不是一个人，而是一个影子似的东西。

站在家门口，雨依然在下，滴滴答答的声音在耳边充斥着。叶平拿起手机，拨通了杨欣的号码。

"喂，杨欣，我到了。"

"好的，你去吧，一定要问清楚。"手机里传来杨欣的声音。

"好，那我先挂了。"

"行，我等你消息。"

放下手机，叶平长舒了口气。他拿出钥匙打开门。这时他看见了父亲在跟什么人打电话。发现叶平回来了，父亲慌忙说了声："儿子回来了，一会儿再说。"然后就挂了电话。

"怎么了？"叶平一边问一边脱鞋，"跟谁打电话呢？那么紧张干什么？"

"没事。"父亲把手机放进口袋，双手在身前摩擦，"你昨晚怎么不接我电话？"

"不好意思，昨晚睡得太死了，没接到。"叶平坐在椅子上，父亲跟着坐在叶平的对面。

"咦？"父亲发现了叶平手上的女士伞，"叶平，这伞是谁的？"

叶平低头看了一眼："哦，爸，是我女朋友的。"

第七章

父亲盯着那把雨伞看了一会儿，然后抬起头："叶平，爸问你件事。"父亲脸色严肃起来。

"怎么了？"叶平有点紧张。

"就是……"父亲迟疑了一会儿，"自从你那个前女友打电话给你后，你的状态就有点不对劲。现在你又告诉我这把伞是你女朋友的。怎么回事？到底发生了什么事？"

叶平心虚地低下头："爸，不好意思，其实我昨天不是和朋友去喝酒的。我前女友过来了，我得去陪她。"

"她来永平了？为什么来了？"父亲问，"因为你？"

"可以说是吧。"叶平低声说。

"好小子，谈上这么好的姑娘。"父亲用力拍了拍手，"这样的女孩你得好好珍惜，知道吗？"

"这我知道。"叶平点头。

"不说多余的了，你跟这样的女孩谈恋爱我放心。什么时候把她接到家里给我看看？"父亲满脸笑意。

"这个，得看她的想法。而且……"叶平支吾着。

"而且什么？"父亲急忙问。

迟疑了一会儿，叶平说："她爸妈不愿意让她在这儿常住，那个女孩希望我能跟她去南京安家。"说完叶平盯着父亲，仔细观察父亲的表情。

"哦，那你怎么打算的？"父亲问。

"我其实在哪所城市都无所谓，但是，你一个人在永平住着我不是很放心。而且，我想把我的学生至少带一个学期。我是他们的老师，我得对他们负责。"叶平说。

"我的话你就别担心了。"父亲摆摆手，"你只要管好你自己就行了。"

"所以，我就想在这里问一下你的想法。"叶平小心翼翼地说，"爸，你有找老伴的想法吗？我都这么大了，你找老伴对我影响应该不是很大，你不用因为我而犹豫的。"

父亲愣了愣，然后大笑起来："你是不是想快点把我转手好跟你女朋友跑路啊！"

"没有，没有，我是说真的。不管我有没有和她去南京，我都希望你能好好考虑一下。有的时候要是我出去很长时间，你一个人在家也会觉得有点孤单吧？所以，我还是希望你能找一个老伴，平常可以多陪陪你。"叶平有点紧张地看着父亲。

父亲不再笑了，他犹豫了一会儿："其实这个问题我也想过。我心里已经有人选了，但是，我一直没想到该怎么跟你说。"

"这有什么啊，你都多大了，有啥不好意思的！"叶平兴奋起来，"爸，快跟我说说是谁？是不是经常跟你聊天的王阿姨？"

"我说出来你别激动啊，你先有个准备，这个人会让你吃惊的。"父亲还在迟疑。

"行，我做好准备了。"叶平说，但他隐约感到有点不对劲。

"好，我说。"父亲长长吸了口气，"是你妈，她要回来了。"

叶平僵住了。

他承认他傻了，他怎么也不会想到是妈妈，他怎么也没想到分别二十年后的夫妻仍然想重新执手。他突然想到了小时候每次他问父亲妈去哪的时候，父亲总会拍拍他的头："乖，你妈只是去旅行了，会回来的，会回来的。"他一直以为这是自欺欺人，原来父亲一直在等她。

"儿子？"父亲唤道。

叶平反应过来。他使劲皱了皱眉："爸，你是不是早就知道妈一定会回来？"

"对的，她一定会回来。"父亲的脸上竟出现了一丝得意，"你妈是那种比较好高骛远却没啥本事的人，我给她时间在外面玩够了，她迟早会在我这里休息的。"

"我妈抛弃了你，你这也能接受？"叶平问。

"什么抛不抛弃啊。"父亲叹了口气，"当时也确实是我没用，没法给她想要的生活。"随即他又笑了笑，"而且你妈确实也没有抛弃我，你妈还救了我的命。"

"爸，说句心里话。"叶平看着父亲，"我很难接受这样一个不负责任的妈。"

"我知道你有点恨你妈。"父亲说，"可是你妈这么多年也不容易，在外面吃了不少苦，你也体谅一下吧。"

"爸，我真的弄不懂。"叶平无可奈何地笑笑，"我妈应该伤你伤得很深，怎么你就一点没感觉呢？"

"你伤你女朋友也挺深的，怎么你女朋友就没感觉呢？"父亲问。

这句话将叶平问倒了。是啊，为什么杨欣被他伤到想要寻死的地步却最终还是回来想和他在一起呢？但叶平很快就明白了，是爱。即使被抛弃，父亲依然深爱着那个女人，并情愿付出二十年的等待。真是个传奇，叶平想。

"我懂了。"叶平点了点头，"虽然我不赞成你的想法，但我没有权力干涉这件事。我只有一个请求，你有妈妈的手机号吧，我想和她通个电话。"

"可以是可以，不过——"父亲踌躇了一会儿，"你跟她说话的时候要心平气和一点，她现在状态有点不太稳定。"

"知道了。你放心。"叶平点头。

于是父亲从口袋里慢慢掏出手机，手指跳动，然后将手机放在耳边："喂，若潇啊，儿子想跟你说两句话……好，我让他接。"

叶平接过手机放在耳边，他听见了大口大口的喘息声。她应该很紧张吧，叶平想，然后他觉得自己应该说点什么，可是说什么好呢？干脆先打个招呼吧，不至于冷场就行。

他刚准备张口，可这时手机里爆发出仿佛要决堤似的哭声，那女人呜咽着说："对不起，对不起，我好想你。"

然后叶平就知道，已经不需要再考虑什么了。从她哭着说"对不起"的时候，叶平就已经完全原谅了。包括那无情无义的抛弃，包括他因为没有母亲而受过的伤。是的，完全原谅了，不带一点杂质，即使刚才叶平对她是那么鄙视。他终究没逃过血缘的魔力。

他轻声说："妈，欢迎回家。"

深呼吸——叶林一

　　我的童年是用池塘和树林编织出来的。那时候我住在偏远的农村，天空永远蓝得晃眼，池塘终年清澈见底，山林里随时都有各种小动物合唱的曲子，偶尔会有飞鸟一齐拍动翅膀，遮天蔽日。我那时自然不会想到，二十年以后，这样的环境会多么让人向往和怀念。当时我们村子里的人都传说着村子外的生活，那高高建起的洋房，那坐在里面就能开的汽车，甚至还有人传言外面全是靠意念就能起飞的飞船。那时大家都不懂科学，只能通过外界传来的只言片语随意猜测。偶尔会有一些知识分子站出来辟谣，但大家都不理会他们，继续传着不着边际的推论。那些知识分子当然不会知道，这种谣言其实是没办法辟的，因为大伙其实传的不是谣言，而是一个梦。他们无法到外面去，但他们觉得自己总有一天会到外面去，去享受那种神仙一样的生活。他们说着夸张的言论，借以填充被日复一日的烦琐农务缠累得疲倦的心。

　　我当然也是大家中的一员，那时的我觉得"外面"是个神奇的地方，人们平时开着坦克到处乱逛，用炮弹轰开朋友的家门，下坦克互相行军礼问好，偶尔心血来潮轰轰对岸的日本鬼子，炸得他们呱呱乱叫。那时我们村里有个以前上山下乡时分来的老师，脸色白白净净的，戴着一副厚厚的圆眼镜，我们都叫他"白面书生"。他每次听到那些谣言都会皱眉。"这是不对的。"他说。于是我们就问他外面到底是什么样子，他却总是默默不语。他越不说我们就越好奇，就会拼命吵着让他说。只有在无可奈何的时候，他才说上那么一句："外面跟这里差不多。"然后再也不肯说一句话。

第七章

我们当然不信他的鬼话，外面怎么可能和我们这里差不多？外面不是应该有蜡烛连成的火龙照亮夜晚，不是应该到处都是会飞的汽车，不是应该有能让人起死回生的洋药？怎么可能和我们这里差不多？

白面书生就这么威信大降。不久，整个村的人都在笑话白面书生没出息，去不了外面就说外面和这里一样，分明是吃不到葡萄说葡萄酸。受此影响，白面书生上课也就没几个人听了，整个班里闹哄哄的，显然没有把白面书生放在眼里。白面书生也不怒，偶尔班里吵得太凶时，他最多有气无力地说上一句："大家别吵了。"然后我们的吵闹声稍微小了点，但这绝对撑不过五秒。每次到了这种时候，白面书生就会摇摇头，不再管我们，继续上着他的课，也不在意他讲的话学生们是否能听到。

我并非积极分子，我有点同情他，但我坚决不信他的话。在那个贫瘠的山村里，我每天看着同样的日出日落，走进再走出同样的树林。我每天都在渴望着要去外面，将这个小小的愿望作为支撑我长大的动力。

过了几年，一条马路杀气腾腾地修进了我们村，修路的人说这条马路可以通向外面。这让大家振奋不已，以为去外面的日子已经不远了。不久，从马路的那边搬来一家工厂，一进村庄就开始疯狂地蚕食周围的土地，作为补偿，贡献土地的人可以去厂里做工。大家也都高高兴兴地去了，毕竟在工厂里做工待遇远比一年四季守着几亩田要好得多。于是大家能送土地的送土地，比如我，而送不了的就去厂里闹。我就是这么认识李若潇的。那天李若潇带着一帮人找到工厂——她是他们村的村花，只是当时还没谈恋爱。她一个人站在队伍的最前面，举着喇叭大吼："我们想要为人民服务，我们想要为党中央捐献土地！为什么党阻止我们为党服务？"她的身体挺得笔直，在阳光下像是一杆旗帜，脸上充满了英气。据说事情传到上面，上层的领导当场就被逗笑了，立刻批准了若潇的申请。若潇如愿以偿地奉献了土地，进入厂里干活，这件事也成为大家饭后的谈资。有的时候我们调侃她，她就跟我们一块笑。

"当时可真是把我紧张死了，可是我也没办法，看着你们这帮人一批一批地进厂里，心焦！"她咧嘴笑起来的时候会露出两颗虎牙。

大家都在为她叫好。她的脸上全是藏不住的骄傲。这时，隔壁村的一个饶舌妇开了个很不合时宜的玩笑："若潇啊，你也别得意过头了，这件事说白了也不过是上面人可怜你们，你们在他们眼里就是要饭的。"

大家都立刻安静了，饶舌妇也明白自己说错话了，连忙闭嘴。大家看了饶舌妇一眼，又把目光全部投在若潇身上，看着若潇那刚刚蓬勃起的骄傲迅速衰败下去。大家反应过来，有人责备饶舌妇说话过分，太伤人，有人去安慰若潇，让她不要在意。饶舌妇见到大家都向着若潇，估计是有点不服气，脸向前一横："本来就是嘛！别以为长着一张漂亮脸蛋别人就向着你！人家领导都是大善人，不然你以为凭你那两下嘴巴就能进厂？"

大伙慌了，连忙指责饶舌妇。我清晰地看见若潇的脸色变得越来越阴沉，她快步走到饶舌妇前面，甩手给了饶舌妇一巴掌。饶舌妇也没想到若潇会动手，愣了一小会儿，反应过来，站起来就给若潇一脚，大家连忙拉住她。她一边努力挣脱一边声嘶力竭地大喊："臭婊子！敢打我？你不就是那个破模样吗？我告诉你，别以为你拿到做工名额了你就了不起！你那是讨饭讨来的！你看看我家儿子，人家厂长指名要的，我们不想给土地他都不让！"

若潇彻底被激怒了，她像一只小母狮一样向饶舌妇冲去，大伙又连忙拦住她。她一边哭一边喊："放开我！放开我！我要打死这个老太婆！放开我啊，让我打她！"

饶舌妇也在对面骂："有本事你过来啊！理亏了吧？没话说了吧？有胆量你过来啊，老娘打不死你！哭？哭有屁用啊，别以为你掉两滴眼泪老娘就会心疼你？你这样的女人死了都没人疼！"

若潇更加用力地想要摆脱众人："放开我，求你们了，放开我，我要打死这个老太婆!"

事情越闹越严重,那两个人都像是发了疯一样朝对方歇斯底里地大喊。我终于忍不住了,用力把若潇抱起来。她在我怀里剧烈地挣扎。"死男人,你放开我啊!"她喊道。饶舌妇也在叫:"淫妇,被男人抱着爽吧?怎么不下来啊!不舍得下来吧!荡妇,下来啊!"

"你们把她看住!"我指了指还在乱叫的饶舌妇,然后又指了指若潇,"我把她带走,让她冷静一下。"说完我就强行把若潇抱走。若潇先是挣扎,然后开始用手抓我的脸,用牙咬我的手。我疼得龇牙咧嘴,却没有放开她。我抱着她跑过田野,跑过缓缓流淌的小溪,跑过一行行破旧的矮房子。终于,我没力气了,我放开她。她被放下后第一件事就是掉头准备跑过去找饶舌妇打架,我连忙拉住她,她猛地挥开我的手。

"你凭什么在那么多人面前抱我啊?你是我谁啊?有什么资格抱我啊?"眼泪鼻涕还有口水都沾在一起,涂抹上她的整张脸。她狠狠吸了口气,鼻涕在鼻腔滚动的声音依稀可闻:"凭什么啊,你们凭什么不让我打她啊?!"

我看着她狼狈的样子,心里很不是滋味。我缓缓伸出手,按在她的肩膀上。她的身体也恰恰在这个时候瘫软下来,我连忙用力扶住她不让她倒下去。"她说话的确很过分,但是这样打来打去没有结果的。"我用力盯着她的眼睛说,"她就是那破性子,你无论怎么跟她纠缠也不能改变她说过的话,反而还可能让她说出更过分的话,这样你不是会更生气?"

"她说就说,我还怕她不成?"若潇昂起头大声说。

"但你不值得,跟这样的人生气应该是件耻辱的事情。"我说。

若潇猛吸了一下鼻涕,声音慢慢低了下来:"可到底凭什么啊,她到底凭什么要那么说我?我做错了什么?我那么辛辛苦苦地上别人家拉队伍,我容易吗?你知道我在厂里面讲话的时候有多紧张吗?我腿都在发抖。我不就是想让自己过得更好一点吗?这样有错吗?有错吗？"她不停地摇头，眼泪仍在滴下。

"你没有错，真的没错。"我安慰道，"你只是想过上更好的生活，这真的不是你的错。但她就是那样的人，你要明白，你因为她说的话哭成这样真不值得。"

"她都那么说我了，有什么值不值得的?!"若潇大声对我叫道，"要是有人对你那么说话，你能忍吗?!"

"一个傻子骂你，你能忍吗？"我说。

若潇沉默了，她低下头不再哭了。虽然还在时不时地抽咽，但她的眼泪已经不再流了。过了一会儿，她用手抹了一把脸，对我笑笑："你叫什么名字？"

"叶林一。林子的'林'，一二三四的'一'。"我老实说。

"叶林一，叶林一，叶林一……"她小声重复着我的名字，然后看向我，"是个好名字。"

"那个，对不起啊。"我突然意识到我的双手还按在她肩上，于是慌忙把手抽走，"刚才看你们闹得太凶，所以心里着急才在那么多人面前把你抱走了。你别放在心里啊。"

"没事。"她叹了口气，"我又没有男朋友，管那么多干吗？"然后她莞尔一笑，用手指了指我的脸，"不好意思啊，把你脸抓破了。"

"没事，你消气了就行。"

她用手捂住嘴笑："你还真是……不说了，我叫李若潇，你应该知道我吧，毕竟我做了那么大的一件事。"

"当然。"我点点头。

"其实说句真心话，我挺喜欢你的。"若潇歪了歪头，"你呢？"

这时我的心跳骤然加快，全身开始有发热的感觉。我直直地看着若潇，她的脸上还残留着哭过的痕迹，眼泪和鼻涕在她脸上占据着最后的营地，头发蓬乱地落下。可她看起来一点也不在乎她此时的形象，或者说即使知道了现在形象很糟糕她也非常自信地向我伸出橄榄枝。我看着她狼藉的脸庞，笑了。

"还行吧。"我说,"我对你印象不错。"

"那我们就算朋友了?"她问。

"肯定了。"我伸出手想摸摸她的头,却被她警觉地闪开。这让我有点尴尬,停在半空的手也放了下来。我无奈地打趣:"还说是朋友,连头都不给我摸一下。"

她只是笑笑,没有说话。

我很快就发现了周遭环境的变化。小卖部开始兴起了,里面是各种各样的洋货;大烟囱高高地架起,烟雾将天涂抹成了灰色;河流里的水也不再清澈,动不动就会有死鱼浮上河面,散发阵阵恶臭。当时对科学几乎一无所知的我们也知道,这对我们的身体是不好的。但是工厂给我们带来的巨大福利让我们不再追究这些。我和若潇的关系始终维持在半冷半热的状态中。偶尔她做工做累了,她会来我这边休息,找我聊天。

"这做工比干农活舒坦,但还是有点累,也不知道什么时候是个头。"她说。

"这你都嫌累,你没救了。"我笑着打趣,"那你觉得什么日子适合你?"

"不知道。"她笑笑,"但总会有的,反正想过更好的生活总是没错的,对不对?"

"说得好。"我点头称赞。然后有的时候她会不说话,有的时候她会轻轻把头放在我肩上,这让我有点触动。我想去趁势摸摸她的脸,可最终我没有摸,我怕她又像上次那样闪掉,这样连让她的头放在我肩膀上都做不到。

很快,厂里发下通知,凡是厂里结婚的工人,都可以享受国家政策补贴的楼房一套。这让厂里所有的工人都为之眼前一亮,恨不得立刻找厂里的人把婚结了去住城里的楼房。我当然也不例外,那天我不止一次地看向若潇,观察她的反应,但结果却让我有点失望。她的神色看起来很平静,像是这条通知和她一点关系也没有。

　　那天晚上我一个人在回家的小路旁站了好久，目光投向远方郁郁葱葱的山林。我在想到底该不该跨出标志性的一步，可我最终没有得到答案。或许是因为我太蠢，或许是因为这种问题本来就没有答案。

　　第二天开始上班的时候，机器伴随着巨大的轰鸣在运转，大家都投入到日常的忙碌中。若潇就在这时靠近了我。她站在我面前对我微笑："你想要那套房子吗？"

　　我呆住了，此时我的心情是喜悦而悲哀的。我喜悦她能选择我，可我也悲哀她能如此大胆地将我们的爱情引向物质的层面，这意味着引导我们走在一起的不是爱，而是一套冰冷的房子。我直直看向她，她脸上是全是满满的自信，嘴角的笑容带着一点挑衅。

　　"当然。"我说。

　　话说出口的时候我就知道我投降了，我向物质投降了，我背叛了埋在我心里的纯真的爱情，甩掉了最初对爱情的期待。但我无比向往城里的日子，我告诉自己我是在寻求小时候去外面的梦想，我什么也没有背叛，无论是自己还是若潇。

　　她的微笑立刻就盛放成了玫瑰。她走过来环住我的胳膊，仰起头对我摆出一个可爱的姿势。但我没有一点心思去欣赏她的美丽。我迟疑了一会儿，伸手摸摸她的头，这一次，她没有闪开。

　　我们就这么在一起了。起初我有点别扭，但后来我也想开了，这是缘分，我们的感情并非搭建在房子上，房子只是一根红线而已，没有其他任何意义。

　　我们开始一起上下班，一起手牵手走过成排的机械森林，走过泥泞的小路，走过一望无际的荒野。我们曾一起在已经不再湛蓝的天空下激吻，一起在下雨时的树下诉说着对彼此的承诺。我们一起爬树摘果，一起下水捞鱼，一起拥抱亲吻，最后，在夜幕的笼罩下一起缠绵，灯影幢幢。我曾问她，你爱我吗？她挑起一边嘴角，反问我，那你爱我吗？我说，当然爱。她点点我的胸口，那我也爱。

我觉得有点怪怪的，但我没有多想，我以为她和我一样已经做出决定相厮相守，我万万没有想到我只是个垫脚石。

我们在三个月后结婚了。婚礼是在村里办的，那是一个简简单单的婚礼，参加的人加起来也就四五十号，绝大多数是双方的家人。我曾不安地问过若潇，你介意婚礼办得简陋吗？她对我笑笑："当然不，我们现在也没钱，过段时间房子还要装潢，省省比较好。"听了这话我异常感动，以为若潇能够抛开物质的囚笼，追求纯粹的真爱。

那晚，鞭炮炸响，满堂举杯庆贺，祝福恭维之声不绝于耳。若潇的脸庞被酒劲冲得通红，但在这酡红之下，我看见了明显的不耐烦。但我没有多想，在这喜庆的日子里想得太多根本就对不起自己。

等到大家都散去了，我和若潇走进房间。有点年限的白炽灯艰难地吐出微弱的黄光。我轻轻把若潇推倒在床上，然后伏在她身上。我认真地看着她的脸："结婚了，我们一辈子都要绑在一起，你现在什么感觉？"我轻声说。

她吻了吻我的头，没有说话。

"说啊，你什么感觉，总不能一点感觉没有吧。"我的双手在她脸上滑动。

"你先说吧。"她笑笑。

"行，那我先说。"我把头放在她肩膀上，想了一会儿，"我觉得，事情变得好快啊，前几个月我都不认识你，可现在我们都结婚了。想来也挺有意思。"

"应该感谢这座房子。"她说。

"对，如果没有这座房子，我们进展得也不会那么快。老实说我现在已经很知足了，我小时候一直梦想着去外面，马上我们就能住外面的房子了，挺激动的。"

"真是没出息，这样就知足了。"她摇摇头，叹了口气。

"你敢嘲笑我——"我猛然吻住她的嘴唇，她更加猛烈地迎合我。我们相互脱衣，相互拥抱，相互爱抚，直到精疲力竭。我们并肩躺下，然后相视一笑。那一刻，我真的，好幸福好幸福。

可是白炽灯熄灭的刹那，我听见了若潇悠长的叹息。

不久，我发现若潇开始食欲不振，动不动就呕吐。我忙问她是怎么回事，是不是生病了，当然我在心里想的是她是不是怀孕了。她起初不肯告诉我，但在我的再三追问下，她终于回答我，她有了。

我无法形容我当时的激动，我抓住她的肩膀重重地摇晃了一下。她的脸色立刻有点不悦，但我没在意。我抱住她在地上转了好几圈。"我要当爸爸喽！"我快活地叫着，全然不顾她的尖叫。我放开她，她在我面前站着，头微微低下，似乎有点尴尬。我觉得我可能刚才动作太大弄疼她了，于是收敛了一下我的表情。

"怎么了？你怎么看起来一副不高兴的样子？"我小心地问。

她有点心虚地低下头。

"怎么了？是不是我刚才弄疼你了？"我连忙问。

她缓缓抬起头："我过几天会把这孩子打掉。"

"打掉？"我简直不敢相信她会说这样的话，我使劲眨了眨眼睛，"你这玩笑开得有点大吧。"

她的目光在不停地游移："不是开玩笑，我已经联系好了，过几天就去打。"

愤怒迅速在我胸腔里扩张开来，我有点不受控制地朝她大吼："你知道你在说什么吗？他是我们俩的孩子，才么大你就忍心把他打掉！你是不是人啊，你怎么可以这么做？好歹这孩子也有一半是我的吧，要是我不问，你是不是就这么把他干干脆脆打掉了？"

她迟疑了一会儿："对，你说得没错。"

"你……"我用力吸了口气，空气在我胸膛里剧烈地撞击，"为什么？给我一个理由！"

若潇的身体就在这个时候挺了起来，刚才那种不自然的表情消失得无影无踪，取而代之的又是那种让人感觉很糟糕的自信："因为我们没有钱，凭我们现在这个样子我们没办法给孩子一个好的生长环境，我们连房子都还没到手！你难道想让孩子一生下来就跟我们一起过苦日子吗？你忍心吗？"

"你这纯粹是在无理取闹！"我无法找到合适的话去反击她，她的话的确有点道理，我们现在什么都没有，养个孩子对我们来说负担太大了。但我清楚地知道她不要孩子绝对不是出于这个原因，她一直在瞒着我什么，瞒着我她最重要的东西，那种绝对不能往外说的秘密，那种一旦被揭露就是一场风暴的秘密。我一直没有去想，也没有去问，因为我喜欢现在的生活，不愿意我的日常生活被打乱。但是现在我想把它挖出来，因为我意识到这个秘密将是一枚定时炸弹，会随时威胁我的生活。我用力按住她的肩膀，眼睛直直地盯着她："我知道你想打掉孩子绝对不是这么简单，告诉我，为什么？"

"当然只有那么简单。"她毫不畏惧地回看我，"复杂一点你能懂吗？"

"你让我做什么都可以。"我几乎在哀求了，"但你别打掉孩子好吗？我要是做错了什么事你找我发火，但你别把孩子打掉，他是无辜的啊！"

"这跟无不无辜没关系，我如果要把他生出来就得对他负责。可我们有什么能力为他负责？"我的哀求她不为所动。

"我觉得我们条件挺好的了，马上我们就能住到城里了，在厂里工资也不低，我们怎么就没能力？"

"你真有脸说。"若潇满脸鄙夷，"我们现在有房子吗？房子装修了吗？我们有钱让他进顶级幼儿园吗？有钱让他天天吃好的喝好的？有吗？我都懒得说你了，整天就围着那几个子转，一点出息都没有！就你这样还好意思让我给你生孩子，你有资格吗？就算我真的生下来了你有能力把他带好吗？你有吗？你自己摸摸良心想想，孩子如果出生了，我们天天给他吃最差的穿最差的，你过意得去吗？"

"我们怎么就成最差的了？我们条件虽说不是最好，但也说不上最差吧！你看村里有几个人能住楼房？"我的拳头开始紧紧握起，若潇的话狠狠地伤害了我的自尊，"再说了，你怎么知道等孩子生下来我们还是这样，弄不好我们已经有钱了呢？"

"你有钱？你哪来的钱？你以为你是人家厂长，一年就是十几万啊？"她嘲弄地笑笑，"你也不看看人家厂长，同样都是男的，为什么人家就能天天开着小汽车跑来跑去，你就必须天天给人家低头干活？"

"李若潇！"我对她大吼，声音大得把我自己都吓了一跳，"你别太过分了！"

"我说得有错吗？你说我哪里说错了？"若潇不甘示弱地扬起头。

我用力地压住我的火气，尽量使自己冷静下来："行，我说不过你，但有一个条件，这事我们得告诉你爸妈。"

"不行！"她干脆地拒绝了我。

"这事由不得你，你不告诉我去告诉！"我松开若潇的肩膀，向门边踏出两步，假装要出门的样子，"你信不信我现在就去二老家把事情告诉他们？"

"你敢！"她明显有点慌了。

"我怎么不敢？"我大声质问，"这孩子不是你一个人的，他还流着我的血，你凭什么就这么随随便便地把他打掉？就算你不管我的想法，这孩子也间接流着你爸妈的血吧，你都不通知你爸妈一声就想打掉他？"

"我警告你叶林一，你要是敢告诉我爸妈你就看着办！"若潇大声说。

"我现在就去，我看你能把我怎么办？"说完我用力推开门准备走。若潇慌忙从后面拉住我："别别别，我错了还不行？你别去。"

我缓缓转过身子，看着若潇的身体慢慢软了下来。我缓缓地、用力地对她说："若潇，这件事我必须告诉你爸妈，我告诉你别想拦我，这件事上我们没得商量。你觉得我们一起去好还是我一个人去好？"

"能不能不要这样？"她换上一副可怜巴巴的表情。

"你如果不选我现在就要去了。"我挣脱了若潇的手，掉头就走。

第七章

若潇慌忙跟上我："好，我们一起去，一起去。"

一路上我都没有再说话。若潇时不时会跟我说责任条件之类的事情，我没有理她。偶尔实在烦得不行，我会说这事我不管，你爸妈来决定。但我的心里是悲凉的，我自以为可以为之守上一辈子的幸福原来在若潇眼里一文不值，我也知道了若潇在心里有多瞧不起我的平凡。我在心里默默做出一个决定，我一定要不惜任何代价让这个孩子生下来，然后拼尽全力让若潇知道，即使是一个平凡的人也能将日子过得津津有味，即使过得没别人好我们的生活也可以开满绚丽的花。

我们走到二老家门前，我转过头看了一眼若潇，若潇咬着嘴唇，眼神看起来有点紧张。我犹豫了一会儿，准备敲门。若潇在旁边说："一定要这样吗？"我没理会她，敲了敲门。门"吱呀"一声打开，迎面的是岳父苍老的脸。他看到我们后，立刻欢喜起来："老婆子，女儿女婿回来了！"他转过身去，我在这时看见了岳母那苍白的面孔上挤出来的笑意。她对我找了招手："好啊，来了就好。"岳父热情地招待我们，扶我们坐下，给我们倒茶。岳母在一旁低下头不知想着什么。我觉得有点不好意思，连忙阻止："爸，别这样，那么客气多见外啊。"岳父硬把我按下："不行不行，你们好不容易回来一次，当然得招待好你们。"然后他立刻发现了我们俩的不对劲，"咋了？你们俩怎么不说话？"他扭头打量着我们俩，"不会吵架了吧？"他紧张地问。岳母就在这时抬起头："你们俩怎么了？你们才刚结婚的，可要好好过啊。"她轻声地，可是却仿佛用尽全力地说。

我扭头看了若潇一眼，若潇的头微微低下，嘴唇嗫嚅着。我当时有点心疼她，可一想到我们的孩子，我立马狠下了心。我站起来，向岳父岳母各深鞠了一个躬。岳父慌忙扶起我："孩子，有事就说，干吗鞠躬啊？这多见外啊。"我抬起头看着岳父有点惊慌失措的脸，然后我注意到岳母的双手在狠命地握紧，整双干枯的手因此变得有点狰狞。但我当时没有多想，只是一心顾着自己的孩子。"爸，妈，"我缓缓说，"若潇怀孕了。"

"怀孕了？"岳父先是一愣，然后立刻大笑起来，拍拍我的肩，"那是好事啊，我和老婆子就盼着这一天呢！"然后他狐疑起来，"可是，你们怎么都这副样子，不觉得高兴吗？"

岳母在旁边声音有点颤抖地说："是啊，你们怎么都不高兴呢？"

我扭头看了看若潇，用手指着她，向后退了一步："你们问她，让她跟你们说。"

若潇听到这话立刻抬起了头，目光直直地、毫不畏惧地看向我。然后她转向岳父。岳父忙把手搭在若潇的肩膀上："若潇啊，你告诉爸到底怎么回事。怎么一件喜事落下来，你们这副表情呢？"

我静静地看着若潇一字一句地开口了："爸，妈，我们现在的条件不允许我们养孩子。"

"你这话就是说……"岳父呆住了。他慢慢松开若潇，伸手用食指指着若潇的脸，然后手指缓缓下移，最终停在若潇肚子的位置，"你想打掉？"

若潇犹豫了一会儿，点点头。

"这……"岳父回过头，两位老人面面相觑。相互对了对眼神后，岳父摆出一副讨好的笑："为什么要打啊，这，这条件不是挺好的吗？马上你们都能住城里了，这条件都不行？村里多少人羡慕你们啊。实在不行我跟你妈带。你看怎样？"

"爸，妈，我如果生下来就得对他负责。我们的条件根本就不行，我们生孩子不是难为我们，是难为孩子啊。"若潇的态度很坚决。

"若潇啊，"岳母发话了，声音像是随时都会崩断的弦，"就算妈求你，把这孩子留下，跟小叶好好过日子。就算你真的日子苦，妈当年饭都吃不起，不还是硬把你生下来了？何况你现在还赶上了国家政策，马上都要是城里人了，有啥苦的？听妈一句话，回去跟小叶好好过，别想着打孩子的事。"

"对啊。"岳父在一旁说，"要是日子苦就不生了，那你从哪来的？听话，若潇，好好养着身体，争取给我和你妈添个外孙。"

若潇不为所动："爸，妈，我不是说我不生，我只是现在不想生。等把这段时间的事过了再生不行吗？我们马上要买房，要装潢，哪有那个时间和精力啊？"

"李若潇！"岳父开始吼了起来，"我跟你说，这事没的商量！别以为我和你妈从小惯着你，你就能想干吗就干吗了！你还有没有一点良心？你肚子里的是生命啊，一条鲜活的生命啊，你就这么无情地把他打掉？我和你妈还想添个外孙子呢！"

"爸，生孩子是我自己的事，我想让孩子一生下来就过上好日子有错吗？"

"那你，那你也不能打掉啊。"岳母用手撑住桌子，用力让自己站起来，可她很快就倒在椅子上。她发出一声呻吟，脸色痛苦得虬结成一团，"哎哟，哎哟。"

"老婆子，你怎么随便乱动啊！"岳父慌忙跑到岳母旁边，轻轻摸摸岳母腰部的位置，"疼吗？疼得厉害吗？"

"妈，你怎么了？"我攥住岳母的手，紧张地问。若潇站在一旁，低下头没有说话，看起来有点手足无措。

"撑住啊，老婆子，你还要看外孙呢！"岳父的眼角滑下两行泪，然后回过头怒斥若潇，"李若潇！你看看你把你妈害成什么样子，还不快跟你妈道歉！"

"我不！"若潇倔强地抬起头，"我才不呢！明明要不要孩子是我的事，你们凭什么要管那么多啊！你们不让我打我自己去打，别以为你们拦得住我！"

"李若潇我真是白养了你这个女儿了！"岳父甩手狠狠给了若潇一巴掌，响声清脆得让我都感到惧怕。若潇缓缓回过头，嘴角的血迹狰狞地在脸上画下一道痕。"爸，你打我？"她难以置信地看着岳父，"为了一个孽种你就打我？"

我慌忙拦在他们中间："大家别这样，好好商量，好好商量，实在不行就打掉，打掉。好吗？若潇，打掉？"

　　"小叶你别惯着她，她就是被惯得太狠了，孩子的事说打就打，也就你干得出来。"岳父满脸怒气地指着若潇，"小叶，听我的，这孩子给我留着。"

　　岳母的呻吟声更大了，岳父转过身抚摸岳母的背。若潇的眼神出现一丝波动，我立刻趁这个机会拉住她的胳膊："若潇，你听我说……"

　　"滚！"若潇大吼一声，用力挥开我的手，指着我的鼻子骂，"叶林一，老娘也是瞎了眼才看上了你。"说完她掉头就走。我连忙抱住她，她使劲挣脱，试图摆脱我。后面岳父还在叫："李若潇，你要是敢走你就别回来了，我和你妈就当从来就没有你这个女儿！"

　　可是我立刻听到椅子倒下的声音，我回过头去，岳母正在地上痛苦地挣扎，表情夸张地扭动着。岳父慌忙抱住岳母："怎么了？你怎么乱动啊，要是你现在就走了，我以后怎么活啊！"岳父轻轻拍拍岳母的背。

　　"妈，怎么回事？"我松开若潇，蹲在岳母身旁，"什么走了啊？"

　　若潇转过身看着我们，一动不动。

　　"没事。"岳母艰难地摆摆手，"真的没事。"然后她转过头看着若潇，"若潇啊，你也别生气，妈就跟你说一句话。"她长长地吸了口气。这时，我看见岳父略略回头看向墙壁。岳母艰难地说："若潇啊，你妈现在是肝癌晚期，没救了，撑死也就能活那么几个月……"

　　"妈，你说什么？"我大声喊道。若潇仿佛遭雷劈一样呆呆站着。

　　"别打断我。"岳母说，"若潇啊，我几个月前就觉得身体不太对劲，最近一段时间实在是疼得厉害。当时你们还在谈恋爱，所以没告诉你们两个。是你爸带我去的医院，一查，肝癌晚期，已经扩散了，没法治。那医院多宰人哦，一盒药就得好几百，一天的住院费能抵你们俩一个月的工资。我和你爸寻思，算了吧，家里就那点破钱，你们还要结婚装修房子，可不能拖你们俩的后腿。所以，我们就回来了。那天看着你们俩的婚礼，挺热闹，虽然那天我疼得厉害，但我真的很高兴，看见自己的女儿嫁出去了。刚才你们跟我说有了，你知道我多高兴吗？"眼泪从她苍老的脸庞缓缓流下，"我当时还在想，弄不好我还能活着看到外孙子呢。可是……"

"妈，你别说了。"若潇哭着跪下，"妈，我错了，我真的错了，我会好好保住这孩子，行吗？"

我闭上眼睛，我知道我做了一件错误透顶的事情。我对不起你，若潇。

若潇最终没有去打孩子，我们把岳母带到医院重新进行了一次检查，检查的结果让人绝望，医生说就算是住院也活不了几个月，希望我们做好准备。若潇当场就哭了，她依偎在我怀里。"不要，不要。"她不停地重复。我无比怜惜地抱住她，不知道该怎么安慰："没事的，没事的。"其实我自己也知道这是毫无意义的自欺欺人。

就在我们思考如何去告知两位老人实情的时候，院方告诉我，他们已经自己办理手续离开了。我和若潇立刻马不停蹄赶回村里。一路上我们都很紧张。"对不起，是我害的。"我向她道歉。"没事，这不是你的错。"若潇说，"这一切都是我的错，你是对的。你没必要责怪自己。"我闭上眼睛，用几乎听不到的声音说了声谢谢，她只是笑了笑，没再说话。

我们赶到的时候岳母已经在床上躺着了，看起来非常虚弱。看到我们进来，岳父对着我们惨淡地一笑，然后继续目不转睛地看着岳母。

"妈，"若潇跪在岳母床边，伸手握住岳母枯槁得不成样子的手，"你怎么走了啊，你这病情为什么不待在医院啊？"

岳母温柔地看着若潇，眼泪一滴滴落下，在床单上打出一个个湿点。她慢慢开口："女儿啊，妈知道自己已经活不长了，在医院住着太累了。你们还要装修房子，要养小孩，我们做父母的已经帮不了你什么了，但是我们不能把你们拖下水啊。"

"你在说什么呢！"若潇再次哭了，"妈，你相信我，你不会死的，你也不能死。真的。你还要看着我孩子出生呢！回医院吧，会有希望的，那家医院不行我们换一家医院行吗？"她又转过头对着岳父，"爸，你知道你在做什么吗？你怎么可以就这么让我妈回家了啊？你怎么那么不负责任呢？"

岳父羞愧地低下头。若潇还想说什么，却被岳母轻轻打断："若潇啊，你也别怪你爸了，是我坚持要回来的，反正是要死的，多活两天又算什么呢？"

"妈，别这么说。"我蹲在若潇旁边说，"会好起来的，只要妈对自己有信心。"

"谢谢你祝福我。"岳母笑笑，"只是这实在不是信心不信心的问题了。"

若潇满脸泪痕地哽咽着："妈，你要是不答应我去医院我就立刻把我肚子里的孩子做了！"

"别啊，孩子。"岳母轻声说，"若潇，你明明都知道没结果了，为什么还这么固执呢？你想让妈死不瞑目是吧？"

我们都没再说话，只有若潇的哭声还在时不时地响着。岳父一直低着头，不敢看我们。

临走的时候岳父给我们泡了茶。在桌子旁我们尴尬地面对面，谁都不知道该说什么。最终还是岳父打破了僵局："你们还是回去吧，这里有我照顾她，放心吧。你们在厂里还有工作，千万别耽误了。"

我们沉默了很久，最终我和若潇对了对眼神，站起来向两位老人告别。"一定要照顾好妈。"若潇对岳父说，"我会时不时看你们的。"

"好，我也希望你们能经常来，毕竟也没有多长时间了。"岳父点头微笑，扭过头看了一眼岳母。岳母轻轻对我们招手。

"爸，妈。你们一定要好好的。"我犹豫了一会儿说。岳父拍拍我的肩："好了，放心，你们走吧。"

一个月之后，岳母的葬礼在村里热热闹闹地办了一场。我早就知道了结局，所以悲伤没有想象中的那么强烈。但我看见若潇一直呆呆地站着，背后群山绵绵衬托着她的背影，白色的纸带在她头上翩翩起舞。

第七章

主要负责这场葬礼的是岳父，他为了这场葬礼忙前忙后，又是接客又是和送殡人讨价还价。有时我会帮一下忙，但我的效率和岳父是没法比的。葬礼最终结束的时候，客人渐渐都散去，岳父像是松了一口气似的倒在椅子上："好了，老婆子，这下我可把你好好送走了。"

我坐在他旁边："爸，我真的很佩服你。"

"佩服我啥?"岳父爽朗地笑笑，"佩服我看起来一点也不难过是吧。我为什么要难过，我跟你丈母娘不就是分开几年，我迟早不还是得去找她? 再说——"岳父抬头看向门外，"老婆子至少知道她已经有外孙子了，也算得上没遗憾了。"

"还不知道是外孙还是外孙女呢。"我笑。

"是外孙，肯定是外孙。"岳父斩钉截铁地说，"你妈要走的那几天亲口告诉我的，说是观音菩萨托梦跟她说的。你妈说观音菩萨还把外孙抱给她看了，长得水灵灵的，一定有福样。那孩子就是给我们光宗耀祖的。"他看向若潇，"女儿，算是帮你爸妈一个忙，把这孩子生下来，好吗?"

若潇重重地点点头。

我一直对这事怀着强烈的负罪感，虽然不是有意，但我还是利用了母亲去世这件残忍的事强行逼迫若潇留下了这个孩子。那段时间每次看到若潇伤心的样子我都会深深谴责自己，以致后来几乎所有的事情我都一个人挑在肩上，拿房子、搬家具、弄装潢都是我一个人，在厂里完事后我还要去做兼职赚钱，回家还要忙前忙后地服侍若潇的吃穿。我的父母看我实在太忙，就强行搬到了我家，给若潇坐月子。起初我不同意，我怕若潇和爸妈合不来。我妈厉声呵斥："你把你爸妈当什么了? 你爸妈就指望能帮你这点忙你都不肯? 你累死了不要紧，到时候要是我孙子没了爸，我可饶不了你!"无奈，我只得从着他们。若潇和我爸妈的确是不是很合得来，若潇动不动就和我妈吵架，我妈开始不服气，但后来出于若潇刚刚丧母，处处小心翼翼地让着她。

装潢结束后没几天，若潇要生了。爸妈立刻把若潇送到医院，随后我和岳父都到了。我们在病房门口焦急地等待，医生护士进进出出，我们看到一个就上去问情况怎么样了。他们的回答千篇一律："一切平安，请放心。"

"快点啊，快点啊，我还想知道是孙子还是孙女呢。"我妈双手合十默默祈祷。

"是孙子。"岳父笃定地说，"先恭喜你们了。"

"你咋知道是孙子孙女？"我爸奇怪地问。

"绝对是，不可能有错。"岳父自信地扬起眉毛，"我老婆子临死前就告诉我那么一件事，怎么可能会错？"

我没有参与他们的讨论，我看着病房小窗里传出来的零碎的光影，默默祈祷若潇能早点平安出来。

医生护士终于都出来了，他们告诉我们是个男孩。爸妈都说岳母料事如神，岳父露出自豪的笑。我走到若潇旁边，俯下身吻了吻若潇的额头。"辛苦你了。"我说。

她的眼神居然是悲凉的："我要和你一辈子绑在一块了，你满意了？"

我突然明白了一切。我终于知道了，原来她和我结婚就只是为了房子那么简单，她结婚的目的一开始就是为了离婚。她想住进城里，然后寻找更完美的男人，把我甩掉，之后和其他男人共结良缘。她的避孕措施的确很到位，只是天算不如人算，她还是怀孕了，怀孕之后她又迫于各方压力把孩子生了下来。她现在该把原来的念头彻底断掉了，因为几乎没有什么男人愿意要一个已经有了孩子的女人。我被要了一把。

我的脸色顿时冰冷了下来，我将嘴唇放在若潇耳边，用只有我们两个人才能听到的声音说："我赢了，但我不满意，我真后悔娶了你。"

若潇的表情没有任何变化。我抬起头，岳父在旁边大笑打趣："瞧，你看那两个人，孩子刚生下来就在恩爱了，在长辈面前也不知道检点点。"爸妈也跟着附和，说这小两口感情真是深。

"哪有啊，就是说了点话。"我笑笑，"那我先出去了，你们先照顾她吧，我去问一下医生，看要不要注意点什么。"

走出病房，我赶紧找了一张椅子坐下。我抬头望着惨白的天花板。"天啊，我怎么那么蠢。"我狠狠闭上眼睛。

我想起了小时候清澈的河流，又想起了现在那条河已经成了让人厌恶的臭水沟；我想起了小时候澄澈的蓝天，又想起了现在那天空终年灰暗；我想起小时候我对未来婚姻的构想，两人琴瑟和鸣，仅仅一个眼神便能让对方知晓一切，可现在我竟然用我的婚姻买下了一座房子。

这让人向往的工厂。这该死的工厂。

我爸给孩子取了名字，叶平，大家都没有反对。

我们的战争打响了。起初我们的确齐心协力想打理好这个家，毕竟孩子也是刚出生。但我一想起我的婚姻竟然只值一座房子我就会莫名地来气。"这不是我想要的家庭。"我对自己说。后来等孩子稍大一点，我开始消极地对待这个家，我经常在外面喝酒，彻夜不归，跟结交到的狐朋狗友大肆宣传我那悲剧的婚姻。到家后我往往满脸醉醺醺的，若潇经常没有说话，打盆热水给我洗脸，偶尔她实在看不过去会说我两句。这时我会借着酒劲大声责骂若潇，你不就是想要一套房子吗？房子都给你了你还想怎么样？她使劲推了一下我，我咚的一声撞在墙上。"你混蛋！"她说。

然后我就看着她慢慢离开我，慢慢接近孩子，慢慢抱起他，慢慢将头靠在叶平脸上。叶平的脸很嫩很滑，若潇就把她的头在叶平脸上上下蹭着。

"妈，妈妈。"叶平说话还不是很流利。

再后来，那帮狐朋狗友开始推荐我去一些地下妓院。我本来不愿去，可他们一再邀请我，我又想起被若潇欺骗的事。于是，我同意了。

我跟着他们在深夜走进鲜有人烟的小巷，七拐八拐之后终于抵达了目的地。一排破旧的平房依次排着，窗户和门洞开，像是张大了嘴在等待猎物。朋友拍了拍我的肩膀："林一，没事，随便挑。"

我犹豫了一会儿，最终还是走进了一间房子。里面立刻就有一个浓妆艳抹的女人迎向我，抚摸我。我立在原地，完全不知道下面该做什么，任凭女人脱掉我衣服，拉我上床。烛火在摇曳，墙面被拉出起伏的影子。

第二天起床的时候她问我要钱，我问要多少。"一百五。"她点燃了烟，深深吸了一口，然后将烟雾对着我喷出来，"今晚如果你再来我就给你打个折，一百，怎样？"

"好。"我点点头。那妓女看着我笑了："你老婆到底对你做了什么啊？我还以为你只是来尝尝鲜的。"

"跟你没关系。"我穿上衣服，"你只要好好跟我做生意就行，在床上记得叫得再大声点。"

"好，服务客人是我们的职责。"她说。

我扔给她两张一百大钞，她看着手里的钱，笑笑："我只要一百五，要找钱吗？"

"不用，以后我会常来，你记得就行。"我掉头就走。

我打开手机，若潇打了几十个电话，我把记录统统删掉了，然后去私家单位赚外快。晚上我没有回家，直接去了妓女的房子。那妓女那时才送走一个客人，衣服还没穿，看到我来了："真快。"

我没有说什么，直接脱掉衣服，用力把她按在床上。她果然很配合，以致警察来的时候我都不知道。警察破门而入，一个警察在拍照，那妓女非常熟练地遮住自己的脸。

我进了派出所，两天后，若潇被警察喊来领我回家。我看着若潇和警察在交谈，恨不得找个地缝钻下去。可是一想到若潇欺骗了我的感情，我的羞惭就立刻一扫而空。出警局后，若潇甩手给我一个耳光。她非常生气，脸被愤怒涨得通红。

"你混蛋！你对得起这个家吗？"她大声质问我，眼泪在她的眼眶里打滚。

"你又对得起这个家吗?"我轻蔑地看着她,"你也不过是五十步笑百步罢了。"

她又给了我一巴掌,这次我牢牢地握住了她的手腕。若潇用力挣脱我的手,眼泪终于涌出来了:"我真后悔嫁了你这个废物!"

她头也不回地跑掉了,我站在原地一动不动。

之后我并未悔改,虽然再也不敢去妓院,但我还是会喝酒彻夜不归。若潇也仿佛对我失望透顶,一心放在叶平身上,再也不管我。回到家后若潇和叶平往往早已睡着,我一个人打盆水,略微洗一下,裹床被子就在沙发上睡了。

我知道我潜意识里是自责的,但我怎么也不肯承认这份自责,就如我不肯承认即使婚姻建立在物质之上也有存在的价值。或许是我做得太过分了,报应终于来了。

那天我喝得很多,浑身不住地摇摆。大街上车来车往,由于已是半夜,车主们归心似箭,车都开得很快。"嚣张,嚣张啥?有车了不起是吧?"我嘴里咕哝着,然后想起那天若潇拿厂长有车跟我说事,气不打一处来,"有车,有车。"我摇摇摆摆地来到马路旁,"看我踹翻一辆。"我突然跳起,对准迎面而来的车就是一脚。我听到了刺耳的刹车声,强劲的冲击力带给我前所未有的快感。我感觉我飞起来了。我轻轻闭上眼睛,睡了。

等我醒来的时候眼前是苍白的天花板,我移了移身子,身上立刻传来剧痛。我挣扎着勉强起身,这时我感觉到有人在握着我的手腕。我扭过头,看见若潇正趴在我旁边睡着。若潇感觉到我动了,抬起头揉了揉眼睛。然后她发现我醒了,跳起来就喊:"医生医生,他醒了,他醒了!"她跑到门旁,朝外面使劲招手,"护士,快过来,病人醒了!"

我努力地回忆到底发生了什么,我想起来了。我在烟火巷间的堕落,在警局的惭愧与悔恨,在看见若潇时的不甘心,在半夜大街上的那份疯狂，还有那让人怀念的飞起来的感觉。我脑袋里彻底僵了，浑身剧烈发抖。我试着动了动腿，却发现我的腿根本不受控制。天啊，我到底在做什么？

医生们陆陆续续进来了，他们在我身体上这里按按，那里摸摸。"这里疼吗？"他们问。"好疼。"通常我都是龇牙咧嘴地回答。医生们相互交谈了一会儿，偶尔若潇会插进来紧张地问两句。

"腿骨严重骨折，"医生们得出这样的结论，"脾脏大出血。不过幸好送来及时，已经没什么大碍了，最近注意一下饮食，好好养着就行。"

若潇连忙鞠躬道谢，医生们一边摆手说没事，一边收下若潇的红包。

等他们走了后，若潇走到我旁边，抚摸着我的头发："真是窝囊啊你，一点本事没有还害得自己家人为你担惊受怕，最后还弄成这样。"

我低下头没有说话。

"为什么不说话呢？我还以为你又要说我五十步笑百步呢。"

我抬起头看着她："爸妈他们呢？"

"你还知道你有爸妈。"若潇勾出一个嘲讽的微笑，"不过你别担心，我没跟他们说，现在只有我们两个知道你其实是个畜生。"

"是的，我是畜生。"我一字一顿地说。

"我只是抬举一下你，你还真把自己当回事了？"若潇大笑，"你怎么能是畜生呢？你除了把我搞怀孕外还会做什么？畜生好歹有点用吧，你有什么用？"

我使劲咬住嘴唇。

"你呢，天生就是受苦的命。"若潇拍了拍我的脸，"好不容易出了场车祸，本来可以让车主多赔偿点钱的——反正他们有的是钱，结果那车还跑掉了。这下倒好，别说赔偿了，连住院费都得自己摊。医院里的费用你自己也知道，我们刚搬完家，你前段时间还总是在外面潇洒，家里的钱根本就不够用。于是呢，我赚了点外快，你不介意吧？"

我警觉地看着她，一股冰凉的恐惧迅速蔓延至全身。我明白她在说什么，她正在说一件非常可怕的事情，一场可能让我一辈子都无法原谅自己的事情。"不要，不要。"我在心里默念着。

"我去陪人睡觉了，怎么样？什么感觉？畜生？"她的笑容夸张地延展开，泪水聚集成河，"我去陪那些男人睡觉了，一天接三四个男人。怎么样？叶林一？"

我绝望地闭上眼睛。我知道我是世上最失败的男人，竟然让我的妻子为了救我甘愿卖淫。成家之后我做了那么多错事，我让她一个人独守空房，让她一个人照顾家庭，我放纵自己四处逍遥，甚至到了流连花草的地步。我明白若潇在警局接我的时候对我是多么绝望，可是我不肯道歉，反而反唇相讥，一次一次地伤害她。

"对不起。"我颤抖地说。

"你也会说对不起啊。"若潇咬住嘴唇不让自己哭出声来，"你嫖娼的时候人家收你多少钱啊？听说在那片区域混的妓女一次只能赚一百多。你知道我收人家多少钱吗？"她用力向我比出"九"的手势，"九百啊，比人家贵多了！我骄傲啊，就算是当妓女我也比她们那帮臭婆娘好。你把我一个人撂在家里，出去找那些女人鬼混。要知道你要是找我我都不收你钱。你对得起我吗？你对得起我们的孩子吗？你对得起我爸我妈那么相信你吗？"她猛捶了一下床，"叶林一你就是禽兽不如你知不知道啊！"

我哭了，那是我进入青春期后第一次哭泣。我哽咽着，心里在想我为什么活了下来，那辆车为什么不干脆把我撞死，留我这个人渣在这个世界苟活有意思吗？

之后我一直待在医院养伤，若潇会时不时过来看我，有时带上一碗骨头汤，没有带骨头汤的时候她会把叶平带来一起看我。那时叶平才刚刚会走路。"爸——爸——"他说话总是这么拖音。我摸摸他的头，揉着他的脸，看着他清澈的眼睛。叶平总是很乖很认真地注视着我。我想起那段时间的堕落，在那段时间我甚至从来没有这么好好地陪过他。强烈的自责就那么弥散开来。我曾经自以为是地认为若潇欺骗了我的感情，结果我却费尽心思欺骗她的生活。我不配做一个父亲，更不配做一个丈夫。

若潇在这时候总是在窗边眺望外面的风景，仿佛一切和她无关。

"若潇。"我喊道。

"说。"她不肯回头。

"就是……"我小心翼翼地说，"我看我身子好得也快差不多了，不如我出院吧。"

"少废话。"若潇干脆地打断我，"医生说你接下来还要做一次腿部手术。你现在半死不活地回家，是要老娘伺候你吧。想都别想！在家看不到你我还觉得自在。"

"可是我不能用你赚的钱。"我用力地说，"我好歹是个男人，你用这种方式救我，我无法接受。"

"得了吧你！"若潇转过身来满脸讥笑，"就你也好意思谈'无法接受'，你是不是觉得你在外面鬼混我就可以接受？你真是彻头彻尾的人渣，到现在还满口假话。我跟你说，你如果现在回家，我立马就向你学习，整天在外面过夜，儿子交给你带，你信不信？"

我当然信，她从一开始谈恋爱就可以盘算到离婚的地步，这样的人做出什么让人吃惊的事都不惊奇。

"不说话了是吧。"若潇双手抱胸，"反正我也不管其他的事，如果你现在私自办理离院手续，叶平就交给你一个人带了。"

我没有再说话，因为我的确没脸再说。

于是我没再说出院的事，所有的事都交给若潇全权负责。我满心耻辱地看着若潇送来热腾腾的骨头汤，我知道那热腾腾的骨头汤背后埋藏的是我和若潇两个人的尊严。但我还是喝下了，因为我知道如果我不喝下若潇会更难过。若潇已经为我付出那么多了，我要是再不听她的话我实在没有办法宽恕自己。

就这样，我在医院里度过了半年。出院那天若潇扶着我，走到医院外面的时候我的心情是如此舒畅，我在盘算着我以后该如何拼命挣钱挽回这个支离破碎的家，如何挽回若满对我的好感。可是到家之后，我刚准备拥抱她，她却抛给我一句话："离婚吧。"

我彻底傻掉了。

"离婚吧，我们已经完了。"她面无表情地说，"我当妓女的时候认识了一个总经理，我们好上了。"

这话像是一道惊雷，我有点结巴地问："你……你说什么？"

"离婚吧，我们已经不可能了，这日子过得没劲，我已经彻底失望了。"她绕着客厅慢慢走着，仔细地环顾这个房间的一点一滴，"这房子是你一手操办的，我几乎什么都没有负责。你只带我去了一次家具市场挑家具，我还记得那时我说买什么你都说好。有一次我半开玩笑地说要买一件很贵的进口床，你眼睛都不眨一下就点头，而且还很认真的样子，你还记得吗？然后我就问你，这床那么贵，你拿什么给我买啊？你当时说要去到处打工挣钱，如果连一张床都买不起怎么能给自己的儿子一个好的生活？那时我嘴上虽然说你就逞能吧，但我心里真的挺高兴的。虽然你没有什么钱，但你给了我一种安全感，我觉得在你旁边可以很幸福地活着。那时候我怀孕也有两三个月了，整天在老家待着什么事也不做，你爸你妈天天忙前忙后伺候我，让着我。虽然那时候我妈刚去世，心情不好，老是和你们吵，但我真的很感激你们。其实我知道你后来为什么会变成那个样子，归根结底是我的错，我欺骗了你的感情，生完小孩后还拿这个挑衅你。可是我真的真的没想到你会变成那个样子。"她有点哽咽地说，"我知道先错的那个人是我。所以你和那群狐朋狗友到处混，我忍；你天天晚上醉醺醺地回来耍酒疯，我忍；你不管家不管孩子，我还是忍了。可你居然去外面嫖娼，还被警察给抓到了。你知道我当时怎么想的吗？我知道消息后恨不得一头撞死在墙上，省得受那么多委屈。我在警局看到你那副死不死活不活的样子，我恨不得一刀捅死你，你知道吗？"她走过来用力给我一巴掌，我半边脸立刻传来一阵刺痛，"你后来还不改悔，天天还是

救　赎

那副死样子，整天把脸喝得通红地回来，我一个人带着孩子辛辛苦苦地支撑。再然后，你出事了，进了医院。后面的事你都知道，我去当妓女了。你觉得当妓女是什么感觉？你不会觉得嫖妓和被嫖是一个概念吧。我都已经被你逼到这种地步了。"她轻轻摇了摇头，"没必要过下去了，真的没必要了。"

我知道一切完了，彻底完了。我已经亲手把这个家毁掉了。若潇已经伤痕累累了，我明白她疲倦了，她害怕了。我在心里狠狠地嘲笑自己，就在刚才我还在想着如何抚平若潇的伤，可若潇根本就没打算给我这个机会。我猛然意识过来，如果没有这个机会那我就必须争取，绝对不能让若潇离开我，否则我会后悔一辈子。

我扑通一声跪下，头狠狠砸地。我维持那个姿势一动不动："若潇，对不起，我知道我禽兽不如。请你再给我一次机会，求求你再给我一次机会，我保证以后我一定会好好照顾你们母子俩，哪怕我累死都无所谓。求你给我一个赎罪的机会，否则我会痛恨自己一辈子的。"

"傻瓜。"她缓缓蹲下，手轻轻按在我头上抚摸，"你现在知道你错了？可是来不及了，真的来不及了。"

"来得及的！"我大叫一声，起身准备拥抱她。若潇仿佛知道我会这么做，身子敏捷地往后一退，但不小心撞在茶几上，茶几上的杯子立刻摇晃起来。"别过来，算我求你。"她对我使劲摆了摆手，丝毫不顾她刚才撞到了茶几，"真的，别过来了。"

"再给我一次机会好吗？我发誓我以后会像你怀孕那段时间一样好好照顾你的，相信我好吗？我会做到的！"我举起一只手起誓。

"你以为我喜欢那种生活吗？"若潇歪了歪头，"傻孩子，我们俩在一起白头偕老只不过是你的一厢情愿罢了。你以前想的一点都没错，我骗了你，我跟你结婚最终目的就是为了跟你离婚。我对我的外貌很有自信，只要到了城里这个平台，钓上什么大老板对我而言根本就不是什么难事。不然我当妓女收费怎么那么高。"她笑了笑，眉梢跳荡的尽是自豪，然后她语气一转，"我本来还指望你能多带带孩子，我好在外面多交际交际，多认识一些大老板。不过你倒是也太不负责任了，整天夜不归宿，孩子没人带，结果逼得我花上全部时间去带孩子。我整天一肚子火气没地方发。叶林一，你真傻，就算你没有犯过那些错我就不会跟你离婚？你怎么那么天真呢？"她开怀大笑，"你不仅是个畜生，你还是个白痴，你知道吗，叶林一？"

"不，你不会的，你一定不会的。"我肯定地说。

她愣了愣，随后说："你怎么那么肯定？你凭什么那么肯定？因为叶平？因为我爸我妈？开什么玩笑！"眼泪终于从眼睛里进出，"我现在真想杀了他们你知不知道啊？就是他们把我害得这么惨！凭什么啊，两个就要进棺材的老头老太太，一个早就该死的孽种，他们凭什么这么干涉我的生活啊？我的生活全被他们破坏了！都是他们非要把我和你这个人渣绑在一块我才这么痛苦！因为他们，我连妓女都当了！叶林一，你现在是不是还想拿他们来威胁我？"

我冲上去狠狠抱住她，若潇在我怀里剧烈地挣扎。我知道我还是低估了我对若潇的伤害。若潇已经彻底崩溃了，她开始连自己的骨肉至亲都骂上了。

"对不起，真的，我看到你现在的样子我真的好想死。"我再一次哭了，"若潇，但我知道你，没有人比我更了解你。你不是那种真的能狠下心恨的人，你只是太痛苦想找一个发泄的缺口而已。我懂你，真的。我知道你很爱我，很爱大家，你从来就舍不得抛下我们，不然我出车祸后你也不会去卖身给我付医药费，也不会帮我瞒着几位老人。别这样，若潇，冷静点好吗？"

"叶林一你傻不傻啊，你知不知道我从来就没有爱过你！"若潇对着我的耳朵大声喊，我的耳朵立刻传来一阵刺痛，随后是强烈的耳鸣感。

"我知道你从来都在爱着我！"我大吼，"你只是在骗自己而已！"我低下头使劲颤抖，"若潇，你知道你有多善良吗？这明明就是我的错，你却强加给自己责任，你还硬要说错误的根源在你。"泪水从我脸上大滴大滴地落下，我长长吸了口气，"若潇，你知道吗？你一直在骗自己，骗你自己你很自私很拜金，骗你自己一直在玩弄别人的感情，骗你自己很无耻。其实世上根本就没几个人比你善良。真的，别骗自己了，好吗？给我一个机会，我们好好地过下去，我们还有儿子，他多可爱啊，你把他教育得多好啊。好吗？若潇，我们一家三口好好过下去行吗？"

若潇终于不挣扎了，她的头无力地靠在我肩膀上，默然无语。我伸出手满心怜惜地抚摸她的头。

"谢谢你。"若潇有气无力地说，"不过晚了，真的晚了。你说什么都没用了，我已经离不开他了。你其实说错了，我就是个拜金女，好不容易有一个大老板能要我了，我怎么可能放掉这么好的机会呢？"

"那个老板只是想玩玩，他不会真的爱你的。"我说。

"那你怎么知道我就不是玩玩？"若潇笑道，"你觉得我这种人会随便跟别人产生感情吗？"

"会的。"我说。

她没有再说话，我也沉默不语，只是慢慢加大环抱她的力度。良久，她叹了口气，缓缓推开我，站了起来，然后对着我的脸就是一脚。我被踢倒在地，双手捂脸，然后抬起头看着她冰冷的眼神。"叶林一，我现在不恨你，真的不恨你，但你不要逼我，明天我会来找你谈论离婚的事，希望你能准备好。"说完她不再看我，径直走向叶平睡觉的房间。她轻轻推开门。我挣扎着站起来，跟着若潇进了房间。我看见若潇对着叶平笑了笑，然后轻轻吻了吻叶平的额头。她抬起头，盯着叶平看了很长时间。叶平依然在熟睡，样子像是刚出生的天使。

她最终离开了叶平，擦肩而过的时候她吻了吻我满是泪痕的脸。

门重重合上，我瘫倒在地。

第二天若潇来了，我给她泡了杯茶，坐在她对面。

"准备好了？"她喝了口茶，对我笑笑。

"你真打算要离？"我问。

"你能不能别这么婆婆妈妈。"若潇皱了皱眉，"好歹是个男人吧，能不能爽快点？"

"好。"我点点头，"你开条件吧。"

"我没有任何条件，所有的都归你，包括孩子，我还会定时给你抚养费。"她看似漫不经心地放下茶杯。

"你就那么自信你能混好？"我笑。

"这个不用你管。"若潇抱胸靠在椅子上，"就问你答不答应，我五点钟得回家给我下任老公烧菜，你快点说你的条件，然后痛快点领证。"

我心里弥散开一股凉意："你说得对，我的确小看了你，你狠下心确实很厉害。"

"烦不烦啊？"若潇的语气听起来很不耐烦，"你快点谈条件行不？"

我抬起眼睛盯着若潇："我只有两个条件，只要答应这两个条件，一切随你。"

"说吧。"若潇又抿了口茶，但我知道她是在借助抿茶的动作掩饰自己的紧张。

"第一条，你不准给我们任何抚养费，你管好你自己就行。如果你坚持给钱，我就把那些钱烧掉祭奠你妈。"我平静地说。

若潇脸色陡变："你这是什么意思？你以为就凭你这废物能把孩子带好？"

"那你有能力你为什么不带？"我说，"既然你把孩子全权委托给我，一切就由我来做主。"

"我该怎么相信你？"若潇说。

"这是我提的第二个条件。我们离婚后必须保持联系，以便随时了解对方动态。我以后不会再结婚，我会一直等着你。"我说，"你随时都可以打电话来，行吗？"

她呆呆地看了我几秒，滑稽地笑了："叶林一我真是弄不懂你，你傻不傻啊，我为什么要回来啊？真是的。”

“因为我爱你，你也爱我。”我说。

若潇摇了摇头：“你怎么还不明白呢？我根本就没爱过你。”

“你在撒谎。”

“你有完没完？”若潇冷笑一声，“我最讨厌你这种自以为是的人，你是不是觉得你很聪明，很了不起，什么都知道。叶林一我告诉你，你什么都不是，你就是个废物。”

“你说得对，我是废物。但即使是废物也有要守护的东西，这是我最后的尊严了，希望你能理解。”

若潇叹了口气：“何必呢？叶林一，为了一个欺骗过你的人。”

“你救了我的命。”

“别把我想得那么神圣。”若潇摆摆手，“你恐怕还不知道我为什么要救你，我要是不救你我就成了单亲妈妈，没有大老板会要我的。”

“我不信。”

“随你，你要等就等。”若潇又拿起杯茶，“但有一点，我必须要给生活费。叶平是我的儿子，我有义务也有权利为他做点什么。”

“我说过你寄的钱我会统统烧掉。”我直视她的眼睛，“我就只剩这最后一点尊严了，我必须要告诉你，即使没有大把钞票、豪华跑车，我们依然可以把日子过得很好，我得告诉你你从一开始就在掩耳盗铃。我就这两个要求，如果你同意我们现在就可以去领离婚证了。”

她想了很久很久，最终她无奈地站起来，走到我身边：“叶林一，你有种，我真的没看错你。”她俯下身在我的嘴唇上蜻蜓点水般吻了一下，然后抬起头温柔地一笑，“亲爱的，我爱你。现在我们走吧。”

“不再看看孩子？”

“不了。”她叹了口气，“他真是个天使，我怕我会因为他改变了主意。”

“真是狠心的妈。”我说。

“彼此彼此吧。”她笑道。

若潇走了，坐着她下任丈夫的车走了。我目送着那辆轿车绝尘而去，脑海里残留着若潇那决然的表情和那男人鄙视的眼神。我站在马路旁边，像是个梦游者，车辆在眼前一辆辆飞过。我突然怀念那次踢车的勇气。但这次，我不敢，一来我没喝酒，二来我有要遵守的承诺，我现在还不能死。

回家之后我轻轻把叶平抱起来，小家伙睁开惺忪的睡眼，夸张地打了个呵欠。我把他放在阳光下，认真地凝视着他。暖黄色的阳光洒下来，他全身每一根绒毛都散发着光泽。

"孩子，你妈妈走了，你会想她吗？"我轻声问。叶平翻了个身，小手摆弄着我的衣领。"妈妈，妈妈。"他含糊不清地说。

我哭了。

于是我便开始了又当爸又当妈的生活。我在外面拼命干活，就算回家累得全身没力气，但还是努力打起精神照顾他。我爸妈开始要求来家里照顾孩子，被我坚决拒绝了，我不想依靠他们来打理我这个已经成了残骸的家，我得自己一个人把它重建起来，这样才能弥补我的罪过。所幸叶平是个乖孩子，很听话很乖，几乎不淘气。因此即使我再疲惫，看到他的笑脸，我依然会感到非常温暖，感觉我付出的一切都很值。我一个月会和若潇联系一两次，一般都是若潇打给我，我从来不主动找她，因为她现在毕竟有她的家庭，我贸然打电话会摧毁掉她现在的生活。我们会在电话里相互询问对方的情况，我告诉她，一切安好，除了累点没别的问题。她笑着告诉我她现在的生活很幸福，希望我能赶快找一个新的伴侣。然后她会问，孩子怎么样？他乖吗？身体是不是很健康？我笑，你要是真担心他你就过来看看他啊。她犹豫了半晌，说，谢谢，但我不行。

然后我就知道，她过得一点也不好。

我一天天看着叶平那个天使长大，看着他逐渐高过了我，看着他逐渐褪去稚气，看着他一天天走向成熟。我很害怕我的悲剧会在他身上重演，我每天都在提醒他要宽容，他都懂事地点点头。每到这时我都会松下一口气。若潇也在电话中随时掌握着叶平的动态，我会悄悄告诉她叶平做的好玩的事情，她在电话那头开怀大笑："不愧是你的孩子。"可是当我说起叶平做的令人骄傲的事，比如他数学考了全班第一，她会说："这孩子像我，像我，这基因绝对是遗传我的。"我有一次问她："你要不要跟孩子说说话？"她沉吟了半晌，就在我发觉自己说错话的时候，她缓缓开口："不了，谢谢你，叶林一。我对不起他，我没脸跟他说话。别告诉孩子我在关注他，算我求你。"

"至于吗？他毕竟是你孩子啊。"我叹了口气。

"不是至不至于的问题，是良心的问题。"她说，"我没有办法承担一个母亲应尽的责任，我就没有资格让他知道我是他妈。"

"虽然我不懂，但我答应你。"我说，"还有，我一直在等着你回来。"

叶平不止一次问过我，妈去哪了。我告诉他，妈只是去旅行了，会回来的，会回来的。小的时候他会问我妈去哪旅行了，渐渐长大，他开始沉默不语，我想他那个时候已经觉得所谓的回来只是一个玩笑。是的，人小的时候需要希望，人大的时候需要失望，千万不要不甘心。这就是我在经历那么多后总结出来的东西，现在我将它打包起来交给我的天使。

后来，从别人的口中我知道若潇陆陆续续地结了几次婚，但都不圆满。最后只身一人的时候开了一家公司。从那个时候我们的联系就少了，我知道她很忙，也不愿去打扰她。但我会悄悄关注她的公司，从网上的评论和朋友的口中，我知道若潇的公司非常不景气。叶平那个时候已经上大学了，每次坐火车回来的时候我都会去接他。他是个孝顺的孩子，很体贴我，他是我的骄傲。每次在火车站看到我的时候，他都会喊："爸，我回来了。"

就在叶平大学毕业后的一个星期天，那时候叶平应该在火车上，若潇终于打电话来了。她把声音压得很低："林一，你还在等我吗？"

　　我笑了。我把手机放在嘴边，大声对她说："是的，我一直在等你回来。"

　　那边传来低沉的抽泣声，我知道她哭了。"好，我回来了。"她说。

　　然后我知道了，我终于赢下了这场绵延我一生的战役。

第八章

（A）

作为一个伤痕累累的孩子，叶永给自己穿上了厚厚的重甲，这让青春的大浪汹涌而来时难以撼动他那半成熟的心。但偶尔他也有失手的时候。那是在他初二的时候，他喜欢上了他们班的班长。他们班的班长是一个非常出色的女孩，个子高高的，留着长马尾，成绩拔尖，在班上威风八面，站在讲台上说什么都是一呼百应，整个年级有很多人都在追她。但叶永那时觉得只有自己才配得上她，于是他精心准备了一场告白。在周日晚上他把班长约了出来，带上他从廉价花市买的玫瑰，玫瑰上插了一张贺卡，上面精心地绘上了一幅满是烟花的夜景，还有一行飘逸的英文"I love you"。见面的时候他们互相笑笑，然后叶永从背后抽出玫瑰："我喜欢你很长时间了，能和我在一起吗？"班长的脸立刻泛上了红晕，有点羞涩地接过玫瑰："谢谢你。"叶永的心脏开始打鼓，他鼓起勇气："那你能和我在一起吗？"班长笑："不知道，看情况吧，我的追求者很多，但我可以给你一个机会。"叶永松了口气，他明白自己已经成功一半了。可是班长继续说："其实还没开学我就认识你了。""真的？"叶永顿时乐了，他头一次为自己的魅力感到如此自豪，"你怎么知道我的？"班长说："我认识你一个小学同学，他告诉我的。"

叶永的脸色立刻变了，他感到他一直拼命想要甩掉的东西又回来了。他的声音不自觉地低了下来："那，他说了什么？"

"也没说什么，他就跟我说了你的家庭情况。当时我真的觉得你好可怜，然后我就记住你了。"班长并没有注意到叶永神色的变化。

叶永猛然劈手抢过玫瑰，向后退了两步。班长这时才反应过来她说错话了："怎……怎么了？"

叶永冷笑："原来你是因为同情我才收下我的花。既然如此，我就收回我的东西。"他掉头就走，全然不顾呆呆站着的班长。路过垃圾桶的时候他把花束干脆利落地扔进去，然后拍了拍手。他走啊走，估计已经走很远了，他回头看了一眼，班长已经不在他的视野里了，于是他开始在大街上疯跑。他抬头向天，腿脚用力甩开，仿佛要把什么东西狠狠踩死，又像是想要彻底甩开什么东西。夜色朦胧，他的影子在街道上不断缩短又拉长。

他就这么踩死了他的第一份青春。

叶永真的想逃离这个城市，逃离掉那些抹不干净的过去。虽然不是他的错，但他也必须为之承担后果。他希望自己以后能去一个谁都不知道他的地方，他将在那里洗净自己。他从来不相信世上会有宿命这种东西，如果真的有，他相信他会狠狠地将其踩在脚下，碾它个稀巴烂。

他一直觉得他不会再有"喜欢"这种东西了。可是他错了。青春永远不会死，死去的只是它的外壳，真正精髓的东西一直在他心里慢慢长大，等到一个合适的机会，破土而出。

（B）

中午的午睡时间叶平一直靠在床上，眼神空洞地看着窗外的雨景，耳边是毫无规律的雨声。这两天发生的事太多了，杨欣回来了，然后母亲也要回来。他清楚地记得母亲那伴随着呜咽的呼唤，在电话里她不停地诉说对叶平的想念，不停地跟叶平道歉，弄得叶平不知道该说什么好。挂掉手机后父亲第一次对叶平讲起他们的故事，包括他们爱情的起点，包括他们如何被物质弄得心力交瘁，包括那场撕裂人心的战争，还有那跨越了二十多年的等待。他听完之后心里是复杂的。"你妈真的很善良，真的，她真的不想离开你，只是因为我当时实在是禽兽不如。"父亲脸色复杂地告诉他。他本以为这场等待应该算得上传奇，可他万万没有想到真正传奇的是那场等待背后的故事。

他打电话给杨欣，把事情一五一十地告诉她。刚开始杨欣会时不时插上两句，到后来杨欣就彻底沉默了。"我理解你爸，更理解你妈。"她最后说，"如果他们真的选择重新在一起，希望你能不要干涉。"

"我不会干涉的，我也希望能有一个人多陪陪我爸，可没想到那个人会是我妈。我真的很感激，现在我终于能有个完整的家了，我没有什么不满意的。"

"谢谢你。"她说。

"谢我干啥啊，这事又跟你没关系。"叶平笑笑，"你不会以为我就这样跟你走了吧，后面还有很多事情呢。"

"不是这个。"杨欣犹豫了一会儿，"不过你说得对，这的确跟我没什么关系。"

"好的，该说的我都说完了，我先挂了？"叶平问。

"好，你早点睡，下午你还有课吧。"

"嗯，我先挂了，再见。"

"再见。"

他把手机扔到一边，盘膝靠在床上。"该睡了吧。"他对自己说。可是直到他听到闹钟响时，他都没有睡着。

（C）

下午上生物课的时候叶永是有点紧张的，毕竟他昨天那么刻薄地挖苦了他的老师，他有点担心老师会不会对他采取什么措施。"没事的，就他能采取什么措施。"他如是安慰自己。他就带着这样的心情看着叶平缓缓踏上讲台。

"上课！"叶平说。接着便是一整套起立坐下的程序。叶永看叶平的目光始终没有聚焦到他身上。应该没事的，叶永想。

就在这时，叶平点了叶永的名字。"叶永，你来回答这个问题。"叶永慌忙站起来扫了一遍题目，扫完之后他松了口气，以前做过类似的题。"这道题可以这么做……"他开始阐述他的答案，阐述完之后他看见叶平满意地笑了。"好，你坐下吧。"叶永点了点头坐下，心里却在想着这道题目在叶平眼里到底是简单还是困难，叶平到底在打什么算盘。

叶平倒是没想那么多，他只是想借这道题来消除他们上次吵架所形成的芥蒂。看见叶永坐下，他想起了一件事："对了，你们班班主任选过生物课代表吗？"叶平问。台下开始起哄："站起来，课代表！""方园，速度站起来，老师叫你呢。"方园有点害羞地笑笑，站了起来。"我认识你。"叶平指着方园，"我记得你很喜欢照相对不对？"

"是的，叶老师。"方园笑笑，眸子清亮，"我叫方园，我和您的合影在我空间里，老师您要不要？要的话我可以传给您。"

"谢谢，不过还是算了吧。"

"行。"方园点点头。

这时，叶平忽然注意到叶永在目不转睛地盯着方园，不，不是盯着那么简单，那眼神里有着很奇妙的东西。他在大学里接触了那么多恋人，他知道哪种目光属于哪些人的，比如叶永的目光是属于那些在暗恋的摇摆不定的人。叶平微微一笑，示意方园坐下："坐下吧，我认识你了，你以后就为我生物这门课服务了。""好的。"方园点头就座。

可是此时叶永的脑子却已经乱成了一团，他看着方园的侧脸，突然想起来了，没错，就是她，就是这个女孩从军训之初就一直在关注着他。好多次他感觉有人在盯着他，可他回过头，却经常什么也没注意到。现在他想起来了，他回过头去看到最多的就是这张侧脸，而且这张侧脸的表情每次都让人觉得不太自然。叶永平时也不怎么在意，可是现在不一样了。"你是不是从来就没觉得这很美？"他还清晰地记得这句话。他想起了初中的那个班长，他有点激动但同时也有点害怕。青春已经攻破了坚硬的铠甲，现在最需要解决的就是那个问题了。

"你，是在可怜我吗？"叶永低喃。

叶平看着叶永缓缓低下头，他耸了耸肩。

"现在的孩子哟。"叶平在心里说。

第九章

（A）

　　叶永觉得现在他必须要确定两件事。第一就是那个经常偷偷射过来的目光到底属不属于方园；第二就是如果那些目光真的是方园的，那方园到底知不知道他的过去。他就这么仓促地下决心要去弄明白这两个问题，甚至都没有去思考他为什么要解决这两个问题，仅仅因为好奇？或是因为方园的那句话？还是说是因为青春正在他身体里涌动？

　　他很快就制定了一套完整的计划。计划制定之后他是激动的，他像一个即将出征的将军，背负着崇高的使命感，为即将到来的战争忧虑，却憧憬着胜利的果实。下课铃打响的时候他对自己笑笑，目光锁定方园的位置。他慢慢站起来，对张阳说："张阳，你能把桌子打多响？"张阳也没有想到叶永竟会主动找他讲话，刚准备说话却被叶永抢了先。"我先试试。"叶永迅速说，然后猛捶了一下桌子，桌子发出轰响。这样一来足够吸引全班人的目光了，叶永想。他猛然回头，目光直接投向方园。方园慌忙扭过头去，只剩下一个不太自然的侧脸。他回过头，张阳满脸坏笑："小子，醉翁之意不在酒啊。你行，行！"叶永明白张阳发现了其中的玄机，有点尴尬地笑笑。

　　叶永就这么解决了第一个问题。

　　上晚自习之前叶永买了两支棒棒糖。那时候雨已经疲倦到不想再落下，黑漆漆的夜空搭配上雨后的清凉会让人有种万籁俱寂的错觉。路灯睁开了它的独眼，人影在地面不停地游移变幻。叶永早早地进了班，放下书包，手里紧紧攥着两根棒棒糖，直直地盯着门的方向，想要捕捉那个熟悉的身影。时间嘀嘀嗒嗒地过，班上的人也都陆陆续续地进来了，可方园还是没有出现。他的心跳越来越快，呼吸越来越急促。他看到班里那么多人，顿时打起了退堂鼓。

"算了吧，今天人那么多，明天也一样。"他在心里这么告诉自己，攥紧的手也慢慢松弛下来。就在这时，方园踏过门走进来了。叶永盯着方园，心跳顿时升到了顶点。他明白他现在应该立刻叫住方园，然后把她叫出去聊聊天，顺便弄清楚第二个问题，可是他的身体像是被磁石吸住一样无法动弹。这时方园发现了他的目光，她扭过头对叶永打了个招呼。叶永明白自己现在必须要一鼓作气了，他伸出手指了一下外面。方园立刻明白了叶永的意思，带着询问的表情也指了一下外面。叶永点点头。方园打出"OK"的手势示意她明白了。她卸下书包，径直走向外面。叶永深深吸了口气，离开座位。

走到门边的时候叶永一眼就看到了方园，她两只手搭在栏杆上，头伸在栏杆外望着夜景。叶永走到她旁边和她并肩站着，和方园一样把头伸在外面，眼角的余光却时不时扫向方园。

"看风景呢？"叶永问。

"当然不是。"方园扭过头吐了吐舌头，"我这不是在等你嘛。"

"你觉得外面很美吗？"叶永假装漫不经心地问。

"还行，这么看感觉不是很强。"方园又转过头，两只手摆成一个方形的手势放在眼睛前面，"如果拍下来一定会很美。"

"你是不是从来就没觉得这很美？"叶永盯着方园的眼睛。

方园愣了半晌，然后捂住肚子夸张地大笑起来。她向后退了两步，手指着叶永不住地摇晃："叶永你真是……哈哈哈，你太逗了，你说你学我讲话干什么？还那么有模有样。笑死我了……"

叶永尴尬起来，他没想到会是这种结果。他本以为要不方园会不记得她讲过这句话，要不方园会向他解释这句话没有其他什么意思，让他不要想太多。可是这种情况……叶永捂了捂额头。

第九章

"好了，不笑了，看你怪不好意思的。"方园摆出一本正经的样子，拍拍叶永的肩，故意把声音压成比较成熟的音色，"小伙子，你还是很不错的，记忆力值得夸奖。"

叶永顿时觉得有一种被玩弄的感觉，他赶紧转移话题："对了，你刚才说就这么看感觉不强，拍下来会很好看，解释一下？"

"这个……"方园挠挠头，"我也不知道。"方园双手捂脸，摆出一个不好意思的笑。

"可是你刚才那么一本正经地说了……"

"就是因为我不知道才一本正经的嘛，我装得那么严肃，不就说明我心里没底嘛。"方园嚷嚷。

"好好好，你赢了。"叶永突然觉得自己浪费那么多时间和她说话是个错误。这时，他发现两根棒棒糖还在兜里。他很庆幸没有送出去，现在他想脱身走了。

"不过，硬要说原因也是有的。"方园终于严肃起来，"该怎么说呢？就是，平常你看到这幅景色的时候你是用眼睛直接看的，你看的是一个动态的，很多美就那么一闪而逝，你发现不了的。但是如果你拍下来，然后仔细地看拍下的照片，那个时候照片是静态的，如果像素足够清晰，所有的景物，甚至包括一花一草，都会清晰地在上面显现。你有足够的时间去欣赏那些美，而不会把它们忽视掉。"方园用食指使劲揉着自己的额头，一副认真思考的样子，"当然，这只是一个原因了，我感觉还有其他的原因，但我说不出来。就这样吧。"方园拍手，"叶永，这么说可以吗？"

叶永被触动了。没错，所有的人都在走马观花地浏览时间，根本就没有心思去仔细考虑那些隐藏起来的东西。人们只是表面地可怜别人，却没有想过被可怜的人的心情；人们只是表面地批判那些错人错事，却从未想过他们为什么做那些事，仅仅一句"心理不正常"就草草了事。他顿时对方园肃然起敬，觉得方园就是他的钟子期。

"当然可以，说得真好。"叶永笑笑，从口袋里掏出棒棒糖，递给方园，"这个送你，就当对你刚才那些话的奖励。"

"哇，这么好，说几句话就有吃的。"方园接过棒棒糖放进兜里，"回头上晚自习的时候吃。"方园又想到了什么，"对了，你叫我出来有什么事吗？"

叶永的心跳再次强劲起来，他的脑海里闪现了一个疯狂的想法："我现在想当个官，不如你授予我一个生物副课代表的职位，平时帮你搬搬书，也顺便帮你减轻一下负担？"

他紧张地盯着方园。方园迟疑了一会儿，就在叶永开始后悔的时候，方园欢呼起来："喔，太棒了，我正愁到时候我搬不动那些资料该怎么办啊。叶永你真是雪中送炭啊！"

叶永没想到方园就这么爽快地答应了。他有点结巴："那你……同意了？"

"我为什么不同意啊，免费劳动力送上门，不要白不要。"方园咧咧嘴，"那我先走了？刚刚买的小说还没看完，我得在晚自习之前给看掉，不然等班主任来了就惨了。"

"好的，你先回去吧。"叶永点点头。

"行。那拜拜。"方园招手。

"嗯，拜。"

方园走了，叶永趴在栏杆上，两只手摆成一个方框的形状放在眼前。他维持了这个姿势几秒，然后放下手进了班。回到座位的时候他看见张阳又在对他坏笑。

"该死，怎么又是他。"叶永在心里骂着。他又用余光扫了一眼方园，方园刚刚把小说杂志收进书包里，然后掏出了一本习题集，那根棒棒糖在她手里绕着圈。然后他突然想起来，最关键的问题他还没问。算了吧，以后再问也没事。他对自己笑笑。

曹老师进来的时候叶永听到了雨声，他慌忙向窗外望去，雨点在地上的积水上打出一圈圈波纹。"这雨怎么一会儿下一会儿停的。"他有点焦躁。出门的时候他以为晚上不会再下雨了，因此没有带伞，结果老天就是要跟他作对，非要跟他逆着来。"也许一会儿就停吧。"他安慰自己。曹老师在讲台上宣读这次数学考试成绩，他先总体评价了这次考试的情况，介绍了一下平均分和及格率，然后开始宣读个人成绩。"第一名，叶永方园并列，143 分。"台下开始鼓掌，叶永惊讶地看向方园，他没有想到，这个平时疯疯癫癫的女孩竟然会考得跟他一样高，明明他花了那么多的时间。方园扭头看了叶永一眼，对他比了个鬼脸，示意同喜。

后面曹老师的话叶永没有听到，他在想为什么他没有甩开方园，自己明明花了更多的时间，他的所有时间几乎都花费在了学习上。他仔细打量着方园，想看出她到底有什么特别之处。方园正和她同桌有说有笑。难不成是她更聪明？叶永想。

下晚自习的时候雨更大了，雨声在空气中打着凌乱的节拍。叶永站在校门口，望着门外绵密的雨幕。他知道没人会来给他送伞，他已经不止一次告诉外婆不要来学校找他。因为每次外婆来学校时叶永都会觉得自己还是个需要照顾的孩子，他不愿意承认这个。雨依然在疯狂地下，估计一时半会儿也停不了。叶永抖了抖身上的书包，准备冲回家。

这时有人拍了拍他的肩膀。叶永回过头，方园摇了摇手里的伞："你难不成还准备就这么跑回去？不怕感冒？"

"没办法。"叶永耸耸肩，无奈地笑笑，"本以为雨不会再下的，所以就没带伞，可是没想到雨这么大，只能跑回去了。"

"你真应该感谢上天让你遇到了我。"方园撑开手里的伞，递给叶永。看见叶永没动静，她又说，"拿着啊，难不成还要我帮你打？"

"这是……"叶永没反应过来。

"什么这是那是啊。"方园撇撇嘴，"我好心送你回家啊，我提供伞，你不应该提供劳动力？"

"哦，那谢谢了。"叶永连忙接过伞。方园躲在伞底下，两人一起出了校门，在雨中走着。叶永特意把伞往方园那边偏了好多。大风裹挟着雨丝径直扑向叶永的肩膀，叶永的肩膀一会儿就湿透了，传来一阵阵刺骨的寒意。

"天气预报说今天会下一天雨，晚上你居然不带伞。"方园嗔怪道，"要不是你碰上了好心人，真不知道你会淋成落汤鸡还是落汤鸭。"

"落汤鸡和落汤鸭有区别吗？"

"没有。"方园干脆地说。

"那你为什么那么说？"叶永这么说。

"玩笑玩笑，玩笑你懂吗？"方园摆出一个鬼脸，"不要那么较真嘛，弄得我多尴尬。"

"好，我的错。小的愚钝，不知道您是在陪小的开玩笑。"叶永被方园带得也开始开这种玩笑了。

"知道就好，朕准你的道歉了。"方园一本正经地挥挥手，做出"平身"的手势，"下次注意点就行。"

"明白，小的一定谨记。"叶永被逗笑了。他看着方园满头的披肩发，心里突然觉得很温暖。不自觉地，他伸出手想摸一摸方园的头。可就在他的手刚碰到方园的头发，叶永突然想起来那个之前忘记问的问题。他的神经立刻绷紧了，手也缓缓放了下去。

"这雨真够大的。"方园没有注意到叶永的变化，依然自顾自地说，"都下一整天了雨还这么大，之后估计会很长时间都不下雨了吧。"

"对了。"叶永假装无意地问，"你之前认识我吗？"

"认识啊。"方园没有察觉到叶永话里的含义。

叶永心里泛起了一丝苦意。又是这样，又是因为可怜他，他还是没摆脱掉过去。但他有点不甘心，他又问道："是谁跟你说起过我吗？"

"还用谁和我说！"方园夸张地叫起来，"叶永，你是不是觉得军训的时候表现还不够突出啊？你都跟教官那么顶了，有谁不知道你？"

"这样啊。"叶永挠挠头，苦意消退了很多。

"你怎么会问这个问题呢？"方园用食指戳戳叶永的胳膊，"这还用问，只要是我们402班，没有不认识你的。"

"也对。"叶永又问，"那军训之前有人和你说起过我吗？"

"哇，你好自信！"方园惊呼，"叶永你初中是不是大红人啊！是不是很多人都知道你啊！"

"不是这个意思。"叶永觉得方园的口气带着点讽刺，心里有点烦躁，"我就是问问军训之前有没有人在你面前说起我。"

"有吗？"方园拍拍头，然后又摇摇头，"好像没有哦。"

"知道了。"叶永点点头，悬着的心放了下来。他现在已经知道方园并不了解他的家庭状况，这样就好。

"怎么那么在意这个问题？"方园有点好奇。

"没有，就是随便问问。"叶永赶紧转移话题，"对了，我以后就是生物副课代表了，不如你现在介绍一下我应该做什么工作？"

"没什么工作，帮帮我搬搬书就行。"方园的身子不小心露到伞外面，她立刻缩回身子，"喔，这雨好猛啊，滴到身上凉死了。"

叶永望了一下自己的肩膀，他肩膀上的衣服湿漉漉的，已经开始滴水了。

"对了，接下来往哪走啊，我只知道你回家要经过这儿，后面应该怎么走啊。"方园问。

"前面的岔路口左转弯，拐过小巷走上几百米就到了。"

"你家还挺远的。"方园说。

"对了，你和我顺路吗？你把我送回家后你自己怎么办？"叶永突然想到这个问题。

"嗯，顺一半路吧。"方园语气一转，"不过我有伞啊，最多就是迟回家七八分钟而已。"

"你爸妈不担心你吗？"叶永问。

"当然会担心啦，毕竟我也是个弱女子嘛，我晚回家他们哪能不担心，还下了这么大雨。"

"那你为什么要送我？"叶永问。

方园翻了个白眼："这话问的，弄得像是我图你什么东西似的。我们都是同学，这么大雨你回不了家，我难道不应该帮帮你？"

叶永的心被触动了，这种思维模式是叶永从没有过的。因为大家都是同学，所以应该互相帮忙，叶永觉得这个想法很小孩子气，觉得只有什么都不懂的孩子会在接受老师教导后会说这种话。可是这次听方园说出来，他有点感动。

"谢谢。"叶永说。

"谢啥啊，我都说了我们都是同学，这是应该的。"方园摆摆手。

到叶永家楼下的时候雨已经只剩下零零星星的残兵了，灯光下地面积水的波纹还在稀稀落落地延展。方园把叶永送到楼下。"你到了，我也该回去喽。"方园歪着头做了个"再见"的手势。"行，你回去吧。"叶永笑笑，然后突然出手，揉了揉方园的头。"讨厌。"方园拍拍叶永的手腕，"把手拿开。"叶永收回手，方园对叶永龇了龇牙："我先走了。""嗯。拜拜。"

方园转身往回走，走了几步就跑了起来，披肩发在身后扬起又落下，纤细的小腿用力地甩开，溅起的水花被抛在了身后。叶永看着方园的背影，直到方园拐进一个转角。他回过头迈上台阶，走到一半他又望向外面，路灯在夜空中闪烁着，黄色的光晕温柔地在空气中蔓延开来。

（B）

回到家的时候父亲正坐在沙发上抽烟，饭桌上空荡荡的。平时这个时候饭菜应该都上了桌。叶平脱掉鞋，看着父亲吐出一个个烟圈。烟圈在空中缓缓扩散，缓缓隐形，最终消失不见。

第九章

父亲扭过头："回来了啊。"

"在想什么呢？"叶平在门外用力抖了抖伞，水珠四散飞溅，"想我妈的事？"

父亲没说话，伸手磕了磕烟灰。这时叶平注意到烟灰缸里塞满了烟头："爸，你今天怎么抽了那么多根烟？"

"叶平你过来坐。"父亲在烟灰缸里摁灭手里的烟头，然后向叶平招了招手，示意他坐在他的对面。

"怎么了，爸，这不是一件好事吗？"叶平把伞放下，坐在父亲的对面，"你怎么这副样子？"

"我中午忘了问你件事。"父亲缓缓说，"你妈现在要回来了，你以后怎么打算，是跟你女朋友去南京，还是跟我和你妈一家三口住在一起？"

"这个问题……我还没想到。"叶平挠挠头，"我妈还没回来，我哪能想到这么多。"

"也对，现在问这种问题也的确难为你了。"父亲若有所思。

"我说爸，想那么多干什么？妈好不容易决定回来了，你也等了二十年，现在就不要想那么多了，开开心心等她回来就是了。对了，妈说她什么时候回来？"

"你妈说她还要办一些手续，大概要过一个多月才能回来。"父亲说。

"那不是很好？一个月很短的。"

"今天下午我想了很多事情。"父亲抬起头看着天花板，"我花了四年去爱她，然后花了将近二十年去等她。这二十年说实话，很苦。不过幸运的是你很懂事，没给爸惹麻烦。以前你在家的时候心里念着你，你不在家的时候就想着你妈妈什么时候能回来，偶尔无聊的时候去楼下跟别人切磋一下棋艺，挺好。现在你妈要回来了，我的生活估计要换个样子了，我也不知道你妈在外面到底变了多少。我也说不清楚现在的心情。"

　　"爸，我以前看过一部电影，《肖申克的救赎》，里面有句话很经典，'我们都已经被肖申克体制化了'。爸，你明白这是什么意思吗？"

　　"我也看过这部片子，很经典，你是想说……"

　　"对的，爸，你现在就是在肖申克里。虽然比喻不大恰当，但大致就是这个意思。爸，你等我妈等了二十年，已经习惯了这种等待。可现在你等待的东西终于来了，你却胆怯了，你怕你会不习惯未来没有等待的生活。"叶平直视父亲的眼睛，"其实没有什么好担心的，我妈回来了你就尽力和她好好过下去，可能开始会有点不适应，但你们时间长了会慢慢磨合的。"

　　"其实我也不太清楚我到底在害怕什么。"父亲笑了笑，"你也没结过婚，很多婚姻里的东西你也不懂。"他站了起来，"不过你大道理说得还是不错的，我可能真的已经被'体制化'了。"

　　"我其实还是很希望你们能在一起的。"叶平说。

　　"我知道，我等了二十年不就是为了这一天吗？你放心，我一定会让你妈回来。"父亲离开沙发，"现在我要去烧饭了，你先在这坐着，准备吃饭。"

　　"行。"叶平又想起了一件事，"对了，爸，晚上我可能要出去找我女朋友。"

　　"随你，你感情上的事我不管。"父亲走进厨房。

　　"好的。"叶平掏出手机，打开杨欣的 QQ。"在吗？"他发了条留言。

　　"在的。有事吗？"杨欣很快来了回复。

　　"你现在还在旅馆吗？"

　　"嗯，还在，不过我明天就要走。"

　　"我晚上到你那边去？"

　　"干吗？想劫色？"后面跟了个害羞的表情。

　　"把伞送给你，然后跟你商量个事。"

　　"什么事？"

叶平犹豫了一会儿，又发道："到时候我去了再说吧，在 QQ 里说不清楚。"

"行，那你来吧，我等你。"

"我吃过饭就过去，大概一个小时到。"

"好的。"

"那我们一会儿见。"

"嗯，拜拜。"

叶平关掉手机，然后把手机塞进上衣口袋。这时他听见了厨房里的油炸裂的爆响，吱拉吱拉像是鞭炮声一样。他给自己倒了杯茶，呆呆地看着茶杯里自己的倒影。

出门的时候已经是傍晚，光明和黑暗混杂成一片朦胧的灰色。坐上公车，径直前往旅馆，雨已经停了，清凉的气息却依然在沉淀。

杨欣房间的门是虚掩着的，门缝里透出黄色的光。叶平轻轻敲了敲门。"进来吧。"里面传来杨欣的声音。叶平推门而进，杨欣正在泡茶，水壶在手中缓慢地转圈，水流在杯子里汇集，撞出了白色的、不断破碎又融合的泡沫。叶平走到杨欣旁边，杨欣放下水壶，将茶杯推向叶平："你的茶，不过现在别喝，小心烫。""好的。"叶平接过茶杯，看着茶水泛起的白气，心里有点暖暖的。

杨欣拉开椅子，坐了下来。叶平也跟着坐下。"伞我放在门口了。"叶平指了指他刚刚放下的伞。

"知道了，我不是说过你不还给我也行吗？"杨欣妩媚一笑，抚摸着叶平的头发，"说，想我了吗？"

"当然想，不然我为什么早上走晚上就来？"

"骗人，你明明是有事想跟我商量才来的。"杨欣微笑着捏了捏叶平的脸颊。

"我有事，当然也想你，所以就来了。"叶平开个玩笑。

"真会说话。"杨欣松开了叶平的脸颊，"说吧，什么事？"

"第一件事就是我可能要在永平待三个月以上。"叶平说，"虽然我妈要回来了，但那也是下个月的事情了。我也不能妈一回来我就跟着你走了。"

"这个我理解。"杨欣点点头，"毕竟你和妈也分开那么多年了，确实需要时间来联络一下感情。"

"这么快就叫'妈'了，你连家长都还没见过呢。"叶平打趣道。

"没事。"杨欣揽住叶平的肩膀，嘴唇凑在叶平的耳边，"你是我的人，难不成你还想跑掉？"

叶平觉得有点不自在："杨欣，别这样，你这是在勾引。"

"我勾引我男朋友有错吗？"杨欣抚摸着叶平的脸，戏谑地问。

"你等会儿再勾引，先把正事说完。"叶平有点哭笑不得，慌忙向旁边挪动了一下椅子。

"开玩笑的，反应别那么大。"杨欣收回胳膊，"你说吧，我听着。"

"下一件事我是想和你商量一下，交流一下看法。"叶平的十指交错放在桌子上，"就是我爸好像不是很开心。"

"为什么？"杨欣皱了皱眉，"你不是说爸等妈回来等了二十年吗？现在妈好不容易回来了，爸居然不高兴？"

"因为我觉得我爸好像有什么心事没对我说。"叶平仔细地回想，"按照我爸说的，我妈在我回家之前就告诉我爸她要回来，可是我爸似乎并没有表现得很高兴，反而整天心事重重的样子。按理说如果我爸真心希望我妈能回来，他应该很高兴，然后迫不及待告诉我。我感觉……不正常。"

"是你想多了吧。"杨欣说，"爸弄不好是在考虑到底应该怎么和你说这事吧，毕竟孩子的妈回来是件大事啊，不应该慎重点跟孩子说明？"

"你话是没错，可我从小跟我爸一起生活，我感觉我爸不像是在考虑应该怎么跟我说，而像是在考虑该不该接受妈。"叶平说。

"你这话说得，爸等了二十年，好不容易等到了妈，现在又在犹豫该不该接受她。"杨欣无奈地笑笑，"我实在弄不懂你的逻辑，你到底是怎么想的啊。"

"其实我原本也没想那么多，但是今天下午回家的时候我爸和我说了一大堆莫名其妙的话，然后我就觉得有点不对劲。"

"爸说了什么？"

"我说他在害怕他接下来可能会不适应外面的生活，然后他说什么我还没结婚，有些事我不懂。我反正是感觉怪怪的。"

"好啦，"杨欣拍拍叶平的脸，"你啊，就是疑心太重，妈现在马上就要回来了，爸胡思乱想有什么不正常的？你总不能让爸一点反应都没有吧，肯定会有一些乱七八糟的想法啊，担心啊。这有什么不对劲的？"

"但愿如此吧。"叶平小声说。

晚上回家，父亲正在看着电视哼着京剧。"回来了啊。"父亲招呼道，"跟女朋友在一块开心吗？""还行。"叶平注意着父亲的脸，父亲的脸色很平和，没有什么不正常的地方。"应该是我想得太多了吧。"叶平在心里说。

第十章

（A）

叶永很快就发现自己陷进去了。起初他还不知道自己已经被卷进一场海啸里。早上进班的时候正好迎面碰上了方园。方园笑着对他招手问好，叶永回了个礼，两人擦肩而过。这让他激动了好一会儿，坐在座位上时他还在想他刚才的回礼动作帅不帅气，衣服是否整洁，发型是否变形之类。他一边回想着刚才的形象一边用眼睛盯住教室门口，忐忑地期待着方园回教室的时候能再跟他打个招呼。方园走进班里，发现了叶永的目光，对叶永可爱地一笑，叶永却有点慌张地低下头，眼角的余光锁定了方园。方园看起来并没有因为自己的笑容没有得到回礼而懊恼，她径直回到座位，和同桌聊了会儿天就拿出笔记本。叶永收回目光，在心里责怪自己，刚才他为什么低下头，好歹应该回一个笑容吧。方园要是觉得他没礼貌，生气了怎么办？叶永越想越乱，然后他又想起了方园的那个笑容。真漂亮。叶永想。一股满载柔情的温暖就这样在叶永心里荡漾开来。也就在这时候，叶永悲哀地发现，自己喜欢上她了。

他讨厌"喜欢"这个词，他经历过喜欢，虽然那个喜欢还没开花就被自己拧断了。他还记得喜欢的感觉，不过只是卑微地希冀对方能对自己笑笑，跟自己说说话。如果对方不理你了你就得一个人吃下苦果，秘密地咀嚼那种难受的失落感；如果对方对你好点，你会傻子一样地兴奋好长时间。喜欢是一条带刺的锁链，它将你牢牢地锁死，任由对方摆布。如果你想挣脱，你就必须先有流血的觉悟。

当然了，叶永是个聪明人，他立刻就想到了对策。只要让方园喜欢上他一切就迎刃而解了。方园喜欢上他，"喜欢"便是双方共有的心态，也就不存在他因为喜欢她而看起来愚蠢而卑微的问题了。要愚蠢也是两个人一起愚蠢，他又不亏。

就这样他开始下定决心追求方园。他在草稿纸上认真地分析了他们已经经历过的事：学期开始的时候方园应该就已经开始关注他了，这个可以确定；然后，他们的开始认识也是因为方园的主动接近；"你是不是从来就没觉得这很美？"这句话应该可以不考虑，很有可能是方园随便说的；再然后就是方园主动在下雨天送他回家。叶永越分析越激动，他在自己列下的条目周围画了个圈，一个箭头潇洒地指向纸的另一端，他煞有其事地画上一个爱心，后面写了个"95.6%"。"一百减九十五点六等于……"他快速地算着，又在下面画了个叉，后面写着"4.4%"。写完后他皱了皱眉，又在圈里写道：数学成绩一样，上天故意暗示。然后他将数字全部划掉，重新在爱心后面写上"97.3%"，在叉后面写上"2.7%"。完成这一切后，叶永自豪地看着自己的分析结果，自信满满地想着自己和方园在一起后应该会怎么样怎么样，要怎么怎么甜蜜浪漫。"听说有的不良少年高中就去开房了。"叶永想入非非，"还是算了吧，不过接吻还是要的，长那么大还不知道接吻什么滋味呢。"

他就这么胡思乱想，等老师就进了班里他才回过神来。然后他暗叫可惜，平时这个时候他已经做了两道题了。"算了。"他安慰自己，"毕竟马上就要谈恋爱了，就当作纪念一下给自己放放假吧。"这时，他猛然扭头，张阳在旁边怪笑着冲他挑了挑眉。叶永慌忙收好草稿纸，打开课本。

"没事，那么紧张干什么？大家都懂。"张阳拍拍叶永的肩。

"低调，低调。"叶永难得和张阳开个玩笑。

叶永很快便有了打算。以现在的情况并不适合立刻表白，两人毕竟没有分享过太多的时间，表白的成功率不会太高。既然如此，就只好每天都花点时间和方园在一块了。叶永选择的是上晚自习前那十几分钟，那时候人会很少，而且刚刚笼罩下的夜幕会造成一种暧昧的气息，非常有利于情感交流。于是他晚自习总会提前半个小时到教室，然后坐在座位上巴望着方园的到来。前几天方园有时来得早，有时来得晚，但每次叶永邀请她出去聊天她都会欣然答应。他们趴在教室外的栏杆上眺望夜景，说着闲话，开着玩笑，教室的灯光映在脸上，光影在脸上不停流转。有时风吹起方园的头发，叶永会闻到一股很清新的发香。他们有时会聊班里发生的糗事，尽兴处他们会哈哈大笑，每到这个时候叶永心里都会浮出一丝温暖；有时他们会一起低声唱歌，方园的声音很清脆，叶永每次听方园唱歌都会闭上眼睛，他往往会在方园的歌声里看到潺潺流动的泉水，或者从悬崖高处坠落的水滴。唱完之后叶永都会情不自禁地鼓掌。方园经常会打趣："你看咱俩唱得这么好，要是班上有什么活动我们干脆上去来个对唱吧。"叶永笑："我唱得没你好，不过既然你说了，到时候真要上台我一定会全力以赴。""少谦虚了。"方园吐了吐舌头，"军训那次你唱得那么好，大家都知道。还故作谦虚。"

　　叶永的确度过了几天很开心的时光，和方园聊完天后他都会觉得有种很奇特的感觉，像是一只大锤用力敲了敲钟，敲过后的余震总是让叶永兴奋不已。他会在晚自习中间时不时抬头看看方园，大多数情况下方园都在埋头写着题目。偶尔方园会抬起头触碰到叶永的目光，两人相视一笑，然后双双低下头。这虽然只是很小的举动，却足够让叶永心潮澎湃。

　　只是过了几天后方园却拒绝和叶永在晚自习之前聊天了。这让叶永非常失落。理论上如果方园如果喜欢他应该不会拒绝，他仔细地想着自己哪里做错了，方园是不是不喜欢他了。晚自习的时候他一直盯着方园，想从她身上看到某种讯息，以致开始时他的晚自习效率极度低下。可是后来白天的时候方园又蹦蹦跳跳地跑过来，把习题集往桌

第十章

上一摊，然后就龇牙咧嘴地问这问那，这时叶永又觉得很得安慰。他非常细心地为方园解答，解答的过程中他会把手放在方园头上使劲揉。"把手拿开，你好过分，借教题目的机会占我便宜。"方园使劲把头摇来摇去以示抗议。然后叶永就不揉了，但手还在方园头上放着，方园也没再表示抗议，任凭叶永的手放在她头上。后来叶永会想，或许方园有自己的原因，不愿意在晚自习之前陪他聊天，自己强求也不好，他也就渐渐淡忘了这件事。

秋天完全杀进来的时候凉意会很浓，有的人甚至会穿上毛衣。叶永就在这秋意中慢慢酝酿着自己年轻的爱情。他还没有意识到这份爱情已经让他变得柔软起来。虽然他有时还是会诅咒班里的人，可是他开始渐渐学会宽恕，因为当他为方园的事心神不宁时，班上很多人都在认真地听老师讲课，这让叶永怀疑自己是否具有资格去鄙视他人，这份怀疑让他无法理直气壮地憎恶。他甚至开始主动找张阳聊天。张阳和方园的关系很好，叶永会在聊天中寻求只言片语来判断方园对他的态度。张阳也意识到这一点，讲到关键处他会拍拍叶永的背："加油，哥们看好你。"叶永虽然觉得这句话很无趣，但不会再像以前那么抗拒。大多数情况下他会笑着说声谢谢。

流言开始像野草一样散播开来，很快班里的人都知道了班级里又多了一对。虽然叶永和方园还没踏出至关重要的一步，可是同学们都自作主张地认为那一步已经无须再踏。想法很快便落实成行动，方园每次来找叶永问问题的时候，旁边的人往往会主动让出一个位置。"你们聊你们聊，我不打扰你们了。"同学笑着打趣。也有人会在旁边起哄："哇，好甜蜜，大庭广众下秀恩爱真的好吗？难道你们不担心出门被人打？"这时方园就大叫："胡说八道！再瞎说我生气了！""生气啊生气啊！"那人还在开玩笑："你就不怕叶永看到你残暴的一面？"每到这个时候叶永会有一点点感激，毕竟这种玩笑对于一份尚未成型的爱情可以算得上是一种祝愿。

秋风吹过来吹过去，日子一天天地流淌开来。当秋天已经把枫树全部染红的时候，国庆节已经可以望见了。学校在国庆节前组织了一次月考，叶永全校第一，方园全校第十四。成绩下来后方园用力捶了一下叶永的胸膛："就知道你能考好！"但是叶永觉得方园嘴角的笑容是挤出来的。"恐怕是觉得我考得太好有压力吧。"他也没有多想，就当它是一份诚恳的赞美就好了。他顿时成了班里的风云人物，所有同学都对他肃然起敬。叶永自己也觉得骄傲，可是他很快就将骄傲压了下来。他开始将目光投向了永平一中，只是永平一中月考还在国庆之后，他无法获取有效信息。这让叶永有点失望。

和考试成绩一起飞过来的是运动会的消息，时间初步定在10月4号和5号两天。消息冲进班里的时候全班都沸腾了，大家都在讨论运动会要不要参加，有哪些项目，奖励是什么。有些人满脸不屑地说自己懒得去，举行运动会有什么意义；还有些人则开始向周围人炫耀自己小学初中分别拿过什么什么奖。叶永打量了一下周围的情况，觉得索然无味，便低下头做题目。

方园就在这个时候走到叶永前面坐下："叶永，运动会你准备参加吗？你要是参加我给你加油哦。"她双手平放在桌上，头枕着胳膊。

"不知道，也许吧。"叶永不太想去，他并不擅长体育运动。

"去嘛去嘛。"方园撒娇，"你去了我给你加油，我保证我嗓门在全体女生中最大好不好？"

"那……"叶永踌躇了一会儿，"好吧，我去。"

"嗯，真乖。"方园笑着把手抬起来放在叶永头上一顿乱摸，"以前你总是摸我头，现在我为了奖励你能报名，特赐你摸头大礼。"

叶永刚想躲闪，方园的手已经在他头上挠了好几圈。他突然觉得方园的手掌好温暖，那种温暖的气息像一股电流一样在叶永身体里迅速传播开来，让他欲罢不能。他闭上眼睛仔细地享受。他好像明白了为什么方园总是任由他在她头上摸。原来被喜欢的人摸头并不丢脸，那是一种温暖的传递，是一种传递相互的信任的纽带。

"怎么了？"方园见到叶永的神色不太对，略微缩回了手。

"没事。"叶永缓缓趴在桌子上，"想起了一些事。"

"什么事啊？"方园又摸了摸叶永的头，"跟我说说？"

叶永没有回答，在一片黑暗中他想起了母亲偶尔送给他的拥抱，想起了母亲在精神病院里的挣扎。方园的手还在叶永头上游走，他仿佛看见了一道金黄色的门洞开，光线强烈得让人想要沉醉其中，他的母亲身后六翼伸展，将手轻柔地按在了他的头上。

"为什么不回答我啊？"方园温柔地说。

"我想起了我妈，她有时也会这么摸我头。"叶永说。

方园的脸色一下就悲伤起来。"你真可怜。"她轻声说。

叶永猛然睁开眼睛抬起头，他瞪大了双眼盯着方园，像一只被冒犯的野兽。方园被吓到了，手迅速缩了回来，身子撞到身后的桌子，桌子立刻发出响动。她眼睛一眨一眨地看着叶永，一副很无辜的样子。他们就这样对视了很久很久，最终，方园绽放出了笑容："其实，也许我能理解。"

叶永愣了一会儿，然后脸上的警惕一扫而光。他对方园笑了笑："谢谢。"

曹老师很快就在班上正式宣布了运动会的消息，班上欢呼声响成一片，也有人在中间抱怨为什么偏偏选在放假办运动会，浪费睡懒觉的大好时光。叶永没有说话，他听着曹老师一个一个地报比赛项目，仔细斟酌着他应该报哪项。他知道自己的身体素质不是特别好，如果有体育生参赛他的胜算会更低，所以单纯地拼身体是绝对没法赢的，因此他不能报短期爆发的项目，比如跳高、跳远、100 米短跑。他很快确定了自己的项目：3000 米长跑。这个项目应该是他胜算最高的项目：一来报名的人会比较少——大家都觉得 3000 米跑下来会累趴，不愿意报；二来这个项目已经不纯粹是在拼体力了，更多的是在拼毅力和整个行程对自己体能使用的分配。下课之后他立刻来到体育委员旁边，那里已经围了一圈人商量到底报什么项目好，还有人在炫耀当时自己多厉害，拿了什么什么奖。有人立马说："那么厉害，我现在帮你报了吧。"那同学连忙摆手故作矜持："等会儿等会儿，那毕竟是以前的事了，让我考虑一会儿。"叶永听到了觉得有点好笑，他推开前面的人："体委，我报3000米。"

"哇！"立刻就有人惊呼，"叶永你这么牛，上来就是3000米，你不怕累死了？"

叶永没理他："体委，报好了吗？"

"哦，我登记一下。"体委连忙登记，"行了，报好了。"他抬起头，"叶永真是好样的，你是第一个报项目的人，上来就是3000米，这个头起得好。"他转向周围，"还有人报吗？叶永已经报了3000米了！"

叶永转身准备走了。这时，他看见了方园，方园坐在座位上，对他比了个"OK"的手势。叶永走到方园面前，俯下身："我报了哦，3000米。"

"好的，真听话。"方园笑嘻嘻地摸摸叶永的头。

叶永开始每天放学都去操场上训练，他得提前确定自己的体力最佳分配方案，什么时候该平缓发力、什么时候该加速冲刺都必须有个提前规划。他站在跑道起点，用力扔开手里的书包，闭上眼睛，让自己的身体缓缓进入状态。他睁开眼睛，身体就在这个时候冲了出去。风迎面吹过来，带来一阵阵让人轻快的凉意。起初他跑得有点快，跑了两三圈就感觉到心脏在打鼓，肺部剧烈地扩张。他知道自己开头发力太早了，但他依然坚持跑了下去，他知道如果这样就撑不下去了他是无论如何也没办法获胜的。他咬着牙继续跑下去，双腿开始脱力，有点不听使唤，脑袋开始发晕。他依然在坚持，终于，在第五圈的时候他撑不住了，他离开了跑道，一屁股坐在操场上，大口大口地喘气。他从书包里掏出水壶，可是水壶已经没有水了。他有点懊恼地甩了甩水壶，无奈地将它重新塞进书包，然后用手摸了摸脸上的汗。

这时，他看见了方园。方园用力向他招了招手，然后双手成喇叭状放在嘴边："还在训练啊，不回家吗？"

叶永也做出一样的手势："是啊，你不是也报了项目吗？下来练吗？"

"不了。"方园摇摇头，"刚刚值日结束了，你不回家吗？很晚了。"

"我再重新跑一次。等一会儿。"

方园犹豫了一会儿，又大声说："别太累了，输赢无所谓的！"

"知道了！"叶永大喊，"我再跑一圈就回家！"

"好的。那我先走了！"方园用力招手。

叶永点点头，招了招手，然后目送着方园离开。过了一会儿，他缓缓站起来，走到跑道起点，望着操场上稀少的人烟，深深吸了口气。

（B）

父亲之后的表现没有再出现任何异常，这让叶平安心了很多。他每天上完课回到家吃饭，都会和父亲一起谈论母亲的话题。他们经常商量应该用什么样的方式来欢迎母亲回家。"应该隆重一点，一定要让妈有家的感觉。"

"我觉得还是稍微平淡点好。"父亲说，"我们俩能有多隆重，你妈在外面跑了那么多年，什么大场面没见过？我们再隆重估计她都不满意。"

"话不能这么说。"叶平用筷子敲敲碗，"我们的隆重和她在外面见过的隆重是不一样的，人家那隆重就是为了隆重，我们的隆重有别的意义啊。这至少说明我们肯花心思，很重视她。"

父亲想了想："行，那到时候你说怎么办就怎么办。不过现在不急，你妈没一个多月回不来，过一个月我们再好好商量这事。"

"行。"叶平答应道。

但下一次他们依然会谈起这个话题。

救　赎

叶平满怀期待地等待母亲的到来。有时叶平会打电话给母亲，询问母亲的情况，母亲轻柔的声音总是让他感到很舒服。他们往往一聊就是半个小时以上。叶平会在电话里告诉母亲自己对她的想念，希望她能早点回来。母亲说她很忙，她的公司正在转让，很多事情需要处理，一时半会儿回不来。"听你爸说，你现在是名教师？"她有一次问。

"对，我觉得很好。不过我当然比不上妈，我可没有自己创业的魄力。"

"什么魄力啊，你真会调侃我，我现在不还是跟你们一样？要是你们不要我了我都不知道去哪了。"母亲在那头的声音听起来有点难过。

叶平连忙安慰道："没事，妈你放心，我们永远都会欢迎你。"

"叶平。"母亲话锋一转，"我和你爸以前的故事你知道多少？"

"我只知道大概的情况。"叶平老实说。

"唉。"母亲叹了口气，"你怪我们吗？害你没有妈妈。尤其是我？"

"没有。"叶平斩钉截铁地说，"我谁也不怪，我只谢谢你们能把我带到这个世上。"

沉默了很久，母亲轻声说："叶平，你真是个好孩子，我真骄傲我能生出你。"

几乎每天傍晚叶平都会和杨欣一起出去逛公园，他们手牵着手漫步在湖边，垂柳在身旁摇曳生姿。他们经常会逛到很晚，然后叶平会送杨欣回家。偶尔他们也会不去公园而在旅馆花掉这几个小时，然后在床上缠绕成了一团不断生长的海藻。杨欣的抚摸总是让叶平有一种将要窒息的狂乱。疯狂过后他们并肩躺在床上，聊着一些琐事。

"你最近在这里住得好吗？"叶平望着天花板。

"还行，不过我想知道，如果我说我住得不好，你会有什么打算？"杨欣用手指勾了勾叶平的下巴。

"我啊。"叶平仔细想了想，然后有点不好意思地说，"大概会安慰你吧。"

"就知道你会这么说。"杨欣放下手,"你就是这样的人。"

"是在责怪我?"叶平有点歉意地看了看杨欣。

"不是,我只是说出我的看法。"杨欣撇了撇嘴唇,"我们再怎么也过了四年,怎么会为了这种事责怪你?"

"那你既然知道我会这么回答,为什么还要问我?"

"因为——好奇。"杨欣笑笑。

"我也知道,要是你住得不好我的确该为你做什么,可是我真的不知道在那种情况下能为你做什么。"叶平说。

"别在意啊。"杨欣搂住叶平的脖子,"我说了我只是好奇,你不要多想。知道吗?乖。"

叶平嗫嚅着嘴唇:"你是不是觉得我很没用?"

"哪有啊?"杨欣捏捏叶平的脸颊, "我不是说了我只是因为好奇吗?"

叶平低下了头:"其实有的时候,我也觉得我挺没用的。不过说真的,"叶平抬起眼睛,"我挺喜欢这样的日子,我觉得不需要钱和利。这样的日子对我够了。"

"好啦,你看你,我都说了好几次了我只是好奇只是好奇。"杨欣看起来有点无奈,"就算你真的是这样,我大老远跑到永平,说明我对这方面无所谓啊,你说对不对?"

"杨欣,"叶平抚摸着杨欣的头发,轻声说,"你真好。"

在学校叶永和方园开始天天一起进出办公室。 "课代表不是你吗?"叶平问方园,"叶永这个高才生怎么也来了?"

方园说:"我是正的,他是副的。"

"你们班主任还分了正、副课代表?"叶平吃惊地问。

"老师,我自己设的,一个人搬书太累了。"方园吐吐舌头。

叶平又看向叶永,叶永的脸色很平静,没有一点波澜。

"哦,知道了。"叶平若有所思地点点头,心里已经明白了是怎么回事。

为了确认他的想法，叶平有一次上课特地先叫方园回答一个问题，方园没回答出来。然后他让叶永回答这个问题，底下立刻开始窃窃私语，胆子大的直接大声起哄。于是叶平就明白自己的想法是正确的。

国庆节将要来临的时候曹老师告诉了他运动会的事，并问他要不要去给他们班加油。叶平欣然同意。他那天也没什么事，与其窝在家里，还不如出来看看自己的学生在运动场上的表现，顺便怀念一下以前在学校里的时光。

回家的路上他再次见到了那个乞丐。乞丐无精打采地靠在墙边，抬头看向天空，那只生锈的铁碗随意地放在前面。叶平径直走过去，从口袋掏出十元的钞票，放到乞丐的碗里。乞丐注意到他，对他礼貌地笑笑。

"好长时间没看到你了，你不是说你在这儿蹲点吗?"叶平问道，坐在了乞丐旁边。

乞丐吃惊地看着叶平："你……你就这么坐在我旁边，你不怕别人看见?"乞丐满脸诧异。

"没事，看见就看见。"叶平满不在乎地说。

乞丐迟疑了一会儿，转过头去："你还是走吧，你跟我坐一块对你影响不好。"

"没关系的。"叶平拍拍乞丐的肩膀，丝毫不介意乞丐身上的脏，"上次还是托你的福我才重新挽回了我女朋友，谢谢你都来不及呢。"

乞丐低下头，过了一会儿，他认真地凝视叶平："你真是个十年都找不到一个的好人，谢谢你。"

"说点别的吧。"叶平转移了话题，"你上次说你在这儿蹲点的，怎么这几天都没看到你?"

乞丐无奈地摇摇头："我也是没办法，这条巷子人那么少，我到哪弄吃的? 这里是我的家。白天我是要到外面工作的，今天正好休息。"

叶平被逗笑了："你们这行业还分工作休息?"

"嗯，我要去闹市里工作，那里人多，赚钱相对容易一点，不过那里太吵了。"

"哦，虽然还是不太懂，但能勉强明白一点点。"叶平点点头，"对了，你唱首歌吧，我刚付了十块钱，大客户的要求你应该得满足吧。"

"当然。"乞丐咧了咧嘴，露出满嘴漆黑的牙齿，"不过你今天心情怎么这么好？是不是有什么喜事？"

"喜事？对了，确实有件喜事。"叶平想了会儿，"我爸和我妈分开了二十年，现在准备复合。"

"这的确算得上喜事，恭喜了。"

这时一名女士从他们旁边路过，她惊异地看着两个人，然后投下一枚一元硬币。"谢谢啊！"叶平大喊。女士狐疑地看了叶平一眼，又看了乞丐一眼，摆了摆手："不谢。"然后匆忙离去。

"其实你不用喊谢谢的，"乞丐说，"那很侮辱你。"

"是吗？"叶平耸耸肩，"你都说乞丐是份工作了，怎么就侮辱我了？"

"你这样会让我很内疚的。"乞丐咬了咬嘴唇，"我自己已经变成这个样子了，我不能拖你下水。"

"有那么严重吗？"叶平摇了摇头，站了起来，"那行，我站起来陪你聊。"叶平又蹲了下来，笑笑，"还是不行，站起来感觉不太自然，蹲下来还是比较好。"

"随你。"乞丐有意躲闪叶平的目光。

"对了。"叶平试图挑起话题缓解一下尴尬，"你有没有觉得我爸我妈感情很浓？都二十年了还想着要在一起。"

乞丐摇了摇头："我不觉得他们是出于爱情。"

"嗯？为什么？"

"你应该知道能把两个人绑在一起的绝对不仅仅只有爱情，还有其他的，比如亲情、信仰之类的东西。"乞丐说，"你爸你妈应该差不多六十岁了吧，光从生理上说，他们的爱情已经没办法像你们那样有激情了。"

"有道理。"叶平点点头，"可是也不对啊。你说说他们为什么会选择复合，都没有爱情了。而且我爸还等我妈等了二十年。"

"也许你爸和我一样只是为了赎罪。背上罪恶感的人往往是最可怜的，有时甚至比被伤害的人要可怜得多。"乞丐说。

"你这么一说我好像有点懂了，我爸的确总是强调'对不起她'之类的话。"叶平说。

"而且促使两个人最终在一起的原因有时不会是爱不爱，更多的是适不适合。"

叶平低头仔细想了很久，然后点点头："你说得也许有点道理。"

"我也是没办法，天天没事做，就胡思乱想打磨时间呗。"乞丐笑着说，"还要我唱歌吗？"

"不用了。"叶平站起来，"我该回去了，我饭还没吃。记住，你欠我一首歌，下次记得还我。"

"好。"乞丐点头，"那我能问一下你的名字吗？"

"我叫叶平，叶子的'叶'，平凡的'平'。你呢？"

"我不记得我的名字了，你只要叫我乞丐就行。"

"那哪行。"叶平想了一会儿，"既然你不愿透露姓名，那我就叫你'歌手'吧。就这样，我先走了。"

"好，再见。"乞丐挥了挥手。叶平也挥挥手，转身离去。

（C）

10月4日运动会正式开始。那天天气好得实在难以形容，操场上方出现了难得一见的蓝天白云，太阳像是个害羞的姑娘在云后微微露齿，射下的光都是含情脉脉的。操场看台都挤满了人。不一会儿，领导登上主席台，运动员们纷纷按班级列队。领导先讲了一会儿运动会的意义、运动会注意事项以及领导对运动会的期待和祝愿。"我宣布，"领导声音猛然抬高，"永平五中第六届运动会正式开始！"话音刚落，喝彩声、鼓掌声响成一片。叶平和曹老师站在队伍后面拼命鼓掌。叶永和方园站在一起。叶永本来懒得鼓掌。"鼓掌啊！"方园对叶永喊，一边使劲地鼓掌。叶永耸了耸肩，勉强拍了两下手。

之后主持人登台宣布各种项目的比赛顺序。3000 米跑是第五项，大概在早上十点进行。方园的 400 米跑在叶永前面。然后他宣布 100 米跑的运动员现在去检录处检录。队伍立刻散开了，看台上也有一部分人下来了。操场上人左一团右一团的，叶永本来想着去看台上闭目养神，等到方园检录的时候再到操场逛逛。可是方园不给他这个机会："叶永，走吧，给我们班人加油去。"叶永摆了摆手："算了吧，我去看台上休息，准备我的比赛。""你还是不是我们班人啊！"方园杏眼圆瞪，"你去不去？"叶永只好点点头："行，我陪你。"

叶永陪方园来到检录处。他们班一堆同学在那里聚着，叶永还看见了曹老师和叶平。那两个准备上场的运动员一边聊天一边做着热身运动。"加油哦，你就不要拿第一了，第二就行。"有人在旁边拍了拍其中一个运动员的背。"不垫底就不错了。"那运动员自嘲。曹老师在一边说："输赢不重要，尽力就行。"方园也说："对的，不用在乎拿第几名的，尽力就行。"叶平在旁边开玩笑："别一个拿第一，一个拿第二，记住啊，要给别的班一点活路，听见了吗？""好的。"那两个运动员异口同声，"保证不张扬，绝对保持低调。"

叶永听了觉得很滑稽。不就是上场露个脸跑个 100 米，至于这样弄得要干吗似的吗？但他还是走上前去揽住两个人的脖子："加油哦，你们第一个上场，起个好头。""行。"他们微笑着点头。

比赛很快就开始了，方园站在跑道边喊着："加油啊！看好你们！"有一人没有回应她，还有一个人笑着对她眨眨眼，打出一个必胜的手势。叶永在旁边看着心里有点醋意，他有点不明白方园管那么多人干什么，有这个时间还不如调整一下自己的状态，她毕竟自己也有比赛。但他什么也没说，他也清楚自己的想法比较自私，说出来可能会让方园厌恶他，毕竟可以看出来方园是个善良的人。

叶平和曹老师站在旁边。"我看那个小伙能拿第一。"叶平指着班里穿背心的运动员说。

"现在还不急着下定论，短跑比赛容易出现黑马。"曹老师说。

发令枪响，烟雾从枪口升起。运动员如离弦之箭冲了出去，加油声响成一片。方园把手窝成喇叭状放在嘴边大声地喊，叶永也象征性地喊了两声。班上一名运动员拿到了冠军，方园开心地跳起来："赢了，赢了！"叶永心里有点酸酸的，班里人拿第一对他而言并不是件好事，如果班里有人拿第一而他没拿到，那该多丢人。

"曹老师你看，我就说是他吧。"叶平一边鼓掌一边跟曹老师开玩笑，"走，恭喜他去。"

跑道终点已经围了一大帮人，大家都在夸那个获胜的运动员。另外一个运动员拿了倒数第二，方园走到他面前，拍了拍他的背，递给他一瓶矿泉水："没事的，反正尽力就行。""谢谢。"那人说，"我没事，又不是什么大型比赛，跑跑玩玩。"叶永在后面微微冷笑，转身向厕所走去。

方园检录的时候全班人都围在她旁边给她送水送吃的，所有人都在祝福她。叶永站在人堆外面，他感到一种无所适从的感觉，他发现没了方园自己根本没法融进班级里去。这让他心里很不舒服。这时有人从后面揽住他的肩膀："叶永，不去祝福一下你女朋友？"叶永扭过头，张阳正对他挑挑眉。这让叶永有点安慰，除了方园还是有人愿意和他说说话的。"别乱说，她还不是我女朋友。"叶永说。"哎呀，你还不好意思。"张阳夸张地摇摇头，"全班人都知道了你还赖。"他又拍拍叶永的肩，"说真的，你现在就在这儿杵着可太不像话了，不去为她加油？"叶永看了看前面围成一圈的人，低下头："算了吧，那么多人都在为她加油，我去不去应该无所谓吧。"

"学霸你怎么那么怂呢？人一多你就害羞了是不？"张阳满脸怒其不争的样子，他用力把叶永往人群里拖，"走走走，别杵在这儿。"

叶永无奈，被张阳硬拉进人群。"方园！"张阳大叫，"咱哥俩来给你加油了！"方园回过头，正好对上叶永的眼睛。叶永笑笑："加油啊。"

方园点点头，轻声说："一定。"然后旁边就有人怪叫，纷纷打趣。不知道是谁突然喊了一声："班主任来了！"大家这才慌忙闭上嘴。

曹老师和叶平径直走向方园，同学们立刻让开了。他们俩在方园面前站定。方园乖巧地说了一声"老师好"。"好。"叶平点头示意，随后给方园鼓气，"加油啊！你可是我的课代表，要给我争光啊！"

"好的，一定。"

曹老师在旁边摆摆手："不用想着拿第一，尽力就行。"

"好。"方园点头。

叶平转向叶永："小伙子，你也一样，你是我副课代表，等会儿给我好好干。"叶永看了一眼叶平，点点头，没有说话。

方园的比赛开始了，她站在起跑线上，做出预备跑的姿势。叶永在远处看着方园的脸。其实在这个时候他希望方园能和他对一下眼神。但是方园没有，她的眼睛直直地看着前方，眼神缓缓凝聚起来。发令枪响，方园冲了出去。大家立刻呐喊起来。方园一马当先，迅速占据了第一的位置，一帮人甚至跟方园一起跑了起来。"加油啊，加油啊！"他们喊道。叶永看着眼前的场景，犹豫了一会儿，他跑到方园的前方，双手做成喇叭状，用尽全身力气大喊："加油啊，方园！"方园没有理他，直接从叶永身旁擦了过去。叶永目视着方园冲到终点然后弯下腰呼呼喘气。第二名。这让叶永有点可惜。班里人迅速围了过去，给方园送水，扶方园到看台上坐下。叶永看了一会儿，然后咬了咬嘴唇，向方园那里走去。他轻轻拨开人群："做得很好，方园，很棒。"方园笑了笑，接过旁边人递过的水。

救　　赎

方园，你没拿到第一没事，这第一名由我来帮你拿。叶永在心里说。

终于轮到叶永了。站在跑道上，叶永对自己笑笑。他闭上眼睛，脑海里回放这七天里他每一次模拟比赛的过程，一个初步的规划缓缓成型。加油打气的声音在周围乱响，可是很快他就发现自己找不到方园的声音。他睁开眼睛，看到了方园。方园正对他微笑，叶永对方园点点头，又重新闭上眼睛。

叶平注意到了两个人的行为，暗自笑笑。

运动员已经全部就位，发令枪缓缓举起。"预备——"叶永睁开双眼，整个操场揽入眼底。"嘭！"他跃起，腿脚有力地甩开。他知道现在不是发力的时候，他想先拿到第二或者第三的位置，最后发一次力甩掉前面的对手。可是他旁边的运动员开始就跑得很快，而且看这势头好像不会累似的，一会儿工夫就把叶永甩出十多米。叶永当时还在第二的位置，他感到了强烈的危机感：如果那人真的把这个速度保持下去，自己肯定拿不到第一。想到这里，叶永咬咬牙，加力冲了上去。他知道他的规划已经完全被打乱了，可是他还是得往前冲，否则根本没希望夺冠。加油声响成一片，方园和张阳正在和他一起跑："叶永，加油，第一名一定是你的！"

他和前面的人距离保持在五米以内，但始终没有超过那个人。后面的运动员已经渐渐被拉开了距离。"一千米！"路过举旗员的时候他听到了这样的声音，可是叶永此时已经相当疲惫，腿脚已经有了轻微的胀痛感，呼吸有点接不上来。前面的人速度开始慢了下来，叶永暗自窃喜，终于能够放松一下了，速度跟着慢了下来。可是他很快发现不对劲，那个人似乎不是在减速，倒像是……已经脱力！原来那人不是自己体能特别好才那么疯跑，而是因为他提前根本没有规划！

叶永知道自己吃了大亏，在心里骂了一声，连忙回头看去，后面的人开始了第一轮加速，距离正在缩小。此时叶永身体已经出现脱力的情况。一圈之后，他被两个人超过，之前一直在第一位的直接被甩到最后一位。那两名运动员跑得很稳，呼吸不像叶永那么急促。叶永感觉自己的身体异常沉重，腿部像是灌了铅，胸部开始隐隐作痛。张阳还在旁边给他加油，方园却不知道在哪里。"不会是对我跑的不满意，对我失望了吧？"这个念头像是一道惊雷劈了下来，他不顾身体状况强逼自己加了一轮速，半圈之后他成了第一，后面的人也不紧张，依然在按照他们自己的节奏跑。张阳大声欢呼："叶永，好样的，兄弟，拿个第一给他们瞧瞧！"

可是叶永此时已经到了极点，心脏像是要蹦出来，腿脚绵软无力，身体的一呼一吸已经脱离了自己的控制。这时他看见方园在前面大声喊："加油啊，叶永，你是最棒的！"

叶永的身体还在强烈地抗议这场比赛。"两千米！"举旗员大声说。这让叶永看到了一丝曙光，只剩三分之一了。可是他再度被人超过。他的眼睛开始发黑，脑海里只剩下猩红色的跑道。他下意识想要追赶，可是腿脚已经不听使唤了。"放弃吧。"他在心里说。方园、张阳、叶平、曹老师还有班里的一群人都在旁边为叶永助威，可是那些声音已经几乎没有任何作用了。

只剩下最后一圈了。此时叶永是第二名，可是他的身子摇摇晃晃，像是随时都有可能倒下的病人。第三名正在试图超过他，脚步声在后面像幽灵般响起。他闭上眼睛，想起了很多东西。他想起了他中考失败的不甘心，想起了母亲一个人在病房里艰难的挣扎，想起了自己刚才那种无所适从的孤独。"不能输，输了我就什么也没有了。"叶永咬牙，开始了最后一轮冲锋。

所有人都惊呆了，没有人想到那个孱弱的、刚才还摇摇欲坠的男孩竟然会再度向前冲刺。叶永的身躯挺得笔直，风从耳旁刮过像是洪水。他跑啊跑，他的身体已经完全失去了控制，仿佛是在靠惯性奔跑。他的眼前漆黑一片，他什么都看不见，却仿佛什么都看得见。他已经不是在比赛了，他是在向自己挑战，他在用"不能输"的意志挑战自己的本能。

救　赎

　　叶平被深深地震撼了。叶永奔跑的姿势是极其滑稽的，毫无美感可言，但叶平在叶永的每一个动作间都看到了一股力量，是那种用自己的意志强行带动四肢摆动的力量。他知道叶永正在不顾身体状况强行逼迫自己向前冲，是在用自己的意念强行逼迫自己榨出体力。他难以想象一个高一的男孩到底是怎么做到的。

　　临近终点的时候叶永终于超过了第一名，这时他眼前彻底黑了下来，腿部彻底脱力。他倒了下来，身体依靠惯性向前滑到终点。

　　他失去了意识，但他赢得了冠军。

　　叶平立刻跑到叶永旁边。叶永躺在终点处一动不动，嘴巴微张，大口大口地喘气。他的脸色是通红的，像是快要落下的太阳。他的手肘和膝盖被磨出了殷红的血迹。方园和张阳正在用力摇晃着叶平。叶永的眼睛勉强眯开了一条几乎看不见的缝，然后又缓缓合上。

　　"快送他去校医务室！"曹老师一边喊一边扶起叶永，旁边的人连忙帮忙。叶平托住了叶永的一只胳膊，他立刻被吓坏了，叶永的胳膊是冰凉的。天啊，叶平心想，这孩子到底是怎么坚持下来的？

　　叶永的头无力地耷拉着，喘气声仍然剧烈得让人担心。叶平看了一眼方园，方园走在他们后面，紧张地看着叶永。他悄悄给方园递了个眼神表示安慰，可是方园没有注意到叶平的眼神，像是在想着什么心事。

　　校医务室的人起初吓坏了，医生慌忙示意大家把叶永扶到病床上。叶永此时已经好多了，意识开始渐渐苏醒。他缓缓睁开眼睛，映入眼帘的是医生的手掌。他立刻意识到有什么不对，他挣扎着想要爬起来，周围的人连忙扶住他。

　　"没事，只是体力暂时透支。不过保险起见，建议还是去医院一趟。"医生说。

　　"好的，我们马上送他去。"曹老师应道，"不过这学生……"

　　"放心，没有什么严重的问题。"医生摇了摇头，"不过这孩子未免也太拼了，跑起步来连命都不要。"

叶永明白了到底发生了什么事。他还记得他甩掉前面的人，然后就什么也不知道了。一种冰凉的恐惧缓缓浮上心头。该不是……昏迷了吧？自己居然……昏迷了？他立刻看向方园，想从她脸上的表情来获取信息。可是方园低下头，躲开了他的目光。

"叶永，恭喜你，你是第一名！"叶平的手掌按在了叶永的肩膀上。

"对啊，第一名。学霸你就是强，啥都强！"张阳竖起大拇指。

可是方园还是没有抬起头。第一名带来的喜悦感立刻被自责碾在脚底。他知道自己还是输了，这个第一名是他拼上命才勉强拿到的，其实根本不值一提。恐怕方园对他失望了吧，明明没有夺冠的能力还硬要傻乎乎地逞强。他盯着方园，可是方园始终不愿和他交接目光，他眼里的希望就这么一点点地被燃尽。他最终低下头。

张阳拍拍他的背："怎么无精打采的？第一名啊。"

"应该是累了吧。"医生说，"毕竟刚跑完，不如现在送他去医院吧。"

"不，我拒绝。"叶永抬起头。

医生没有理他："曹老师，您看呢？"

曹老师还没说话，叶永的声音先响起来了，字字有力，让人无法想象这是一个刚刚昏倒的人说出来的："医生，麻烦您先弄清楚一个问题，要去医院的是我，您好歹要先征求一下我的意见吧。"

"叶永，医生也是为你好……"叶平在一旁说。

"是啊。"张阳说，"你别逞强了，去一下医院吧。万一有什么事呢？"

叶永冷冷地看了一眼张阳，张阳立刻闭嘴了。医生的语气有点不耐烦："现在你的情况去医院比较好，我们都是为你好。小伙子不要喜欢逞能，身体有什么不舒服的要去医院，自己一个人扛着会出问题的。"

"我要去哪里是我自己的事情。"叶永调整呼吸，把残存的意志缓缓凝聚起来,"请问你有什么权力命令我?况且我的身体是我的不是你的,你凭什么轻率地下结论说我身体不舒服?你要是真有那么大本事你会在这儿待着?"

"叶永你在说什么?快给医生道歉!"曹老师断喝。

叶永死死盯着医生:"医生,请问您觉得我需要给您道歉吗?"

方园就在这时候抬起头,叶永用余光扫了她一眼,然后继续注视着医生。叶永知道自己现在很紧张,但他不清楚自己为什么会这么紧张。叶平、张阳都不知道该怎么办了。其他人也在旁边站着,估计从来没见过这阵势。医生向后退了一步,他本能地害怕眼前这个男孩的目光,那句"没本事"也刺中了他的心。他想他大概明白了这个男孩为什么会这么拼命地比赛。

"叶永。"方园开口了,"你为什么要这么做?你一定要逞强逞到把所有人赶走才肯罢休吗?"

叶永呆住了,他不知道应该怎么回应这句话。如果是别人这么说,他一定会毫不犹豫地反击,可是他还没有想过他会向方园发起进攻,他不愿意去嘲讽方园。可越是这样他的自尊心就越受挫,他不明白为什么方园会在这么多人面前拆他的台。

"叶永,人家医生是在对你负责,你应该知道这一点。"曹老师说。

医生镇定下来,摆了摆手:"好了,你不需要对我道歉。你说得一点没错,我的确没多大本事。"

叶永看着方园,方园又低下头,嘴唇嗫嚅着。叶永缓缓弯下腰:"对不起,医生,我向您道歉。"

"我看就这样吧。"叶平扶住叶永,"我跟叶永正好顺路,他不想去医院就不去了,我送他回家。你们继续给接下来的同学加油吧。"他转向叶永,"叶永,走吗?"

叶永看了看方园,方园依然没有抬起头。叶永自嘲地笑笑,对叶平说:"走吧,老师,谢谢您能送我。"

叶永挣扎着下了床，腿脚的脱力感让他没有站稳。叶平托住叶永的肩膀。张阳也在旁边试图帮忙，却被叶平拦住了："放心，我一个人就行了，你们去帮其他同学加油吧。"他和曹老师对了对眼神，然后继续扶着叶永向前走。

和方园擦肩而过的一瞬，叶永清晰地看见方园的嘴唇动了动，可是他听不见方园在说什么。

叶永的心乱成一片，他知道自己最脆弱的地方被狠狠击中了。方园对他的态度让他害怕，他害怕方园因为今天的事离开他。他又自责又生气——自责自己怎么那么废物，连在校级比赛拿个第一都要豁出命来，如果能轻松拿到第一就不会有今天的事了；生气方园今天在那么多人面前针对他，明明自己是那么喜欢她，她也应该知道自己对她的态度。他越想到后来心就越绞在一起，他狠狠地在心里唾骂自己的没用。

"叶永，今天说实话，我特佩服你。"叶平搀着叶永说，"你今天特了不起，我在旁边看你跑步特别感动。"

"是吗。"叶永的声音像是风中摇摆的烛火，叶永没有多余的力气去应付叶平。

"对。"叶平仍然在说，"特别是最后一段冲刺的时候，我看你当时整个人都已经要撑不住了，可是你居然还能加速。佩服你，真心佩服你。"

"有什么好佩服的。"叶永无力地笑笑，"一个人把命都榨出来就是为了这种校级比赛的冠军，我真傻。"

"别这么说，你的毅力大家都看到了，大家都很敬佩你。"叶平夸道，"你以后会成为顶级人才的，相信我。"

叶永没有回答，他也没有心思去应付这种夸奖了，他现在满脑子都是医务室里方园对他的态度。那低垂下眼帘的双眼深深印在了他的脑海里，微微翘起的睫毛像是一根根锋利的针。

他们拐进了那条小巷，叶平一眼就看见了乞丐。乞丐还像以前一样仰头望着天空，眼神空洞，面前的破瓷碗空空如也。

"歌手！"叶平叫了一声。乞丐转过头，看见了叶平正搀着叶永，他连忙起身想要帮忙。可是他刚刚碰到叶永，叶永猛然挥手："滚！"

乞丐本能地退了两步。叶平对乞丐歉意地笑笑，然后摇了摇叶永的身体："叶永，你又怎么了？你怎么见谁针对谁啊？他们都只是想帮你，你怎么就不明白别人的好意呢？"

"我不需要任何人帮，更不需要一个连自己都帮不好的人来帮我。"叶永冷冷地说。

"叶永你怎么那么没良心？你的意思就是说我好心把你搀回家是我自己吃饱了撑的？"叶平有点生气了。

"我说过需要你把我送回来吗？"叶永用力推开叶平，自己径直撞到墙上。他靠着墙，用尽全身力气挺起胸膛："我跑个步都能昏倒是因为我无能，我废物，这是我的错，我接受惩罚是应该的，我也有觉悟接受惩罚。我在全校人面前丢脸，我让对我抱有期待的人失望。我失去了那么多，可是我抱怨过吗？我又有说需要你们的帮助吗？失败的人就应该被抛到荒郊野外去喂狼！"他急促地吸了口气，"你们这帮人总是这样动不动就拿'为你好'来说事，用'为你好'来践踏别人仅有的尊严。有意思吗？好玩吗？"

"叶永，你清楚自己在说什么吗？"叶平悲哀地看着眼前这个满脸倔强的孩子，"人怎么可能没有失败过，照你那么说全世界的人都应该拉出去喂狼了。你脑子里到底在想些什么啊？"

"孩子，"乞丐开口了，"你不要这么逞强。你会伤害到很多人的，到时候你一定会后悔的。"

"你又有什么资格说我？"叶永转向乞丐，满脸嘲讽，"伤害到很多人？你知道你当一个乞丐会伤害到多少爱你的人吗？你有资格跟我说这些吗？"

"叶永，你冷静点，不就是一次失败吗？至于吗？而且你这也不算失败啊，你毕竟拿到了第一啊！"叶平大声说。

"哈哈哈哈哈哈……"叶永捂着肚子大笑起来，手径直伸出，在叶平和乞丐两人之间摇摆。叶平的头皮有点发麻，他也不知道叶永到底在笑什么。笑了一会儿，叶永终于抬起头，满脸怜悯地摇摇头："叶老师，您知道您为什么只是个普普通通的生物老师吗？您这辈子就只能苟且偷生，因为您就是个废物。你永远都没有能力去保护自己爱的人！"

叶平愣住了，这句话刺中了他心里最深的位置。没错，他一直告诉自己人生平淡点好，不要追求太多。可是叶永的话直接颠覆了他所一直认可的东西。他是在逃避，是在苟且偷生，所以他注定不会有成就，只配当个生物老师。他觉得很愤怒，他最重要的东西就这么被人赤裸裸地讥笑了。他的拳头刚刚握紧，乞丐就已经冲上去锁住叶永的脖子："小伙子，你要把自己毁了随便你，但你别把你的老师拖下水！世上再也找不到第二个像他这么好的人，你要尊重他，知道吗？"

"你也好意思和我说这个？"叶永并没有被乞丐的威势吓住，嘴角反而还挑起了微笑，"别以为所有人都看不透你，别以为我不知道你到底毁了多少爱你的人。就你也有脸和我谈这个？"

乞丐的语气立刻颓唐下来，手上的力也减少了很多："你说什么？"

"你也太自负了吧。"叶永还在笑，"就你那破样子我一看就知道是犯下一堆罪行的人。别人看不懂你我能看懂你。别以为我和我的老师一样天真。"

"你真是个可怕的人！"乞丐皱紧眉头。

"那是因为你太没用。"叶永说。

乞丐盯着叶永盯了半晌，然后握紧拳头。叶平在这个时候反应过来，慌忙拉开乞丐："别，他还只是个孩子。"他急忙安慰乞丐，"你不用在意的，他毕竟还年轻。"

叶永刚想再嘲讽两句，可是他感觉到有人在偷偷看着他。他立刻扭过头，一个熟悉的身影一闪而过。那个人披着他眼熟的披肩长发，穿着格子短裙。那是……方园！

　　叶永凝聚起来的气立刻便被冲垮了，他颓然跪下，然后身体仿佛多米诺骨牌一样迅速散架。他直挺挺地躺在地上，蓝天被小巷的墙壁整齐地分割开来，把他的眼睛映成一片碧蓝。

　　叶平发现了叶永的异常。他马上松开乞丐，连忙蹲下身摇了摇叶永："叶永，你怎么了？"

　　叶永没有看他，眼神空洞地望着天空，嘴里喃喃："完了，完了。"

　　"要不要去医院？"叶平焦急地问。

　　叶永轻轻闭上眼睛。叶平和乞丐相互对了对眼神。过了很久很久，叶永终于睁开眼睛："老师，送我回家吧。"

　　叶平长长舒了口气。

第十一章

（A）

走进教室的第一刻叶永就把目光投向了方园，方园正在和周围的人聊天，完全没有注意到叶永的目光。叶永一边走到座位上一边用眼角的余光瞟着方园，可是方园依然和别人有说有笑，仿佛完全不知道叶永正在看她。他悻悻坐下，从书包里拿出习题集和草稿纸。这时，他翻到他上次演算表白成功率的一页，那里有他写下的和方园的很多经历。当时写下的时候他的确觉得很甜蜜，可是现在再看，稿纸上的内容却是字字诛心。"真是愚蠢。"他低声骂道，用笔狠狠地把他写的东西涂抹掉，在旁边用力写下四个大字：春天已死。用力之大让草稿纸都被撕裂开来。他猛然扯下那张纸，狠狠地揉成一团，用力扔向窗外，然后双手抱头，将头埋在桌子上，用力闭上眼睛。

张阳在一旁被吓坏了："叶永，你没事吧？"

叶永没有回答他，他的脑海里想着那天在小巷里看见的身影。他的手扭曲成爪的模样，使劲地插进头发里。方园一定全部都听到了，她应该在背地里嘲笑自己吧。明明什么本事都没有，失败之后还乱伤人。

张阳拍拍他的背："兄弟你到底怎么了？是不是生病了？要不要叫老师？"

叶永一动不动。半晌，他缓缓抬起头，眼神凌厉得像是把刀："张阳，我没事，谢谢你这么关心我。"

　　张阳被这前后反差弄得莫名其妙："哦，好，你自己调整一下。"

　　叶永知道自己绝对不能这么认输。仔细分析了运动会之前的事情后，他觉得方园之前一定喜欢过他，现在被弄成这样完全是因为运动会那天的事。没错，只要把运动会那天解释好就行了。那种让人振奋的冷静缓缓蔓延开来。他将草稿纸翻到新的一面，仔细思考了一会儿，他在顶端写下两个字：能力。很好，他第一点要阐述的就是能力，必须要向方园保证自己迟早会成为有能力的人，这次失败他会吸取教训。但绝不能过多地解释自己为什么失败，为自己的失败找借口是无能的表现。接下来，必须承诺他会为方园付出一切。写到这儿时候，他停笔了，他意识到这样一来就成了表白了。他的心跳骤然加速。"算了。"他猛然在草稿纸上画了一笔，无奈地想，"已经没有退路了，干脆豁出去了。"

　　他就这样仓促地制订了计划。这是一场全新的战争，远比初中的那场要复杂多变。他到现在都没法摸出方园的性格。虽然她平时看起来很疯的样子，可是他能感觉到方园绝对没有表面看起来那么蠢，否则叶永也不会喜欢上她。因此表白的措辞很难提前准备，更多的是靠临场发挥。他在草稿纸上简要地写下所有他能想到的情况，时不时抬起头盯着方园，可是方园始终没有把哪怕是零星一点的目光递给他，每次叶永都只能失望地低下头，继续谋划着他的表白。有时候他想起之前和方园一起经历的美好时光，那场大雨他们曾一起举伞踏过，他的心就特别难受。可是时光不能倒流，叶永也没有为之惋惜，既然刚刚失去了东西，那就把原本属于他的东西抢回来就好了。他的东西已经很少很少了，绝对不能再失去了。

　　傍晚时分，天空罩下了朦胧的黑色帘幕，空气中弥漫着让人振奋的凉意。爬楼梯的时候叶永非常清晰地听见了自己的心跳声。他来得很早，楼梯里很空旷，灯管周围绕了一圈黑黑的小飞虫。它们是在扑火，赌上自己的生命在满足自己本能里的信仰。叶永对着他们笑了笑："你们好，我来了。"

第十一章

他从未如此善待这些小家伙们，不过今天他需要一些事情来分散他的注意力。战争之前绝不能让自己的神经绷得太紧，必须要让自己随时保持清醒，否则必败无疑。

方园今天难得地比他先到。叶永在班级门口愣住了。他害怕了，明明刚才下了那么大的决心，可是就要迈出这一步的时候他却胆怯了。"不可以，绝不能在这里放弃，一定要迈出这一步。"他在心里对自己说。他走到方园面前，手指敲了敲方园的桌子，方园抬起头。叶永鼓起勇气："出去吗？"

方园看了叶永一会儿，合上书本站了起来："好啊，那我们走吧。"

叶永直接把方园带到顶楼，方园也没多问，只是跟在叶永后面，什么话也没说。灯光缠绕在他们两个人身边，拉出了不断游动的影子。

叶永趴在栏杆上，方园站在他旁边，两个人并肩而立。叶永在心里紧张地酝酿着措辞。过了一会儿，叶永扭过头，开口了。

"我常常会想一个人到底具有了什么样的能力才能切实负担起责任。"叶永缓缓说，语气低沉得像是旷野吹来的风，"我每天告诉自己必须具备更多的能力，只有一个有足够能力的人才有资格说爱，才能负担起爱的重量。我是这么要求自己的，尤其是我喜欢上你之后。"叶永盯着方园，方园没有看他，目光依然投向外面，叶永继续说，"我知道喜欢不是一件容易的事，喜欢也绝对不是说一句'喜欢你'那么简单，喜欢需要互相为对方付出自己的时间和精力……"

"你说完了吗？"方园打断他。

叶永打量着方园，可是方园脸上没有一点表情。"我没说完，但你想说什么可以说。"

方园转过来，直直地看着叶永的眼睛，刘海被风吹起："你说得没错，叶永，喜欢不是那么简单的事，我也真的为自己能被你喜欢感到高兴。"方园顿了顿。叶永的热情迅速消退下来，因为他知道方园的言外之意就是她不喜欢他。"可是叶永，照你那么说，一个没有能力的人就不配喜欢？"

"不配，即使喜欢一个人他也无法真正承担好他所必须负担的责任，他的喜欢只能给人带来伤害。"叶永坚定地说，"而我不一样，方园，我们在一起好吗？我会竭尽全力给你你想要的，我有信心也有与之对应的能力让你不会受到伤害。我们会一起度过这高中三年，然后一起进入最好的大学，好吗？"

方园轻轻摇了摇头，叶永的情绪随着方园的头摇摆不定。"叶永，你知道你到底想要什么吗？你知道你要能力到底是为了什么吗？"

"我当然知道。"叶永说，"我必须要有足够的能力，这样我才能好好守住那些爱我和我爱的人。"

"你真的做到了吗？你现在又守住了什么？"方园挑起嘴角。

"我迟早会做到的！"方园的轻蔑开始隐隐激怒叶永，"我知道我现在能力不足，这没有关系，但我会一点一点提高我的能力，直到我有能力守住自己的一切。"

方园依然在冷笑："那叶永，你能告诉我你有哪些爱你和你爱的人？"

叶永怔住了。是啊，哪些人呢？外婆肯定在，妈妈也算。方园呢？算吗？那还有呢？

"为什么不说呢？你刚才不是信誓旦旦地说要守住他们吗？怎么现在一问哪些人你又不说话了呢？"

叶永知道自己被人看透了，被人耍了。他的目光顿时变得冰冷："你想说明什么？"

"你说了那么多能力责任，实际上你只不过是个自私的人而已。"方园说，"你会真正地爱别人吗？你会老老实实地为别人履行职责吗？你连有哪些人爱你都不知道，你有什么资格说你能为他们承担责任？"

"谁说我不知道！"叶永有点慌了，说话开始失去方寸，"我的家人，还有……"他的语气弱了下来，"还有……还有……你。"

"就这些，你就发现了这些人是爱你的？"方园的语气夹杂着浓烈的悲哀，"叶永，你知道我为什么接近你吗？因为我看出来你是一个孤独到一种境界的人，我想帮你融进这个班。可是我完全没想到你已经不仅仅是孤独了，你还极度虚伪，明明就是自私，还给自己套上一大堆借口来自欺欺人。你自己好好想想你从开学到现在伤害了多少人，有的人明明很关心你，比如叶老师，可是你竟然那么骂他，你真是……"

"那个人果然是你。"叶永绝望了。

"对，是我。"方园惨淡一笑，"其实我是不放心你才去的。我也没想到我会看见你那么丑陋的一面。他们到底有什么错值得你去那么过分地骂他们？"

叶永没有说话，一种前所未有的、让人强烈到难以呼吸的恐慌开始在身体里沸腾。一直以来支撑他拼下去的根基正在被撼动，他的信仰开始摇摇欲坠。他开始怀疑他那么努力追求能力到底是为了什么，怀疑自己到底有没有真正努力保护了那些爱自己的人。他想起来了那些关心他却被他一次又一次伤害的人，他要疯了。

"所以，叶永，你什么都不是，你也远远没有你自己说得那么高尚，你只是个虚伪的混蛋而已！"方园狠狠地说。

说完她就径直下楼，留下叶永一个人呆呆地站着。过了一会儿，叶永的呼吸开始急促起来，胸膛剧烈地起伏。他明白自己这次真的要完了。他一直信仰的价值观正在破碎，他从记事起就一直在走的路正在亮起红灯。他追求的目标正在扭曲变形，一道悬崖在眼前浮现。

他迷路了。草木皆兵。

（B）

将叶永送回家后叶平感受到一种迷茫。车辆在眼前来来回回，澄澈的蓝天被一幢幢高楼切割成零零碎碎的小片。"叶老师，您知道您为什么只是个普普通通的生物老师吗？您这辈子就只能苟且偷生，因为您就是个废物。你永远都没有能力去保护自己爱的人！"这句话还在脑子里回响。叶平叹了口气，或许自己真的很没用吧，一辈子只能是个二流中学的二流老师。

他回到那条小巷。乞丐靠在墙上，手里抓着那个瓷碗甩来甩去，硬币散落一地。看到叶平来了，他把碗丢到地上，碗发出清脆的响声。叶平走到乞丐面前，缓缓蹲下，把硬币拾进碗里。

"你不用这样的。"乞丐说。

"我是来代表我学生向你道歉的，对不起，是我的责任。"叶平说。

"你在说什么啊，怎么会是你的责任呢。"乞丐摇了摇头，"那孩子实在是太聪明了。"

"他是我们学校第一名。"叶平把最后一枚硬币放进碗里，"他平时学习比谁都努力，是块好材料。"

"对，但他不仅是学习好，看人也还挺准。就是他对自己和别人要求都太高了。这种人迟早会毁了自己。"

"你以前也是这样？"叶平问。

"不，他比我要好太多了，我那时纯粹是因为年少无知，他给人的感觉是什么都懂，但是他整个的价值观很有问题。"

"哦，我想我还是不问你以前的事了。"叶平点点头，"其实，我觉得，他说得挺有道理的。"

"你千万别那么想，这个世界有些事情没有什么有道理没道理的。"乞丐说，"即使有道理也不一定正确。你看他刚才那个样子，明显是因为接受不了失败。更何况他根本就没输，不管用什么方式赢的，好歹也是第一名吧，结果弄成那个样子，至于吗？"

"好像没那么简单。"叶平笑笑，"我觉得跟一个女生有关。"

"哦，失恋啊，怪不得。"乞丐也笑起来，"现在的孩子真早熟，那么小的年纪就失恋。"

"但是，我感觉……"叶平犹豫了一会儿，"我可能真像他说的那样，有点没用。"

"听我说，叶老师。"乞丐的脸色凝重起来，"你千万别这么想，一个人真的没有必要追求太多，能打理好自己的那个小世界就够了。如果你追求太多，到时候你会顾不上你周围最爱你的人，等你回头的时候你会亏大的。"

"你的切身体会？"叶平问。

"算是吧。"乞丐叹了口气，"叶老师，你听我的，千万不要被那孩子影响。"

叶平若有所思："好的，谢谢。"随即他又想到了什么，"对了，你还欠我一首歌吧。唱唱？"

"你记忆力真好。"乞丐无奈地笑笑。

"怎么？我都付了钱，你不应该好好唱一首？"

"好，我唱。"乞丐点点头。

"好。"叶平鼓起掌来。乞丐等叶平鼓完掌，开口唱起来。他的声音一如既往沙哑，可是没有了上次那种纯净的感觉了。叶平能听出来，乞丐正在说着他的故事，那个让人心碎和自责的故事。他仿佛听到孤寂的乌鸦在黑夜里高亢地鸣叫，看到了尖利的喙在咬着血。乞丐唱完了，叶平情不自禁地感叹："唱得真好。"

"也许吧。"乞丐笑笑，"我从二十岁就开始流浪，立志要当一个让所有人都知道的歌手，可是我失败了，等我回头的时候，一切都变了样。"

"你真可怜，但这不怪你。"叶平说。

"不，这就是我的错。你知道这叫什么吗?"乞丐自嘲地笑笑，"这叫自私，我为了自己的一时冲动抛弃了我的家人，还有从小就相爱的恋人。没有人比我还混蛋。"

"别这么说自己，这不怪你，每个人都有追逐自己梦想的权利，你只是一时被冲昏了头脑。"

"你不用安慰我的。"乞丐避开叶平的目光，看向小巷末端的垃圾桶，"我自己知道我到底做了什么，我也知道我现在已经毁了。我现在天天都在等死。不过老天对我还是不错的，让我在最后的一段时间遇到了你这么好的人。"

"其实，你现在可以再奋斗几年，也许日子苦了点，但养活自己应该问题不大。"

"叶老师，非常感谢你能这么对我。不过，我已经四十多了，我还能做什么呢？我的大半辈子都已经毁在我自己手里了，我已经是个废人了。"乞丐缓缓说。

"你真的打算就这么放弃自己？"

"我有什么理由不放弃自己？"

"因为你是哲人，你懂得很多东西，我相信你可以重新活一次，重新活出自己的人生。我可以帮你找工作。"叶平说。

过了很久，乞丐拿起碗站了起来："叶老师，谢谢你能为我想这么多，不过我现在得赚钱去了，我有工作，你不用帮我找的。"

叶平看着乞丐，没有说话。乞丐对他笑了笑："再见了，我下次还会在这里等你。"

叶平知道自己无法说服乞丐了，他点点头："我会来的，下次我还要听你唱歌。你歌唱得真好听。"

"好的，下次再见。"

"嗯，再见。"

到家的时候手机正好响了，是曹老师打来的："叶老师，叶永那孩子怎么样了？"

"放心。"叶平说，"他已经好得差不多了，现在在家里。"

"真是麻烦你了。"

"没事，这是一个老师应该做的。"

后来的几天叶平试着问了一次杨欣。那时他们坐在公园的小亭子里，面朝湖面，柳枝在身旁摇曳。杨欣的头靠在他肩膀上，他看着杨欣光洁的额头。不知为什么，他居然有点害怕，害怕自己真的像叶永说的那样没有能力保护自己爱的人。

"杨欣，你觉得我有保护你的能力吗？"

"你在说什么呢？"杨欣的笑容一如既往地妩媚，"如果连你都无法保护我，那么这个世界就没有人能真正保护好我了。"她的手摸着叶平的头，"你知道吗，叶平，你可不能离开我。"

"你离不开我是因为我们相爱，可是保护一个人是另外一回事。"

"你真是可爱。"杨欣摇摇头，"我只知道无论什么时候你都能不惜一切代价守护我，这就够了。你以为什么叫保护？你只要全心全意地爱着我就是对我最大的保护。"

沉吟了好久，叶平抱紧了杨欣："你放心，我绝对会一直爱着你，绝对不辜负你对我的感情。"

国庆节假期结束后的第一天晚上，他得给学生们上晚自习。一踏进校门他就感受到一种凛然的寒意，他抬起头，月亮被夜空咬得只剩下了一条弧，残存的一点还在垂死挣扎。

（C）

黑色，还有就要被淹没的残存的光亮，这是现在叶永眼前的一切。迎面而来的风狠狠地撞击着他，头发夸张地在头顶舞动。他跑啊跑，时间在脑海里迅速倒流。他想起了精神病院里苍白的墙壁，想起了母亲那令人心碎的哭声；他想起了他在小学时一个人默默承担着别人的嘲笑与怜悯，想了自己无数次在空无一人的旷野里挣扎；他想起了他被封闭起来的心，想起了自己一次次伤害试图接近他的人。每一次回忆都在咬牙切齿，每一次重映都是磨牙吮血。他想逃，可是方园的话却始终像个幽灵一样在他脑子里萦绕："可是我完全没想到你已经不仅仅是孤独了，你还极度虚伪，明明就是自私，还给自己套上一大堆借口来自欺欺人。"他猛然刹住，跪倒在地。他难以形容此时的感觉，那种自己以前的一切一切都被残忍地否定了的感觉，那种一直追求的目标逐渐变成幻影的感觉，那种猛然发现原来自己就是在说谎的感觉。他仰天狂笑，笑声凄厉惨烈，让人感觉他就要疯了。

叶平就在这时候路过操场，诡异的笑声吸引了他的注意。他看向操场，这时他发现一个人正跪在操场上大笑，肩膀剧烈地抽动，给人一种毛骨悚然的感觉。他又仔细看了一眼，这时他发现了，那个人是叶永！他没有多想，直接冲到操场中去，一把扶起叶永。

"叶永，你怎么了？发生了什么事？"叶平焦急地问。

"叶老师，我……我……"眼泪终于流了下来，叶永已经不记得他到底有多少年没有哭过了，"我到底为了什么活到现在啊？"

"你冷静点。"叶平连忙说，"怎么回事？你对老师说说，到底发生了什么？"

叶永没有回答，他又低下头狂笑。叶平更着急了："叶永，你到底怎么了？"

"你知道吗，叶老师，"叶永使劲吸了口气，哽咽着说，"我从小就对自己要求很严格，我告诉自己，一定要变强，如果不够强大就什么都保护不了。我每天都在磨炼自己，可是我磨炼到现在到底图什么啊？我……我……"

"叶永，你先平复一下心情。"叶平摇了摇叶永的身体，"你说清楚一点，我不明白你说的意思。"

"我辛苦了那么长时间，我付出了那么多东西。"叶永依然在抽咽，"你知道吗？叶老师，我也很害怕孤独啊，你以为我喜欢孤独的感觉？可是我以前认为那是我必须付出的，只有付出什么我才能得到什么。为了我的理想我可以付出一切。可是，可是我到现在才发现我的理想根本就是个谎言。我欺骗了自己，我那么努力到底是为了什么啊？我活了十几年到底都干了什么啊？"

"听我说，叶永，你不孤独，运动会的时候你看到了吗？"叶平轻轻抱住叶永，手掌在他背上轻拍，"听我说，你的同学们都很爱你，你的老师也很爱你，你还有女朋友，方园是多么可爱的女孩子啊，你哪里孤独了呢？"

"方园？女朋友？"叶永艰难地笑笑。

"对啊，不仅是她，我们都很爱你。你从未孤独过，真的。"叶平说。

"你是说我在骗自己？"叶永问。

"对，不要骗自己了，你身边还有那么多关心你的人，你怎么会孤独？"

"骗自己，骗自己……"叶永用力推开叶平，向后退了几步，"你们是串通好的，你们一定是勾结好的，你们看我成绩太好实力太强所以才要合伙把我拖下水。一定是的，不然说的话那么像！我恨你们，我绝对不原谅你们！"

"叶永！"叶平站起来，"你就不能先冷静一下！"

"冷静？我冷静什么？我最重要的东西都已经被你们毁了你知道吗？"叶永的眼泪还在流下，"你们毁掉的是我的理想还有我的信仰，我现在和行尸走肉还有什么区别？"

"你要求不要太高了。"叶平大声说，"你是不是一定要成为伟人才会觉得自己不是行尸走肉，照你这么说我们是不是早就该去死了。"

"叶老师，你不明白的。"叶永摇了摇头，"你们整天都在拿自己的瑕疵来炫耀，但你知道吗？你知道我受了多少苦吗？"他用拳头狠狠地捶着自己的胸膛，"我爸在我很小的时候就抛弃我了，我妈现在还在精神病院里躺着。你知道我每次去精神病院看望我妈我心里是什么滋味吗？你们都不知道，你们什么都不懂。我小学的时候每天都有人拿这个来嘲笑我，说我妈是个傻子，我爸就是受不了我妈那么傻才在外面找了小三跑了。我忍了，因为我当时确实没有那个能力去打倒他们。所以我只能变强，否则我没有办法阻止别人继续污蔑我妈。你知道我妈有多善良吗？即使在精神病院里受了那么多苦都愿意抱抱我……"

救　赎

　　浓郁的悲哀感就这么涌了上来，叶平明白了为什么叶永会对自己要求那么高，也明白了叶永为什么会如此疯狂："叶永，你听我说，你那是过去的事了。何必为这些过去的事纠结呢？"

　　"你根本就不懂，因为你从来没有经历过，你别以为感同身受是那么简单的事情！"叶永咆哮起来，"你们都是骗子，我才不信你们的鬼话！我的理想是正确的，我的信仰也是正确的！你们休想把我毁了，休想！"

　　"叶永！"叶平大叫。可是这时叶永好像发现了什么，猛然转过身子。叶平顺着叶永的目光看去。方园正站在操场周围的栏杆边，居高临下地看着他们，瞳孔里满是怜悯。叶永看到方园，第一反应居然是向后退了几步，然后跌倒在地上，满脸惊恐。

　　方园脸上没有任何表情，风从远方刮过来，她的长发在空中狂舞，裙摆绽放出了一朵莲花。她说："对不起。"

　　叶平大声对方园喊道："方园，下来，叶永不知道怎么了，过来安慰一下他！"

　　可是方园调头跑了，人影一闪而逝。叶平不知道到底发生了什么事，心里感到奇怪，他看向叶永。叶永缓缓站起，刚才的惊恐崩溃已经全部消失了。他的脸上残留着泪痕，但并不能掩盖掉他的凝重。他的拳头缓缓握紧，眼睛里仿佛藏着利刃。

　　"叶永？"叶平小心地问。

　　"叶老师，非常感谢您能帮我。"叶永恢复了以往的那种自信，"不过我想，我已经没有退路了，即使前方是悬崖，我也得跳下去。"

　　"你……好了？"

　　"没错，任何人也别想撼动我的信仰，因为我已经什么都没有了，我只剩下它了。"叶永看向刚才方园站着的地方，"何况那个人还只是个愚蠢的自以为是的小女孩儿，我怎么能输给她？"

深呼吸——方园

我常常喜欢一个人登上城市最高楼的最高顶处。身置于蓝天之下，俯瞰整座城市，顿时就有了能将一切牢牢把握在手中的感觉。高处吹来的风远比地面更加剧烈，我张开双臂，感受着飓风带给我的力量。那种风暴围绕身边的感觉，真的很棒，让人立刻就有了君临天下的感觉。

我承认我是个自我感极强的人，我的前男友就是这么说我的，他说我的眼神和语言有时让他害怕。我当时对他笑了笑："所以呢？"

所以我们就分手了。

这是一段很滑稽的爱情，分手的理由极其搞笑。但那真的不怪我，我的前男友实在是太稚嫩了。虽然看起来很拽，顶个大鸡冠头，又是皮夹克又是大墨镜，但他的思想苍白得像一张纸，一眼就能读完。他的自卑、他的不甘心全都写在脸上，甚至当他追我的时候那种纯粹是为了满足自己虚荣心的想法都能被看出来。不过我是个好人，我答应了他，我也试图去改变他的自卑，试图让他成为一个好学生。只可惜我失败了，这倒是让我有点懊恼。我看着他一天天堕落下去，出于一名女朋友的责任我得劝他，可他却总是觉得自己男人的尊严受到了侵犯，真是搞笑。

虽然有的时候我很喜欢看他倔强的样子，挺可爱的，可是一个人倔强到了极点就让人有点讨厌了。他坚持跟社会上的那帮混混称兄道弟，并坚持认为那样的自己很帅，这种人让人无可奈何。最后他向我提出了分手，说他已经受不了我的婆婆妈妈。我笑了笑，没有理他，掉头就走。第二天他又找到了我，对我支支吾吾的，我笑着摸摸他的头："你乖，一个男人怎么能出尔反尔呢？昨天态度不是那么坚决吗？"他被这话呛到了，脸立刻涨得通红。他用力捶了一下桌子："方园，老子告诉你，别太自以为是了！"说完他就故作潇洒地甩了一下头发，身体一摇一摆地走了。

我这样算不算欺负小朋友？

中考之后他就独自外出打工了。我觉得有点对不起他。我看着他每天沉沦下去却无动于衷，明知道他会将自己毁了我却没有伸出援手。于是，在高中之前，我下定决心，如果遇到类似的人，我一定要拯救他，带他脱离这片沼泽。

然后我遇见了叶永。在第一眼看到他的时候我就知道他就是那种倔强的人。我仔细看完了那场闹剧，不得不承认他倔强的水平比我前男友高，我前男友充其量也就是打肿脸充胖子，而叶永肚子里是真的有货，和教官吵的时候条理清晰，进退有序——虽然结局不太好看。估计是以前和老师闹惯了，闹出了一身好本领，恰逢军训受了一肚子气，一身本事得以彰显。想到这里我情不自禁地笑了笑。孩子，你已经在沼泽里了，让我来救救你吧。

那个时候我其实还没有想明白，我之所以会想要救他并不是因为我有多善良，我只是想找个人填补一下初中时的遗憾罢了。而叶永非常不幸地成了我的猎物。

那个时候新学期还尚未开始，夏天正在悄悄溜走。我开始关注他，并且故意让他发现我在关注他——这是一种最低级的手段，但是效果很不错。我发现他有点内向，平时几乎不跟周围的人讲话，一下课就掏出一本习题集用笔唰唰地写着。这和我的前男友简直有天壤之别，我的前男友要是有他半分争气也不会高中都上不了。这让我的自尊心有点受挫，因为我看错了人，叶永好像并不需要我帮他，依着他那股劲，他应该会有比较好的前程。可是让我欣喜的是，我发现上课一到纪律不是很好的时候他的脸色就很可怕，嘴唇不停地动，应该是骂一些脏话。我立刻就明白了，他是个对自己对别人要求都特别高的人，而且自命不凡，所以才会不跟别人聊天。他在封闭自己，倔强地将自己与他人隔离。他迟早会后悔的，我想，我得救救他。

第十一章

　　我先接近了张阳，时不时假装无意地提起叶永。张阳告诉我叶永特别努力，但就是感觉他对什么都不满意。于是我知道我猜对了。没错，就是这样，我绝不能放纵他就这么沉沦下去，否则他会步我前男友的后尘。

　　于是我就这样开始了我人生中最罪恶的一件事，我在对他的了解只有零零碎碎的时候就打定主意要救他，在根本不知道他的过去的时候就轻率地给他贴上了标签。

　　我开始以讨论题目的名义去接近他。他开始对我有点不耐烦，这让我有点懊恼，但这并不能从根本上打消我的热情。语文课后我上完厕所回来，看见他一个人趴在栏杆上，雨滴斜斜地打在他的头上。他的脸上带有一点痞气，是我喜欢的感觉。我踮着脚走到他旁边，他发现了我。我对他笑笑，然后跟他聊起天来。"是啊，会很美。"我就在这时看到了他嘴角的轻蔑。我知道他在说谎。"你是不是从来就没觉得这很美？"说完这句话我突然发现我的话有点怪怪的，于是趁他没反应过来立刻开溜了。

　　我知道这句话的确镇住了他，可我还没想好我到底该怎么应对他。

　　之后晚自习他来找过我一次。他对我说："你是不是从来就没觉得这很美？"我知道他在猜想我的想法。我连忙夸张地大笑，然后嘲笑他。他的脸上立刻出现了尴尬的表情，我在心里松了一口气，这关总算是过去了。然后他要我说我为什么喜欢拍照，我就和他说了几点，说什么美啊，静态动态啊。当然这的确是有的，我第一次看见的照片是一只蝴蝶停留在向日葵上，眼睛里折射出斑斓的色彩，我被这张照片深深地震撼了。当我自己拿起相机的时候我所体会到的是另一种感觉，仿佛整个世界都装在我的相机里。没错，我喜欢的就是那种占有感，那种将世界都装进我相机的感觉。但我没有告诉他，一来没有必要，二来我不能暴露我这么强势的一面。我的前男友就是畏惧这点离开的。等我说完的时候叶永的眼神变了。他掏出了一根棒棒糖给我。

　　我知道我已经赢了一半，叶永已经对我有好感了，接下来就得看我如何将他重新改造了。我一定要把他雕琢得完完美美的，到时候我们万一真在一起了，我牵着他的时候也会有满满的成就感。

　　我尽量让他试着融进班里。他的进步的确很显著，他和旁边的人聊天的频率明显增加，虽然有时他不是很放得开。不过没关系，我会帮助他，既然我决定了要救他我就一定会为之负起责任。我每天都会去找他聊天，跟他在一起的时候我的确很开心，因为他对很多东西都无所谓，即使吃了亏他也能微笑释然——但这并不能说明什么，如果他对我在意的无所谓，就说明他在意某些我无所谓的东西。而他的倔强也恰恰来自那份我无所谓的东西里。但是不知为什么，有的时候我会喜欢上那份倔强，那份倔强像是一杯细心调好的茶，浓香四溢。没错，他的倔强是那种能散发到外面感染某些人并能促人上进的，这和我的前男友根本不是一个档次，我前男友的倔强只能把人拖下水。

　　运动会消息传过来的时候我第一个去找叶永，让他报了一个项目。他很听我的话，尤其当我撒娇以后。他总是喜欢摸我头，于是我就一时兴起摸摸他的头。可是他的反应让我奇怪。他闭上眼睛，一副很享受的样子。他告诉我我的抚摸让他想起了妈妈。我顿时怜悯起他来，因为一个人只有失去的时候才会珍惜，或许现在母爱对他而言已经是个奢侈品了。我轻轻说，你真可怜。他立马抬起头，警觉地看着我。我当时可真被吓坏了，我就那么看着他紧绷起来的脸。过了一会儿我反应过来，对他笑笑："其实，也许我能理解。"他的脸色立刻舒缓开来。

　　我知道我已经彻底侵入他的内心了，他现在将他的心一股脑地放在了我的手上。是的，孤独的人一旦遇到一个依靠，他就会将自己的所有奉献上去。所以如果有人想骗他实在是太简单了。不过你放心，叶永，我可不是来骗你的，我是来拯救你的。

　　之后他每天晚上都会到操场上训练，起初我觉得没什么，只是训练。可是我万万想不到他在运动会上会那么拼命，居然跑完之后直接晕倒了。我无法想象一个刚跑完步的人的胳膊居然会有凉意，他张大嘴，像是一条鱼，急促的呼吸声狠狠地刺进我的耳朵。不过幸运的是，在医务室里他醒过来了。我不敢看他，他那苍白的脸色只会让我觉得愧疚。毫无预兆地，他开始和医生争吵，性质和上次跟教官吵架性质一样，依然是倔强，那份倔强在他脸上清晰地涂抹着，甚至比军训那次更甚。所有的人都在劝他，可是他不为所动。我突然觉得很生气，我花费了那么多时间试图去磨掉他的倔强，为什么他一点改观都没有？于是我冲动地责备了他一句。他呆呆地看着我，估计是没有想到我会在那么多人面前将矛头指向他。他的语气立刻软了下来，并给医生道了歉。但这让我愈发内疚，他是那么喜欢我，可以为了我暂时扔下他的倔强，我又对他做了什么？

　　叶老师搀着叶永走了，但我不放心他们。我怕他们会在路上吵起来——叶永只是暂时为了我稍微压制了一下自己的情绪，他会爆发出来的，到时候我得出面把这事摆平。他们一路上看样子很和平，这让我松了口气，原来我的担心是多余的。可是他们后来拐进了一条小巷，狼烟便在这个时候突然点燃。等我赶过去的时候叶永正靠在墙壁上指着叶老师和一个乞丐破口大骂。我很难过很难过，他的倔强实在是太有水平了，即使在那么虚弱的时候还能骂得那么伤人，连作为旁观者的我听到后都会觉得心里一阵阵绞痛。那个乞丐冲上去要打他，可是叶永那苍白的脸上并没有显出一点慌乱，他吐出的每一个字依然是那么具有杀伤力。叶老师慌忙拉开了他们。这时叶永好像发现了我，扭过头看向我的方向，我连忙跑开了。

　　我一路狂奔，风景在眼前迅速滑过。我的难过已经全部转化成愤怒了。我恨他，我为什么要在他这个混蛋身上浪费那么多时间？他的倔强根本不是一杯浓茶，而是一条臭水沟，上面用了一些看起来华丽的藻类装饰水面。我看错了他，他是那么自私，那么无耻，没有同情心，还恩将仇报，那种话他怎么能对叶老师说呢？明明叶老师对他那么好。

　　我终于停了下来，汗已经将我全身湿透。我一脚踢在旁边一棵小树上，那棵无辜的小树立刻瑟瑟发抖起来。

　　假期结束后的第一天，我没有搭理叶永。那天他总是时不时地将目光投向我，但我假装不知道。我不想再跟他有任何交集了。晚自习的时候他找到了我，邀请我和他一起出去聊聊天。我想了想，答应了。就当是告别吧，我想。他把我带上顶层，那里没什么人，空荡荡的，让人觉得阴森。他向我表白，跟我阐述责任、能力还有爱之类的东西。我觉得很好笑，你一个混蛋也好意思跟我说爱？你也不看看你是怎么对待叶老师的？我狠狠地挖苦他，我告诉他，他只不过是个自私虚伪的混蛋罢了。话说完叶永就呆住了。我当时也没想太多，因为正处在气头上，就径直下了楼。等回到座位上我才突然发现我又一次伤害了他，不管他对别人做了什么，但他始终对我很好。他迟迟不回班里，我担心起来，离开座位又去了一趟顶楼，叶永已经不在那里了。我顿时害怕起来，我亲眼见证过叶永的疯狂，万一他出了什么事我以后该怎么面对我自己？我冲下楼，到处寻找他，茫茫夜色成了我的阻碍。"这天黑得真快。"我低声骂道。终于，在操场边，我看到了他，还有叶老师。

　　然后我听到了，叶永心里真正的呐喊。他那让人潸然泪下的家境，他那一直挣扎的痛苦。他在哭，又在笑，我知道他就要疯了。原来我一直是那么愚蠢，我只知道他是倔强的，却一直没想明白他为什么倔强。原来他的倔强是他的信仰，是他灵魂的一部分，正是凭着这份倔强他才能淡然地忽视他的家境。而我，竟然自以为是地打出救人的幌子去践踏他生命中最重要的东西。

　　叶永看到了我，可他的第一个动作居然是退后两步，然后跌倒在地。这个动作让我无比心疼。叶老师看见了我，让我下来安慰他，可是我跑开了，我没脸再去跟叶永说话，我是世界最狂妄最自大的人。

　　我跑进了学校的小树林里。在那里我缓缓蹲下，轻轻抚摸旁边的树干，眼泪流了出来。

　　对不起，叶永，真的，对不起。

第十二章

（A）

叶永就这么开始了他一生中最盛大的掩耳盗铃的仪式，没错，他强迫自己相信他原本的信仰，即使那份信仰已经被方园撕得千疮百孔，但他还是捂着伤口重新把它缝补了起来。他绝对不能输，无论是输给自己还是输给方园。他清晰地记得那天晚上方园那令人厌恶的怜悯，他不需要任何人怜悯他，可是为什么每一个人都要怜悯他？仅仅因为他没有父亲却有个精神病母亲？你们知不知道你们的怜悯是一把刀？你们知不知道怜悯并不是你们想得那么简单？那里面埋葬了尊严和平等！而你们正在举起"怜悯"这面冠冕堂皇的大旗去肆无忌惮地杀人放火！

叶永在心里燃起了一把烈火，他开始仇视每一个人，而方园则成了他最无法原谅的人。是方园把他害成这个样子的，他的理想现在已经无比脆弱，周围一点风吹草动都会让他动摇，都会让他怀疑自己选择的路，怀疑自己是否真像他自认为的那么有能力、有担当，怀疑他是否真的爱那些爱他的人。于是他只能把自己埋进题海来躲避这些困惑。他变得无比沉默，无论周围发生什么他都无动于衷。

方园来找过他一次，在晚自习之前。她坐在叶永前面，把一本习题集放在叶永前面："你……可不可以教我一下？"叶永当时就笑了："方园，其实我很早就知道，这些问题其实你都会。"方园低下头，声音低得像蚊子哼："对不起。"叶永摸摸方园的头："好，我原谅你了，那么你现在可以滚了吗?"

方园盯着叶永看了很长时间,叶永始终保持着那个微笑。最终她点点头:"好,我滚了,祝你好运。"

方园转身的一瞬间,叶永闭上了眼睛。好了,一切都结束了,我的爱情,我的挣扎,现在你们都可以跟方园一起滚了。祝你们一路走好,千万别回来找我。因为——我再也经受不起那么多了。

他开始对叶平有了强烈的好感。这其实很好理解,当一个人失去了依靠时,他会出于本能再去寻找一个依靠。而方园也已经把叶平对他的好点出来了。叶永自己也心知肚明,他伤害了叶平那么多次,而叶平却始终没有怪他,而且始终在他需要的时候伸出援手——无论那援手有没有用。叶永开始对他心怀感激,不再用睥睨的眼光去看待叶平,甚至有的时候把叶平当作"自己人"。他甚至没有意识到,就在他将叶平当作依靠的时候,他的潜意识已经在开始背叛自己的信仰。叶平的平平淡淡和他的理想本身就是个冲突,叶平在他心目中一直是个没有能力却尽力爱着别人的人。

有的时候他也会想起方园对他说的话。然后他会问,要是这么一直下去,会不会有一天把自己毁了?然后他就对自己说,没事,如果不这么做,现在就会把自己毁了。

他还记得那次轰然迷路的迷茫与痛苦感,他不愿再尝一次了。

当人的负面情绪积攒到一定程度的时候是需要发泄的,正如一个人始终给气球加以强压,气球就必定会爆破,找到一个契机去释放一些压力。于是张阳很不幸地成为第一个契机。

那天下课后叶永在写作业,张阳刚从厕所回来,看见叶永正在做题目,他突然觉得已经好几天都没跟叶永讲话了,于是觉得应该联络一下感情,然后他就问了一句致命的话:"叶永,最近怎么没看见方园来找你?"

叶永立刻放下笔,抬起头冷冷地看着张阳。张阳意识到自己说错话了,连忙摆手:"不好意思不好意思,我不知道你们闹矛盾了。当我没说。"他一边讨好地笑一边用手轻轻拍拍叶永的背以示安慰。叶永就在这时候想起来,他和方园从陌生人到后来关系那么密切,其中张阳有很大一部分功劳。想到这里,一团无名火就从心里燃烧起来,叶永笑了笑,轻轻握住张阳的手:"张阳,你放心,下次请你不要说'你们',我是我,她是她。她不来找我很正常,这并非她的义务。况且这和你也没什么关系,不是吗?"

张阳使劲摇了摇头,满脸恨铁不成钢:"小伙子,你到底在想些什么?方园那么好的女孩儿怎么你就不知道珍惜呢?我要是你肯定立马去找她道歉,哪怕跪下来我都……"

他后面的话没有说出来,因为叶永一拳打在他脸上。张阳被这一拳直接打翻在地上,椅子倒在他旁边。事情发生得实在是太突然,以致所有人都没有反应过来。张阳的半边脸开始发红,他愤怒了。他跳起来对着叶永就是一脚,叶永往后闪开了。

"叶永你别太嚣张,你真以为我怕你是吧!"张阳一击不成,刚准备再来一脚,却被人拉住了,但他继续说,"叶永老子告诉你,别成天摆出那副样子!你成绩好了不起是吧,你成绩好人家就倒贴你是吧?!人家方园对你那么好,前两天还在关心你,问我你最近是不是有什么不对劲!你就这么对她!老子告诉你,就你那样子是个人都不会喜欢你,你活该一辈子单身!"他还在挣扎着试图摆脱拉架的人,可那些人看他闹得这么凶,更加不敢放开他。

叶永没有说什么,张阳后面的话触动了他。他一直觉得方园把他耍了一遍之后就该对他置之不理的,他没想到方园这几天还会关心他。他突然温柔起来,尽管张阳还在他面前满脸怒气地大呼小叫。他想:或许还有机会?

方园就在这时走了过来,拦在了他们中间。方园背对着叶永,对张阳说:"张阳,算了吧,看在我的面子上,消消气,好吗?"

暖流就这么猝不及防地流动开来。叶永在那一刻非常感激,感激方园能在这个时候来帮他,这说明方园对他还是有好感的,两个人弄不好真的能重新发展。可是方园回头看了他一眼，方园眼神里的那种怜悯与失望再次刺疼了他。但他这次什么话都不说，他静静地站着。所有的人都围绕在张阳身边，劝张阳不要生气。事情本应如此发展，毕竟是他先出手打的人，可是叶永却感到了一种冰冷的孤独感，仿佛全世界都在针对他。他低下头，什么也没发生似的坐到自己的座位上，翻开题集假装写作业。

所有的人都被叶永的态度惊到了，只有方园一副平静的样子："张阳，别跟他计较了，看我面子，好吗？"

张阳愤愤地指着叶永："今天算你走运，以后给我小心点！"说完他用力挣脱周围的人，径直走到教室外面，其他人也都跟着他出去。方园回过头看了叶永一眼，然后默默地走了。

现在是真的没有人了，没人关心他也没人针对他。叶永对自己笑笑，合上题集闭目养神。上课铃响的时候大家都回来了。张阳面无表情地坐到座位上，叶永偷偷瞄了他几眼，然后赶忙收回视线。张阳一直平静地坐着，没有看叶永一眼，仿佛叶永已经不存在了。

叶永知道他自己的难过，现在他终于真正孤身一人了，不会再有人关心他，陪伴他。他现在无比怀念国庆节之前的日子，那时候多好啊。方园还没有离开他，张阳每天和他傻乎乎地说这说那，偶尔还开他和方园的玩笑。现在，都不在了，那些人已经和他划清了界限，这个班级对他而言已经什么都没有了。

可是他立刻发现了他在投降，这个想法让他立刻打起精神。决不能，决不能！他决不能就这么承认他是错的。他狠狠咬住自己的嘴唇。孤身一人又有什么关系？他不就是这么一直走过来的吗？他在心里默默念道，你们这些背叛我的人，我要让你们知道，我永远不会输，永远不会！

他满意地对自己笑笑。

放学回家他又看到了乞丐。乞丐依然和以前一样无精打采地靠在墙上，衣服破烂，头发凌乱，眼睛黑洞洞的，看起来没有任何神采。

第十二章

叶永走到乞丐旁边，慢慢蹲了下来，手伸到碗里，拨弄着碗里为数不多的硬币。乞丐看了他一眼，笑了笑："身体怎么样了？没事吧？"

"承蒙关照。"叶永抓起一把硬币，然后把手放进口袋，见乞丐没反应，又把硬币放了回去，"怎么，为什么这次不抢了？"

"上次我反应那么激烈是因为我的职业习惯。"乞丐淡淡地说，"不过这次我有准备了。"

"你的职业习惯培养得不错，比较适合你。"叶永说。

"孩子，你不累吗？你没事戏弄一个一无所有的乞丐很好玩吗？"乞丐无奈地笑笑，"你的心就那么阴暗？"

"什么叫'阴暗'啊，我只是看不惯你这种颓废的样子。"叶永摆弄着瓷碗，"我其实特讨厌你们这群手脚健全的乞丐，你们到底有什么理由这么糟蹋自己？"

"你不懂的，孩子，因为你们现在还太纯洁，没有犯下什么天大的、让你一辈子都没办法原谅自己的错。"

"看起来你犯过不少错啊。"

"是的，你说得对，我的确犯过很多错，让我一辈子都无法原谅自己的过错。我现在是在赎罪。"乞丐微笑着抬头看向天空，好像是在沉醉于往事中无法自拔了。

"是不是觉得特别有自我满足感？"叶永冷冷地看着他。

"什么？"乞丐脸色变了。

"我就是讨厌你们这种破罐子破摔还要给自己找借口的人。"叶永狞笑起来，"你也真是可笑，废物就是废物，无法挽回自己的过错还硬要说自己是在赎罪。你也真好意思说出来。"

乞丐呆呆地看着叶永，眼神中出现了明显的慌乱。

"其实你自己也知道，对不对？你自己也知道你纯粹是在自暴自弃。但是你始终不愿这么告诉自己，对不对？"叶永站起来，夸张地摇了摇头，"真是没办法，你也是废物到了极致，为了能让自己成为废物，连自己都能骗。"

救　赎

乞丐猛然站起来扑向叶永，双手锁住叶永的喉咙，使劲把叶永抵在墙上。他的表情是如此狰狞，脸上的污垢因为这狰狞显得滑稽可笑。叶永立刻反应过来，一脚踹在乞丐的小腹上。乞丐立刻捂住肚子蹲了下来，满脸痛苦。

"我可没你想的那么弱。"叶永居高临下地看着乞丐，"我在小学和初中打了无数次架了，怎么说也有两把刷子，就凭你这个废物，就算对我再怎么生气，终究也只能忍着。"

乞丐喘着粗气："你平时是不是这么对叶老师的？"

"叶老师，就是那个年轻老师？"叶永像是想起了很好玩的事，"我突然想起来了，上次他见到你的时候，他喊你——哲人？你知道我当时听了觉得有多好笑吗？一个自暴自弃的废物竟然会被别人称为'哲人'。"他话音一转，"不过我倒是习惯了，我老师就是这个德行，自己没什么能力，才会被你这种垃圾给忽悠到，真是同情他。"

乞丐沉默了好久，等他抬起头来的时候，他的脸色竟然是解脱的："好了，我知道了。你现在要回家吃饭吧？快回家吧，孩子。"

"说得对，我居然和你这种人浪费了这么长时间。"叶永笑笑转身，"我走了，希望下次能不要再看到你。"

他就那么头也不回地走了。乞丐在后面缓缓站了起来，拾起那些硬币，一脚踩碎了那只瓷碗。

（B）

叶平难以忘记那个晚上，光线已经被夜幕蚕食得只剩下微薄的一点。叶永那被泪水不断冲刷的脸庞，那狰狞得有点滑稽的表情，还有那不断抽动的肩膀。他在叶永的声音里清晰地听见了恐惧，那恐惧像是已经积攒了很久却一直被堤坝堵着，而恰巧有人毁掉了堤坝，恐惧便像洪水一样奔腾而出，势不可当。连叶平都被这恐惧深深地影响了，他还记得那天晚上他的心在不停地颤抖，他的情绪随着这个男孩声音里的波动而不断起伏着。"你们都是骗子，我才不信你们的鬼话！我的理想是正确的，我的信仰也是正确的！你们休想把我毁了，休想！"他知道这句话隐藏的是什么，他在和什么东西战斗，他在强迫自己逃离某个如影随形的梦魇。他能够感受到叶永正在经历一场痛苦的挣扎。而最让叶平震撼的是叶永看到方园后那重新聚集起来的力量，那种凛然的杀意像是水波一样延展开来，他整个人都好像凤凰涅槃了一样。叶平知道叶永和方园之间一定发生过什么，但他没有过多询问。他很想帮帮叶永，但他觉得还是不过多干涉他们比较好，感情的事情也许只有当事人自己知道。

后来教生物作业的时候，只有方园一个人来了。叶平知道是怎么回事。"老师，今天作业全交了。"方园说。"好，辛苦你了。你放心，你们的事我什么都不知道，但我希望你们能自己处理好，高中三年是你们人生中很重要的一环。"方园点点头："谢谢老师。"

叶平不知道他这么做对不对，但他不敢轻举妄动。他总算看清了叶永，他的外表虽然很强，但他的里面是极其脆弱的。叶平觉得自己还是很幸运的，自己好歹有个父亲能给他爱护，母亲也快要回来了，一家三口团团圆圆指日可待。可是叶永却只能将自己患有精神病的母亲作为唯一的情感寄托。想到这里叶平叹了口气，这个世界的确是不公平的。叶永之所以是那个样子，跟家境一定有很大关系吧。

于是，上课的时候他会额外关注一下叶永。叶永已经变了很多，上课的时候即使很吵，他也不会像以前那样皱着眉头，他变得沉静多了。也许是成熟了吧，叶平想。

叶平当然没有想到这和成熟并没有什么直接的关系。叶永只是觉得孤单了，累了，他已经没有多余的力气去诅咒别人了。

他把叶永的事分别告诉了父亲和杨欣。本来他还想告诉乞丐的，可是他一直没有再见到乞丐，这倒是让他觉得可惜。如果能告诉乞丐的话，他应该会教他到底应该怎么做。

　　吃饭的时候他把这件事跟父亲说了，父亲听完后没什么反应。他舀了一勺汤："你不用太担心的，只是时间问题，他会好起来的。"叶平有点好奇："爸，你怎么那么肯定？"父亲笑笑："他呀，跟你妈那时候有点像，有些道理只是暂时不太明白。有些事情要自己好好体会才有用，你帮不了他。""可是他现在在上高中，这个阶段对他而言很重要。""放心。"父亲摆了摆手，"这种人在学习上不会亏了自己。"

　　然后叶平就没说话了。他勉强扒了一口饭，心里还是觉得有块疙瘩。

　　然后他就去找了杨欣。杨欣听完之后立刻就笑了起来："他谁啊？我喜欢这种人，什么时候让我看看他长什么样？"

　　"长得还行。"叶平说，"我看他上次那样子我挺心疼他，我想帮他。"

　　"你啊，"杨欣戳了戳叶平的眉毛，"什么人都想帮，不累吗？"

　　"我是他的老师，这是我的责任。"叶平坚定地说。

　　"好好好。"杨欣无奈地笑笑，"那行，那这事交给你了。我倒是没兴趣管那么多，我能把你管好就不错了。"

　　"好吧。"叶平低下头，叹了口气。他没有注意到杨欣那缓缓冷下来的眼神。

　　"叶平？"

　　"嗯？"叶平抬起头。

　　"你有他照片吗？"杨欣问。

　　"没有，问这个干什么？"

　　"我对他挺好奇的，我也许能帮到他。"杨欣说。

　　"怎么帮？"

　　"就是……"杨欣想了一会儿，笑了笑，"我现在就听你这说，我也不知道能不能帮到他，我又摸不清他底细。而且我只说也许能帮他，到底能不能帮我自己也说不清。"

　　"也对。"叶平笑笑。

"不过，我很想见见他，可以吗？"杨欣摸了摸叶平的脸。

"嗯，可以。"叶平想了会儿，点点头，"星期四我在他们班是最后一节课，你有空吗？"

"有空。"

"那你在校门口等我，我会和他一起出来，这样行吗？"

"当然可以。"杨欣挑起嘴角，"不过我们先说好啊，我可没有百分百的把握能帮他。"

"尽力就行。"叶平叹了口气，"作为老师，我看到自己的学生成了那个样子真的很心疼。"

叶平去学校的时候特意挑了一条小路。金色的太阳在天空上悬着，本应炽烈的光倒因为这秋意柔情似水。密集的光线穿过灌木的重重阻挠，在地面打出一个个光斑。他走啊走，不时地环顾四周，脚底踩着满地的落叶。这时，他看到了一片枯黄的叶子在枝条上随风摇晃，他伸出手准备轻轻抚摸那片叶子，可是他刚碰到那片树叶，那树叶立刻痉挛起来，飘落在地。

（C）

上课的时候叶平让叶永回答了一个问题。叶永完美地回答出来了，他的语言组织能力超过了叶平的预期。"坐下吧。"叶平示意，随即又说，"对了，叶永，今天放学我有事找你，方便吗？"叶永皱了皱眉，然后轻轻笑笑："好啊。"

叶永当然不会拒绝，他甚至很希望能和叶平聊聊天。经历了这么多事，除了外婆和母亲，也许只有叶平还会爱着他了。他现在在班上孤立无援，跟方园和张阳两个人也差不多一个星期都没有说话了。这种孤独感还是很让他难受的，无论他再怎么拼命将自己的心思放到题海里去，他始终不能摆脱掉那种空荡荡的感觉。

放学后，叶平简单地整理了一下自己的教科书，抬头时叶永已经在旁边站着了。"你动作很快啊。"叶平一边说一边收好笔。"习惯了。"叶永笑笑——这几天他都是放学铃声一响就立刻收好书包一个人离开班。

他们一边闲聊一边往校门外走。叶平觉得叶永今天特别开朗，一改以前那种阴沉的感觉，连笑起来都让人感觉是没有杂质的。

"叶老师，你今天找我什么事？"他难得在不疯狂的时候没有用"您"，因为在一般情况下，他说"您"都有讽刺的意思。

"没什么事。就是我女朋友知道我带出个全校第一，想看一下你长啥样。"叶平开玩笑。

"你女朋友要来？"叶永有点紧张。

"嗯，她就是想来认识一下你，没别的意思，你放心。"

"哦。好的。"叶永点点头，"老师，你的女朋友一定长得很漂亮吧？"

"当然，我找的女朋友肯定漂亮。"叶平夸张地拍拍胸脯保证。

出校门的时候叶平一眼就看到了杨欣。他向杨欣招手，杨欣立刻发现了他们，朝他们走过来。叶永立刻锁紧了眉毛，从杨欣的穿着上看他就知道她和叶平不是一种人。杨欣身上那种由内到外散发的妩媚绝对不是叶平能消费得起的。他看向叶平，叶平脸上的甜蜜让他心里特别不舒服。

"看，她就是我女朋友。"叶平指着杨欣对叶永说，全然没有注意到叶永的神态。

叶永勉强笑了笑："真漂亮。"

"嗯，我和她在一起四年了。"叶平满脸自豪。叶永静静地看着叶平的表情，又看了一眼正走过来的杨欣，咬了咬嘴唇。

杨欣上来就挽住叶平的肩膀，然后扭过头很温柔地对叶永笑笑："你就是叶永吧？你们叶老师经常跟我说起你，说你是他们班最天才的孩子。他对你期待很高啊。"

惺惺作态。叶永在心里狠狠地骂道。"其实叶老师刚才一路上都在夸姐姐您长得漂亮。"叶永装作很乖的样子。

"真的?"杨欣的另一只手环上了叶平的肩膀,用那种很嗲的声音问。叶永心里是满满的厌恶感,微微扭过头不去看他们俩。

"别这样。"叶平拉开了杨欣的胳膊,"周围那么多学生,影响不好。"

"怎么,害羞了?"杨欣收回了手。

"姐姐,也许您确实需要注意一下。您应该经历过很多事情,已经不在意了。但叶老师会在意。"

杨欣的眉头一下子皱紧了:"小伙子,这话怎么说?"

叶平连忙出来打圆场:"叶永啊,没事,她是我女朋友,我怎么会在意呢?"

叶永向后退了一步:"姐姐,您自己应该也知道吧,您和叶老师年龄相仿,可给人的感觉差别那么大。那么请问您比叶老师到底多经历了些什么呢?你到底有哪些叶老师不知道的事呢?还有……"

"同学你什么意思啊,你是在明目张胆挑拨感情吧?"杨欣打断了叶永。叶永也没有为自己的话被打断而生气,他的目光直接射向杨欣。杨欣微微扭头避开了叶永的目光。

"叶永,你在说什么啊?"叶平听出来这话的意味,"我们大人的事不用你管,你现在只要把自己心态调整好就行了。"

叶永又转过头盯着叶平,叶平也被盯得不大自然。"叶老师,我现在大概明白了你找我到底有什么事。"叶永缓缓说,"我真的很开心你能这么为我着想,但是我现在并不想有任何改变,我觉得我现在这个样子很好。"他用余光扫了一眼杨欣,继续说,"而且姐姐恐怕也不想再见到我了吧。那么再见。"

他鞠了个躬,然后掉头走了。叶平想追上去,却被杨欣拉住了。"暂时还是别管他了吧。"杨欣轻声说,瞟了一眼叶永的背影,"他看样子不是一般固执。"

“可是……”叶平还想说什么。

“听我的，乖。”杨欣用食指轻轻按在了叶平的嘴唇上，“以后有的是时间，何必在意那么多。去吃饭吧，我肚子饿了，好不好？”

叶平回头看了一眼，叶永已经淹没在人群中了。他无奈地叹了口气：“好吧。”

第十三章

（A）

天气有的时候像个恋爱中的少女一样阴晴不定，明明下午还是很晴朗的，傍晚的时候也看不出任何要下雨的迹象，可是晚自习的时候突然就下起了雨，并且一来就是倾盆大雨。起初宁静的夜晚就这样被一场大雨炸得热闹起来。班里的人都开始慌了。"天啊，这么大的雨没带伞怎么办？""这天气是在玩我们吧。醉了。"其中也有人在表达自己的得意之情："你们都不看天气预报吗？天气预报说今天晚上会下雨，所以我带了伞。"还有人开始借此炫耀自己的家境："这种情况我爸都会来开车接我，没带伞也没事。"旁边张阳正在跟前后的人讨论晚自习后该怎么回去。叶永知道张阳现在是不可能找他讨论的，他明显感觉到了那种刻意的疏远。他望着窗外飘泼的大雨出神。他想起了上一次和方园在雨中一起回家，那天晚上多美好啊。他又看向方园，方园正在用心做着题目，看样子这场大雨并不会对她有太大影响。应该是带伞了吧，叶永心想。可是叶永知道，方园这次就算带了伞都不会和他一起回去。

想到这里，叶永的心狠狠地疼痛了一下。他低下头，开始命令自己将心思放到题目里去。

晚自习结束后，大雨还在不停地下，校门口堵了一堆人。叶永抖了抖书包，准备冲回家。其实也没什么关系，上次他就应该淋成落汤鸡的，不过方园救了他，而现在他可逃不掉了。真是好笑，因为上次被人救了，所以这次要补回来吗？好。其实也没多大关系，我可不怕你。淋就淋呗，谁怕谁？

　　他刚踏出第一步就被人拉住了，那一刻他真的很激动，他以为是方园来了，再一次来救他。可是他回过头，看见的是杨欣的脸。他的期待顿时一扫而光。

　　"姐姐，很抱歉，我不知道叶老师在哪儿，今晚没有看到他。"叶永说。

　　"我知道。"杨欣的笑容依然那么富有挑逗性，"他今天在家休息。我是来找你，送你回家的。"

　　"你，送我回家？"叶永有点疑惑。

　　"怎么？不行吗？你叶老师跟我说过要好好照顾你。"她一边说着一边递给叶永一把伞，"送你的，不用还了，算是姐姐的见面礼。"

　　叶永盯着杨欣看了一会儿，最终他接过那把伞。"谢谢。"叶永说，"不过我会还的。"

　　"不用，小意思而已。"杨欣摆摆手，"我们走吧。"

　　"好。"叶永点点头，撑开伞踏在积水里。他们并肩走着，周围雨声响成一片，路面上无数的波纹放肆地延展。在快走到那条小巷的时候，叶永终于说话了。

　　"放心，我不会跟叶老师说什么的，你下次不用来了。当然，我希望你能够离叶老师远点。你和他不是一种人。"叶永停住了。

　　"哦？"杨欣停在他前面，耸了耸肩，"我跟他在一起四年了，你以为在一起四年是一件容易的事情？你以为我们这些人谈恋爱是跟你们这些孩子一样过家家？"

　　"我不信这四年你没有瞒过他什么。"叶永平静地说。

　　"你……什么意思？"杨欣眯了眯眼睛。

　　"你身上的气质和叶老师有明显的差别，如果这四年你们真的每一天都在全心全意地相爱，你身上多多少少会有一点叶老师的气质。可我在你身上感觉不出任何你被叶老师影响的痕迹。于是只有一种可能，就你是在刻意不让自己被叶老师影响。"

"所以呢?"

"所以你在潜意识里是不认同叶老师的,但你确确实实和他在一起四年之久,而且浑身上下还有一种带有风尘气的魅惑力。我只能认为你在这四年至少有一段时间背叛过他,也许现在你还在背叛他。"

杨欣笑着摇摇头:"说你是小孩子你还不信,你知道什么?我为了和你叶老师能在一起,从南京大老远跑到永平来陪他。如果我不爱他,我为什么要这么做?"

"你确定你是真的爱他,而不是需要他?"

杨欣愣住了,过了一会儿她反应过来,脸色有点愠怒:"叶永,你有什么资格去评判别人的爱情?你这样随便污蔑别人的感情是很过分的。"

"我并没有说什么过分的话,我只是说实话而已。其实你自己应该也知道吧,也许你现在很爱他,但你迟早会背叛他。叶老师真的很善良,到时候他一定会很伤心。"叶永说。

杨欣盯着叶永看了很长时间,突然夸张地大笑起来:"好好好,我算是知道了,他说的一点没错。"

"什么?"叶永皱了皱眉。

"你觉得是什么?"杨欣摆出一副悲天悯人的表情,"你叶老师跟我说过你的所有事情,你还知道他很伤心?你不知道你的话让他有多难过吗?你还真是五十步笑百步,不,百步笑五十步才对。"杨欣满脸嘲讽,"叶平在你那里不知道被影响了多少次,你知道你说的每一句话都在伤害他吗?"

"我知道。"叶永说,"但我以后不会了。"

"以后?你以为什么事情一句'以后不会了'就能过去?你知道你叶老师每次跟我说起你的时候都是咬牙切齿恨不得把你杀了吗?"

"不可能。"叶永坚定地说,"他不是这种人,你怎么可以这么说他?"

救　　赎

"你怎么知道不可能？他每次在你那里心情不好都是找我诉苦的，你知道吗？"杨欣摇了摇头，满脸无奈，"他的确很善良，但你以为他谁都能忍得了？你那么多次侮辱他他也能忍？你自己摸着良心好好想想，你伤了他多少次。就算是木头人被你那么骂也得有感觉了吧？"

"我不信。"叶永的声音明显出现了一丝动摇。

"你不信？"杨欣笑笑，"那行，我举出实例来不就得了。你妈有精神病没错吧？你爸把你抛弃了没错吧？他当时是这么跟我说的：'也不怪他父母那样，那小孩压根就不是人，硬把他爸爸妈妈给逼成那样。'你女朋友也把你抛弃了吧？你叶老师说：'还好那女孩撤得早，不然肯定被那小子给毁了。'叶永，不要以为一个人善良就善良得没底线。你让我离他远点，你知道我为什么来吗？我是想让你离他远点。你知道那么善良的一个人在我面前向我控诉别人的时候我有多难过吗？你活该没人爱，你根本就一畜生，没有人会爱一个畜生。能把你叶老师弄成这样，我也真是服了你。"

说完她就径直走了。叶永低下头，望着脚下不断的波纹，艰难地笑笑。

"叶老师，就连你，也抛弃我了吗？"叶永喃喃地说，随即他摇了摇头，"也对，像我这样的人，确实应该被抛弃吧。"

他慢慢地走着，杨欣送他的那把伞已经被他给扔掉了。大雨在身上肆虐，他全身上下都湿透了，雨水还在他脸上不停地冲刷。他闭上眼睛，停住了。他觉得冷，雨珠从高空带来的寒意缠绕在全身，渗入到心里。他的耳朵里全是哗啦啦的雨声，但他却有一种万籁俱寂的感觉。他已经彻彻底底把曾爱过他的人尽数赶走了，方园走了，张阳走了，现在连叶老师也要走。他成功地游到了大海的中心，离开了原本姹紫嫣红的陆地。天空与大海相接，蓝色的孤寂彻底填满了他的眼睛。

他摇摇摆摆地进入那条小巷。一股巨力猛然把他推到墙上，随即他的脖子被牢牢锁住。他回过神来，却看见锋利的刀刃闪烁着冷冷的寒光。本能的恐惧让他立刻打起精神。

第十三章

"叶永，你叫叶永是吧。晚上好，还记得我吧？"乞丐的刀架上了叶永的脖子，他将嘴放在叶永的耳边，"劝你老实点，我可不是你叶老师，什么事都能忍。"

叶永承认自己很害怕，他还是第一次遇到这样的情况。他的全身都在颤抖，心脏剧烈地跳动："你……你想干什么？"

"我想干什么？你觉得我拿把刀深更半夜架在你脖子上想干什么？劝你最好不要出声，到时候我可不会手下留情。"乞丐明显也是慌乱的，估计他也是第一次做这种事，拿刀的手在颤抖。但他强迫自己冷静下来："你知道你有多可怕吗？你知道你的话能毁掉一个人吗？所以我才决定要杀了你。我已经没什么用了，临死前也要做点贡献。我绝对不允许你像毁掉我那样毁掉叶老师。"

叶永的恐惧像是蛇一样悄然游掉了，取而代之的是一种死寂的绝望感。是啊，原来在所有人眼里他都是那么让人憎恶。他这一路来，从军训开始就一直在不停地伤害。报应，真的是报应。叶永露出了一个惨淡的笑容。

乞丐吃了一惊，他没想到叶永在这个时候居然会笑。乞丐感觉自己又被嘲讽了，他有点生气，手上开始用力，刀刃开始嵌进叶永的脖子，血迹染上了刀刃，然后又被大雨冲刷走。"你在笑什么？"乞丐尽量表现得很凶狠。

"杀了我吧。"叶永轻轻闭上眼睛，"杀了我吧。你说得对，我的确没有什么活下去的必要了，杀了我吧。"

乞丐有点疑惑了："你说什么？"

"我说，求你杀了我吧，求你了。"叶永全身慢慢瘫了下去，乞丐连忙用另一只手搂紧了他，防止他倒在地上。

"我真的，我真的不想活下去了，你们说的都对，我虚伪我自私我是畜生。"细小的哭声开始慢慢弥漫开来，"求你了，杀了我吧，我真的没有必要再活下去了。我伤害了那么多人。他们都在包容我，可是我却还自以为了不起，变本加厉地骂他们没用。我真的没法原谅自己了，求你了，杀了我吧，让我解脱吧。"

乞丐慢慢松开手，叶永像是散了架一样倒在地上。大雨劈头盖脸地砸下来，在他的脸上汇集成了不会枯竭的河流。他的头发因为雨水扭结在一起，整个人格外狼狈。乞丐俯视着脚下的一团行尸走肉，刀放了下来。

他蹲了下来，用干枯的手抚摸着叶永的脸庞。"孩子，你现在应该已经遭到报应了吧。"乞丐居然露出了和蔼的笑容，像是一个慈爱的父亲在看着自己的儿子，"怎么说呢？其实我挺谢谢你的，你的一棍子算是把我敲醒了。但是我不准备原谅你。你知道为什么吗？"

叶永的眼睛无神地望着天空，没有说话。

"因为人需要谎言。其实每个人穷其一生都在追求一些虚无缥缈的东西，而最残忍的事情就是有人把实话告诉了你，直白地告诉你追求的那团东西根本什么都不是。孩子，我希望你能明白这个道理。"乞丐缓缓举起刀，对准了自己的胸脯，"你算是彻底毁了我了，我仅存的那点东西也被你杀光了。我已经没有活下去的必要了。我今天留你一条命，但是——我绝对不放过你。"

乞丐狠狠地将那把刀刺进了自己的胸膛！血液立刻喷薄而出。飞溅出来的血喷在了叶永的眼睛里，眼前鲜艳的血红色让他一震。他连忙起身。乞丐手里还握着匕首，表情狰狞。他用尽全力对叶永轻蔑地一笑，然后身体直挺挺地倒了下来。

叶永跳了起来，浑身剧烈地颤抖。脚下的积水已经被鲜血彻底染红。叶永艰难地呼吸着，血腥味开始侵犯他的鼻腔。"不，不！"叶永睁大了眼睛，双手狠狠地插进湿漉漉的头发里，拼命摇着头，"不，不，不！"

他疯子似的向家跑去，急促的脚步声在街上清脆地回荡。叶永一直跑一直跑，时不时回过头，看是不是有什么东西追上来了。

他迅速打开家门，跳到家里后用力摔门。那一声轰响让整座楼房都为之一震。他像是疯了似的，虎狼一样拼命向灯开关那里冲过去。

他用力按下开关，灯光立刻笼罩开来。叶永这才靠在墙上彻底瘫了下去，水流在墙上汇合流下。"对不起，求你别来，对不起，求你别来，对不起，求你别来……"叶永眼神空洞，不停地重复。闪电突然凶猛地扑下来，在窗外延展成了一把刺眼的长鞭，隆隆声随后降落。叶永被吓得缩紧了身子，浑身不住地颤抖。灯光一直亮着，这黄色的光线穿过了夜晚，穿过了清晨，穿过了漫长的用雨声填充的天空。

叶永醒来的时候外面已经很亮了。他的全身依然湿漉漉的，手脚冰凉，只有头是微微发烫的。他挣扎着试图站起来，却毫无预兆地倒了下去。

（B）

叶平有点怀疑杨欣了。他知道叶永的意思。叶永一直很聪明，眼光相当毒辣。他想起以前的一些风言风语，有人曾悄悄暗示过他杨欣脚踩两只船，但他当时没有在意，他不愿意怀疑杨欣；还有之前杨欣明明还在发说说告诉人们她已经不想要活下去了，两天后杨欣就奇迹般地来到永平，而且几乎所有的事情都已经处理好了；还有那些以前的朋友，居然一个人都没接他电话。所有的事情开始在叶平脑子里慢慢显形，他觉得不对劲，而且是很不对劲。他有一种莫名其妙地被玩弄的感觉，这让他很不舒服。

"在想什么呢？"杨欣的手在他眼前晃了两下。他回过神来，撞上了杨欣的眼睛。她的表情看起来有点紧张："没事吧你？"

"哦，你放心，"叶平笑了笑，"没事。"

杨欣缓缓收回手，然后挽上了叶平的胳膊。叶平看着杨欣的侧脸，迅速把刚才的念头压了下来。他觉得自己不应该想太多，杨欣肯从南京到永平来陪他已经是很大的牺牲了，他不应该这么看待她。他轻轻抚摸着杨欣的头，杨欣的头发分外柔顺，摸在手里有一种小溪在手里流淌开来的感觉。

"走吧，去吃饭？"杨欣扭过头问。

"好。"叶平点点头。

杨欣选择了一家档次比较低的小饭店。饭店里面的桌子满是划痕，椅子稍微动动就有"吱呀"的声音发出来，让人怀疑它是不是随时会散架。蜘蛛网在角落里虬结，白气从厨房的小窗缓缓冒出，转眼就被吞噬得一干二净。

"你为什么要选择这地方？这儿看起来很破，不知道卫生过不过关。"叶平打量了一下四周。

"放心吧。"杨欣给叶平倒了杯水，"我经常在这儿吃，不也没死？"

"这话说得。"叶永笑笑，"本来还想着凑合吧，毕竟就一顿饭而已，现在听你那么一说我可真的不敢吃了。"

"好啦。有的吃就不错了，还挑三拣四的。"杨欣端起杯子，抿了一口水，然后慌忙把杯子放下，"真是的，这水怎么那么烫？"

"注意一点，毕竟是刚倒的开水，别烫着了。"

"晚了，我已经被烫着了。"杨欣掏出手机，对着桌子拍了张照。

"看样子你还挺喜欢这里的。"叶平摸了摸杨欣拍照的地方，"这张桌子有什么特点吗？"

"没有。"杨欣收起手机，"不过我挺喜欢这种地方，真的，感觉特真实。不像有的地方，表面看起来很堂皇的样子，里面脏得可怕。"

"对，其实有时候这种小城市真的很好。"叶平点点头，看起来深有感触的样子。

"我说，你可不要借题发挥啊。"杨欣摊开双手，无奈地笑笑，"我说的地方不是指城市这种级别的，是指一些店啊之类的，比如酒——"她说到这里便停住了，然后低下头端起杯子又抿了口水。

"你说酒吧啊，嗯，那种地方确实不太好。"叶平接了下去，"我记得你以前经常去，我总是劝你不要去那种地方，可你总是不听我的……"叶平说到这也停住了，眼睛直直地看着杨欣。

恐惧在心里发酵起来，脏，酒吧，还有以前发生的所有事，叶平将所有的事彻底串联起来了，得出的结论让叶平胆战心惊。他默默地看着杨欣缓缓放下杯子。杨欣的动作明显是不自然的，这让叶平坚定了心里的想法。

"饭菜应该快好了吧。"杨欣扭头看了一眼厨房，"师傅，我们的菜好了吗？"她大声问道。

"快好了！"厨师一边卖力地炒着菜，一边大声回答。

"有点慢。"杨欣若无其事地拿起杯子又抿了口水。

叶平沉默了一会儿。杨欣又掏出手机："再拍一张照片吧，这次一定要拍出沧桑的感觉。"

"对了，问你一个问题。"叶平头微向前倾，直视杨欣的眼睛。

"怎么了？"杨欣放下手机。

"就是……"叶平缓缓说，"你还记得那一次你在QQ上发说说吗？你说你要寻短见。我当时特别着急，打了一些我们以前的朋友的电话，想问一下你到底发生了什么事。可是他们要么不接，要么就是已经停机。你知道是怎么回事吗？"

"我怎么知道？"杨欣耸了耸肩，"我打电话他们也经常不接，你打得很多吗？"

"很多，还发了一些短信，可是没一个人回我。你真的不知道是怎么回事？"叶平皱了皱眉。

"你什么意思啊，叶平？"杨欣恼怒起来，"你是不是真信了你学生的话？我跟你在一起好歹也有四年了吧，就因为一个学生的话你就不相信我了？我，我真的……"杨欣低下头，一副很伤心的样子。

"不，不是这个意思。"叶平慌张起来，连忙安慰杨欣，"我就是随便问一下，没别的意思。真的，因为那些人不接我电话确实很奇怪啊，我就是随便问一下，你别在意啊。"

杨欣沉默了一会儿，缓缓抬起头。她的眼神让人心生怜悯，有一种脆弱的、让人觉得不堪一击的东西在她瞳孔里荡漾着。"没事，叶平，你怀疑是很正常的。我不怪你。我回头问一下他们，好吗？"

"行，听你的，我其实无所谓的，就是刚才好奇了一下。"叶平点点头，暗骂自己刚才的鲁莽。

伙计就在这个时候端上菜来。"上菜喽！"他开心地喊道。白色蒸汽袅袅升起，模糊了眼前的视线。叶平和杨欣隔着这雾气对视，谁也看不清对方的表情。

吃过饭后他们难得去了一次游乐园。那里的灯光零星地闪烁着。已是夜晚，来游乐园玩的人比较少，本应喧闹的游乐园居然有一种寂静的感觉。那里的项目绝大多数已经收工，只剩下摩天轮、海盗船之类的几个依然在等待着顾客。他们手牵手踏在有些湿润的草地上，月光在地面涂上了一层银粉。

"走吧，去玩玩海盗船？"杨欣指着还在发着光吸引顾客的月牙形的船，"有些时间没坐了呢，挺怀念的，怎么样？"

"怎么喜欢玩那么刺激的东西？"叶平仰头看着海盗船苦笑道，"我能拒绝吗？"

"恭喜你，你没机会了。"杨欣挽住叶平的胳膊，"走吧，好不容易来一次游乐园，什么都要尝试一下，你说对不对？"

"好好好。听你的。"叶平点点头。

坐上去的时候叶平心里还是有点紧张的。他还记得他十几岁的时候爸爸来带他玩了一次，他坐在海盗船上拼命地叫，那种一下子跌入谷底一下子又被扔向高峰的经历让叶平心惊胆战。下了海盗船后他默默地下定决心，以后永远不会玩这种折磨人的东西。那时候父亲在旁边拍拍他的脊背："你可能不太喜欢这种太过刺激的游戏，没关系，你老爸也不喜欢，在上面的时候我心脏病都快被吓出来了。"叶平惊讶地看着父亲。之前在海盗船上的时候，他在害怕之余回过头，非常清楚地看到父亲那种仿佛全身都得到释放的表情。

嗡嗡声从下面传出，海盗船开始动了，叶平闭上了眼睛。开始的时候船动得不是很激烈，可是到了后来船像是随时都会被甩飞一样，眼前的景色迅速飞逝又突然停滞，剧烈的加速度让叶平心跳升到了顶点。这时他听到了杨欣的呐喊，他扭过头看过去，杨欣眼睛紧闭，嘴巴撕裂成一个夸张的模样——这时候杨欣也不在意什么形象了。可是叶平觉得，这不是普通的因为海盗船带来的刺激而发出的喊叫，海盗船更像是个供她发泄的出口。她的声音慢慢上扬，由原来的尖细缓缓变得厚重起来。有一次海盗船升上到顶峰的时候叶平甚至听到了杨欣隐藏在喊叫声里的哭腔，但随之而来的坠落感让叶平无暇多顾。

海盗船终于停了。叶平第一件事就是转头看向杨欣，他清楚地看见杨欣眼角的泪珠。杨欣迅速抹掉了泪水，对他嫣然一笑："挺好的，偶尔玩一下这种项目发泄一下也不错。"

叶平笑笑："我算是看出来你在发泄了，你刚才那叫声大得把我都吓了一跳。"

杨欣站起来，叶平看着她。杨欣身后的夜空成了她的背景，月亮在她耳边闪着光。风就在这时吹过来，杨欣的头发就这么飘了起来，密密麻麻地遮盖了月亮。可月光不会就这么甘心被吞没，一些勇猛的士兵强行穿越密林，那一点银色的光就这么点亮了叶平的眼睛，这让叶平有一种亦真亦幻的感觉。

之后他们上了摩天轮。他们在狭小的包间里手牵着手，小窗外泻进来的光线勉强突破了黑暗的封锁线。他们缓缓升空，而窗外的一切都在慢慢地坠落。杨欣入神地看向窗外，瞳仁中折射出一个个光点。叶平坐在她对面，握着杨欣的手，感受着杨欣手里的凉意。

杨欣看了很久，终于叹了口气："叶平，你说我们这四年一路走过来，走到今天这一步，值吗？"

"当然值。"叶平笑笑，"为什么不值呢？我们会结婚成家，会有一个很可爱很懂事的孩子。我们将会彼此陪伴走过一辈子。怎么不值？"

杨欣扭过头盯着叶平，眼神摇摇欲坠："叶平，你真的相信我们能走一辈子吗？"

"当然，你都跑到永平来陪我了，我当然相信我们能走一辈子。"叶平坚定地说。

杨欣轻轻摇摇头，慢慢站了起来，然后俯下身子吻住叶平的嘴唇，叶平抬起头迎合她的亲吻。他们缓缓抱在一起，杨欣抱的是叶平的头，而叶平却搂住了杨欣的腰肢。他们缠绵地吻在一起，两人都仿佛融化了一样。突然，杨欣的膝盖狠狠地顶在叶平的胸部，剧痛让叶平全身猛然一凛，他条件反射地要叫出声，可是杨欣的嘴唇堵住了他的喊叫。叶平从剧痛中恢复过来，他手上加力，把杨欣用力按在自己身上，两个人就这么黏在了一起。

他知道杨欣这么做的时候一般意味着她很害怕，她需要安慰。

杨欣松开了口。她喘了口粗气，然后挑逗地看着叶平。叶平静静地看着她。杨欣的手缓缓勾住叶平的下巴："叶平，问你一个问题，如果我以前做了什么对不起你的事，你能原谅我的曾经并且愿意陪我继续维持这一段感情吗？"

"当然愿意，只要我们现在相爱。"叶平毫不犹豫。

"你可真是……"杨欣表情里最后一丝戏谑也崩溃了。她的手慢慢放下，眼泪终于滑了出来。她慢慢瘫软下去，身体伏在叶平的膝盖上，指甲死死地嵌进叶平的大腿里："你怎么可以，这么好啊。"

叶平按住杨欣的肩膀，然后蹲了下来。他温柔地抱住杨欣，手在杨欣背上有节奏地拍着："别怕，我会一直陪你。"

摩天轮停住了。

回到家后，叶平躺在床上，脑子里很乱。过去的事，叶永的话，还有杨欣今天的状态，这些都让叶平很不安。这种不安像是积聚在心里的游蛇，每一次嘶鸣都会让叶平倍感恐惧。他知道自己应该试图去相信杨欣，毕竟杨欣为了他付出的并不少。但叶平知道杨欣一定瞒了他很多事，而这些事是什么叶平却浑然不知。叶平能感觉到这些事是危险的。他握紧了手机，翻开了联系人列表。他在犹豫要不要打个电话。他的良心在告诉他要相信杨欣，这个电话打过去就意味着两个人的信任已经破裂；可是他立刻告诉自己，这些他不知道的事就像是颗定时炸弹，迟早会爆炸的，倒不如早点挖出来，然后一铲子清理掉，也算是解决了一个祸患。

他终于颤抖着拨通了电话，然后一边心情忐忑地等待着对方接听，一边酝酿着措辞。很快，手机里传来"嘀"的一声。叶平咬了咬嘴唇："喂。"

"叶平啊。"那边的声音听起来很悠闲，还能隐约听见一点打打杀杀的声音，估计是在看电视剧，"你怎么想起我了？找我有事？"

"嗯……"叶平犹豫了一会儿，"杨欣今天告诉我，她之前做过对不起我的事。我问她她说她不想亲自告诉我，所以——"叶平尽量让自己的声音不出现波动。

"也没什么，人家杨欣也是为了你。"那边传来一声叹息，"那段时间杨欣实在是太想你了，整天都很颓废，动不动就往酒吧里跑。"说到这里对方停滞了一下，然后继续说，"反正杨欣那段时间就是特痛苦，想你想的没办法了，这才骗了你。"

"骗了我？"叶平皱了皱眉。

"对，就是你看到的说说，尤其是自杀那条。"对方思考了一会儿，最终还是说了，"杨欣是为了——怎么说呢？爱情这东西本来就说不清。硬要说的话就是……嗯，我想想……就是想要让你为她担心，想要把你心里因为时间黯淡的激情给重新点燃。说得文艺了点，但大致就是这么回事。"

"那你们当时为什么都不接我电话？"叶平问。

"杨欣不让我们理你啊。我们也没办法，杨欣那段时间那么可怜，只能帮帮她喽，不然岂不是太畜生了。而且我们也希望你们能复合啊。"对方的语气略有无奈。

叶平刚想说什么，门被猛然打开，父亲站在门边，满面笑容。叶平慌忙挂掉电话，有点紧张地看着父亲。

"叶平，告诉你一个好消息，你妈妈明天就要坐飞机赶回来了！"父亲激动地说，手机在手里不停地晃来晃去。

深呼吸——王宇英

很多时候我们都会在不知不觉中用着最冠冕堂皇的理由伤害最爱自己的人，一个自私无情的人并不能因为所谓的理想抱负而改变其肮脏的本质。当我明白这一点的时候，一切都已经晚了。很多道理都是在事情已无法挽回之后我们才幡然明白，而这些道理又往往成了这些人自残的理由。所以有的人生来不配被救赎，他们只能在一次次忏悔中等待明天的朝阳，希冀着那团熊熊烈火能将自己燃烧殆尽。

我就是这样一个人。为自私而背叛，因自责而沉沦，等到幡然醒悟却发现时间已经悄无声息地流淌了四十多年——请原谅我这种不准确的说法，因为我实在记不清我到底四十几岁。我用二十多年雄心壮志地犯罪，再用二十多年咬牙切齿地赎罪，然后被人告知这完完全全就是一场盛大的自欺欺人的表演。没错，这就是我荒谬的一生，一个最愚蠢的人给自己安排的一场最愚蠢的心灵游戏。

下面请允许我介绍一下我曾经所犯下的罪恶。

我过去家住农村，我的父亲是一个很普通的农民，严肃刚正，但很容易生气。他有比较重的高血压，所以他生气的时候大家经常会让着他。我的母亲是一名很温柔体贴的女性，说话柔声柔气的，整个家也多亏了她才能被打理得那么井井有条。而我是他们唯一的孩子，放在今天叫作"独生子女"，因此他们特别疼我，我犯错的时候他们几乎不打我，最多就骂我两句。我有个女朋友，她叫夏铃，名字很好听，夏天的铃铛。我们算得上青梅竹马，从小到大都在一起。我们恋爱也能称为意料之中。我很爱她，她也很爱我，我们曾一起手牵手漫步在绿荫掩映的小路中，一起在月光的抚摸下对彼此说着情话。应该说那时候我的生活是挺幸福的，可是我，却以梦想为名义生生打碎了我的生活。

我那时是我们村的"歌霸"，生来一副好嗓子。这绝不是自夸，大家公认的。我自己也非常喜欢唱歌。曾经我吵着闹着要买一把吉他，爸妈实在被吵得没办法了，就托人给我买了一把。我至今记得，那把吉他是木制的，弦摸起来有一股冰凉的感觉。本来他们只是买给我玩玩，也没指望我能弹出什么来，结果我在家苦练了半年，竟然自学成才。这令所有人惊讶，我自然为此自豪不已，整天背着那把吉他带着夏铃到处玩，而吉他声和歌声往往环绕着我们。夏铃是我的歌迷之一，她说我的嗓子有一种很特殊的能牵动人心的特质。她第一次说这句话后，我激动得整宿未眠。

因为没吃过什么苦，就以为世界没那么苦；因为从未经历过大的挫折，便以为成功不过如此，就像我轻易地用歌声赢得大家的青睐一样简单。于是我便开始了自己的妄想，我开始做着我的歌王梦，希望我的声音能进入每一个人的耳中。我跟我爸妈说起了我的梦想，爸妈都笑笑，说我有出息。但我知道他们并未把这件事放心上，只是把这件事当成一个玩笑看待。我那时其实也知道这个理想对于当时的我们实在夸张得离谱，但我却偏偏相信自己能成功，相信我总有一天能唱歌给全中国乃至全世界的人听。我把我的梦想告诉了夏铃，夏铃听完就笑了，说我实在太夸张了。我有点生气地问她，你不相信我？她一边笑一边说，不是，你唱歌真的很好听，但是这个，太夸张了吧？

没有人相信我可以登上顶峰，大家都觉得这是天方夜谭。可这不仅不能熄灭我的想法，反而激起了我的好胜心。我觉得我应该告诉他们我是具备这个能力的。那时候我和夏铃的婚期已经商定好了，半年后结婚。这让我很恐慌，我不希望自己以后和村里的那些结了婚的人一样，就这么往看得到头的日子里奔。我觉得趁现在还年轻，应该赶快把我的梦想实现。

就这样，我带着光荣的使命感做出了我人生中最愚蠢的一个决定，也就是这个决定彻底毁了我的一生。晚上我偷掉了爸妈的数十年扣牙缝省下的钱，放钱的地方是我爸一次喝醉了的时候告诉我的。我带着那些钱踏上了火车。我心里是很不安的，毕竟手里握着的是父母的血汗钱。但是我安慰自己，说等我以后挣大钱会连本带息还给他们——当然这只是我当初的臆想，八字都没半撇的事却被我拿来给自己开脱罪责。现在想来实在是可笑。

　　就这样，我自信满满地进了城，试图找一份酒吧驻唱的工作。可是就在第一天，我不但工作没找到，还把行李弄丢了，那里面不仅有我的一些衣服和生活用品，还有大量的现金。我一下子就蒙了，随身携带的只有很少的现金，最多只够我用一个星期。加上这一天找工作频频失利，我不自禁想到了干脆就这么回家吧，城里的生活也许的确不适合我。可是我立马掐灭了我的想法。我想起了我当时信誓旦旦的承诺，一种冰凉的气息瞬间打破了我的犹豫。没错，我绝对不能就这么回去，我至少要把那些弄丢的钱挣回来，否则我有什么脸面去见父母和夏铃。我加快了找工作的进度，因为在那些钱用完之前我必须找到一个可以谋生的手段。可是天不遂人意，没有酒吧愿意接纳我，有的甚至看我穿得太土直接拒绝我进入。几天之后，眼看着兜里的钱渐渐空了，我愈发着急，同时也陷入了更深的迷茫中。我不明白，为什么当时我在村里唱歌那么受欢迎，到了城里，却连一个容身之地都找不到。

　　我无从抒发心里的愤懑。晚上没事的时候我靠在墙上，面对着这座城市里的黑暗，还有那些点燃黑暗的密密麻麻的灯光。真美啊，那些在黑夜里闪烁的光，那些迟早会被黑夜吞噬的光。每到这时候，我的手就开始情不自禁地拨弄着我的宝贝吉他，钢弦里跳动出的音符抚摸着我的耳朵，我开始唱歌。我深深地闭眼，动情地唱着每一句，我感觉我的心已经融化在我的歌声里了。

　　一曲唱毕，我缓缓睁开眼睛，发现不知不觉就有很多人围在旁边。他们开始"啪啪啪"地鼓掌，其中有一个大概七八岁的小女孩对我竖起了大拇指："叔叔唱得真好听。"

我开心地笑了，即使被人叫"叔叔"。我用力鞠了一躬："谢谢大家。"

我的自信被重新点燃了，我没有放弃我的音乐梦。但是自信有的时候的确会一文不值，第二天找工作依然接连碰壁。就在我仅存的信心又要被磨灭的时候，我听见了歌声。

我回头望去。一群和我年纪差不多大的男孩在弹着吉他唱着歌，他们唱得很好听，至少不会比我差。他们动情地唱着，身体随着音乐的节奏不停摇摆。他们面前有一个小碗，路过的行人有时会投下几枚硬币到碗里。

我想到了一个法子。

我开始每天光顾那些人流量大的地方，我会在我的前面放一个碗，然后抱着我的吉他闭着眼睛唱歌。起初我是有点紧张的，这种方式和乞讨有点像。但我也渐渐无所谓了，我几乎什么也不管，我只是认真唱着我的歌。我不管有多少人经过时会用怪异的眼神打量我，也不管有多少人会真的把钱投到我的碗里。通常我会连续唱几个小时，直到口干舌燥实在唱不动才离开，弄点吃的喝的来填饱自己的胃，也顺便让我的嗓子好好休息一下。晚上我会在我租的全市最便宜的小房间里勉强睡上一宿，第二天继续着我的用歌声挣钱的生活。那段日子真的很辛苦，往往感觉嗓子快要冒烟了但我还在坚持，有的时候还会碰到一些小混混抢我碗里的钱。我每天只能存下为数不多的一点钱，我把那点钱存起来，幻想着这些钱能积少成多，将来能带回去给我的父母花。我每天都在为这个幻想努力，即使再辛苦都心甘情愿。我在一片碧空下顶着烈日歌唱我的梦，我在刮风的雨天迎着寒意诉说我的梦。闹市里，学校边，公园中，各大商场周围，我的歌声游遍了整个城市。

后来，终于有人看中了我，并邀请我去当他们酒吧里的驻唱。我二话没说就答应了。在酒吧里唱歌比在外面唱歌轻松得多，挣的钱也多得多。起初我并不太适应那里的环境，霓虹灯光炫得刺眼，里面大多是一看就知道不正经的人。我渐渐地也习惯了那里的环境，也知道了那些男男女女相互举杯之后可能发生的故事，知道了那些眼神流转中可能隐藏的秘密。但我始终没有加入他们的阵营，我只是来唱歌挣钱的，我知道自己现在该做什么。

　　一年半之后，我有了点积蓄。我向老板请假要求回家看望父母，老板爽快地答应了。于是我穿上最潮的衣服，带上一些城里的东西，当然还有一些钱。我想象着家里人来迎接我时的惊喜，还有夏铃看到我时的一点点崇拜。可是想着想着我感到一股莫名的心酸，是啊，已经差不多有两年没有看见爸妈和夏铃了，也不知道他们现在怎么样了。他们应该很想我吧？我也想你们，我的亲人们。

　　我的悲剧，就这样拉开了帷幕。

　　后面的事情我真的不想细说，每次想到那些事我都会心碎不已。我回家的时候正值冬季，寒风刮在脸上，让人有生疼的感觉。我到家才知道父亲已经离开了人世，母亲对我又爱又恨。在家里她不停地让我滚，表情扭曲得不成样子。就在我觉得这个家已经容不下我了，转身准备走的时候，母亲一把从背后抱住我。她一边哭一边用力地环住我，眼泪渗入了我的衣服。

　　"别走，儿子求你别走。"我至今记得母亲在剧烈的哽咽声中挤出来的话，　"你好不容易能回来陪我了，你要是又走了，我该怎么办啊？"

　　我用力闭上眼睛，一动不动。

　　母亲对我说，他们发现我还有那些积蓄不见了，都急疯了，以为我被什么人骗走了。他们在村子里到处找我。后来还是夏铃跟父亲说，我很可能自己一个人进了城，然后复述了我对她说的话。父亲当场就骂夏铃为什么不劝导我，甩手给了夏铃一巴掌。夏铃爸爸生气了，对着我爸推推搡搡，结果两个人就这么扭打起来。打着打着，我爸估计是太生气了，血压高了，中风倒地，然后一病不起，不久便离开了人世。

　　然后我和母亲一起去看望了父亲。白色的墓碑里镶了一张黑白照片，那是我父亲的遗照。我和母亲并肩跪下。母亲的眼泪流了下来："老头子，你儿子来看你了。"她一边叫唤着一边给父亲烧纸，火焰在寒风的扑击下显得柔弱无骨，在那些纸上流淌而过，将纸涂成了墨黑色。风卷动着浓烟在我的眼前弥漫开。不知道是不是因为那些烟太呛人了，我的眼睛立刻潮湿一片。我弯下腰，狠狠地磕了三个响头。

　　后来，我找了夏铃。夏铃看到我时并没有因为我的穿着而惊讶，她只是对我温柔地笑笑："你回来了。"而恰恰是这份温柔，让我感到了一种疏远。我说："对不起。"夏铃依然只是微笑："你为什么要对我说对不起，这份对不起难道不应该留给你的家人？"我听出了一丝嘲讽，但我没有怪她，这的确是我的错："我知道你说的，我已经向爸妈道过歉了，但我觉得我还应该要向你道歉。"夏铃重重地叹了口气："宇英，其实你追求你的理想并没有错。但是你到底有没有考虑过其他人？你就那么一走了之，未免也太自私了吧？"

　　于是我知道，继父亲之后，我又失去了夏铃。夏铃走的时候那种眼神让我无地自容。我呆呆地站在原地，往事仿佛飞雪一样在脑海里盘旋。我想起了曾经我和父母在一起的日子，想起了他们对我的嘘寒问暖，想起了母亲那年轻的、总是堆满笑容的脸颊，想起了父亲那每次生气都会皱紧的山字眉，还有背地里对我的一切关心。然后，我想起了那片金灿灿的稻田，那澄澈如洗的蓝天，那被绿荫层层掩映的草坪。我和夏铃曾一起手牵手走过悠远绵长的时光，而那些时光已经被我亲手斩断。

　　我终于跪在地上，眼泪喷涌而出。

　　我倍感羞愧，我害死了父亲，送走了夏铃。我每次看到母亲憔悴的脸都会有一种无法言喻的悲哀，因为我，就是因为我，妈妈才会变得这么老。

　　不久，我又害死了母亲。

　　那一次我陪母亲在乱逛，不知不觉逛到了一条马路边，因为那里车子很少，所以司机们都开得飞快。母亲估计是被什么触动了，开始讲起了以前父亲在的时候的事情。我在旁边听着心里仿佛刀绞一样。说着说着母亲就哭了，哽咽声仿佛针一样刺耳。我慌乱地安慰母亲，说，没事的，没事的。说实话，这话从我嘴里说出来，我真的浑身不是滋味，我恨不得找个地缝钻进去。这时我听到了风声，我回头望去，一辆轿车呼啸而过，仿佛闪电一样。没错，闪电，那是我的梦想，能变得像闪电一样夺目。我突然笑了，我轻轻摸着母亲的头："妈，我走了，我要去看爸爸了，你保重。"

又是一辆车高速驶来，我猛然放开母亲，冲到马路中央，张开双臂。这时我听到了刺耳的刹车声，车辆在我眼前无限放大。我就要变成闪电了，我想。

可是一股巨力将我推开，我最终没有变成闪电。随着"嘭"的一声响，我看见母亲那苍老的身躯被那辆车狠狠地撞飞，像是被人扔出去的球。母亲狠狠地摔在地上，身体痉挛了一会儿，血液泛着泡沫从嘴角渗出，然后她僵硬地躺在地上，眼神空洞地望着蓝天。

我错过了父亲的丧礼，迎来了母亲的丧礼。那一天纸片如雪，纷纷扬扬地在头飘着，乐队奏出让人烦躁的曲子，来来往往的人们像是影子一样飘忽不定。

我还记得夏铃那天在医院很生气地嘲讽我："王宇英，你怎么能够那么自私？你以为你死了就能逃掉这一切吗？你死了你妈怎么办啊？你怎么那么没有责任心呢？你到底是不是男人啊？"

我承认我不是人，我是个彻头彻尾的混蛋，我自私并且毫无责任心，借用了理想的名义伤害了所有爱我的人。我无法原谅自己，我砸碎了我的吉他，开始了我的漂泊生活。我不愿意再死了，这条命是我妈救的，我想我无论如何都得留住这条命。但我绝对不允许自己像普通人一样活着，一个杀人魔是不配的。我成了乞丐，游荡在各个城市之间，靠着一只碗来勉强度日。我知道我在别人面前没有尊严，我也不需要什么尊严。最爱我的那几个人已经彻底离我而去了，尊严于我

第十三章

又有什么意义？我接受了别人的鄙视，习惯了自己日渐麻木的心和逐渐对饥饿寒冷麻痹的身体。我成了彻头彻尾的行尸走肉，爬行在别人脚踩过的冰冷的水泥地上。我对一切无所谓，无论发生什么事我都能淡然对待。一个等死的人不需要关心太多，只需要看着太阳升起来又落下去就够了。

就这样，时间过去了二十多年。我以为我会一直这么过下去的，可是我碰到了叶平。他让我重新知道，还是有人爱着我的，即使我的父母被我害死了，夏铃离我而去了。你能想象一个老师会丝毫不介意一个乞丐的无能和脏乱，并且居然能对一个乞丐的行为表示理解，甚至叫一个乞丐"哲人"吗？但是他做到了，他握住我的手的时候你能体会我的感觉吗？那种在四肢百骸流淌的、仿佛涓涓细流却又浩浩荡荡的感动。他那纯洁的、干净的眼睛让我感觉看到他像是看到了天使。天啊，上天终于派人救我了。有那么一瞬，我是这么想的。我想保护他，我真的想保护他，保护他不被外面的糟糕思想所污染，保护他不被那些罪恶所染指。叶平就这样成了我余生的意义。

可是他的学生是个糟糕的混蛋，他和当时的我非常像，但他远比我厉害得多。他说的每一句话都直刺人的心窝，就像是一把尖利的针狠狠地挑开人心里埋藏的一些不愿提起的事。我无法想象叶老师居然会有这样的学生。叶老师说他成绩不错，可是我清楚地知道，他成绩再好也没有用，如果他继续这样下去，最终他将抵达寂寥无人的悬崖，体验我所经历过的悲哀。开始我也只是同情他，并不恨他，但是他最后的话毁掉了我。"我就是讨厌你们这种破罐子破摔还要给自己找借口的人。你也真是可笑，废物就是废物，无法挽回自己的过错还硬要说自己是在赎罪。你也真好意思说出来。"

然后我便猛然惊醒了。原来所谓二十年的赎罪只不过是个玩笑。那二十年我纯粹是在糟蹋自己的生命，用"无法原谅自己"的幌子来宽恕我的自暴自弃。而被人撕开伤疤的愤怒让我无法控制自己的情绪。我勒住他的脖子，可是他漂亮地给了我一脚。"就凭你这个废物，就算对我再怎么生气，终究也只能忍着。"他依然在嘲讽我。我轻声问他，平时你是不是这么对叶老师的？他轻蔑一笑，然后我就知道，我可能要把自己献祭出去了。

他潇洒地走了，我颓然靠在墙上。我明白我已经不可能再允许自己这么自暴自弃了，那个学生的话彻底击溃了我给自己设下的谎言。但一个将近五十的人，无亲无故，乞讨了二十多年，又有什么能力在这个城市自食其力呢？我知道我完了，一个不允许自己自暴自弃却只能自暴自弃的人是没有活路的。我想到了杀人，没错，杀人。我得保护叶老师，叶老师和那样的学生待在一起一定会受到影响，那学生迟早也会毁了自己，倒不如来个干脆的，杀了那学生，这样还能救下叶老师。反正我也不是没杀过人，我的父母就是被我害死的，再杀一个人也无所谓。

于是我抱着这样的想法从路边的小贩手里买下一把水果刀。小贩看到我要买水果刀，当然不愿意给我。我也能理解，一个乞丐要刀子绝对不会有什么好事。于是我扔下钱硬抢了一把，然后迅速跑开了。那把水果刀确实锋利，冰冷的光泽在刀刃处流淌。我在这光泽中看见了自己，那个沧桑的、滑稽的、不堪入眼的自己。"爸爸，妈妈，"我轻声说，"你们想我吗？别急，我马上要过来看你们了。"

大雨滂沱之夜，硕大的雨珠带着寒意从天而降，我站在小巷口，埋伏在一旁，准备在那学生靠近时趁其不备控制他。我承认我是非常紧张的，我的双腿在剧烈地颤抖着，手里的刀子也在左右震荡。我抬头看着这漫天的雨，也许这是最后一次了呢，我想。

他终于来了。可是他的样子和我想的不一样。他缓缓地挪动着步子，手里没伞，任凭大雨将他从头浇到底。他的样子极其狼狈，步子一摇一晃，像是个精神病人。我本来想上去就给他一刀的，可是我改了主意，我想知道他到底经历了什么，到底是什么让他如此崩溃。

我猛然向前，将他抵到墙上，用刀子锁住他的喉咙。他起初被刀子吓住了，惊恐地问我要干什么。可是到了后来他居然请求我杀了他。

他慢慢瘫了下来，在地上虬结成了一团。"我真的，我真的不想活下去了，你们说的都对，我虚伪我自私我是畜生。求你了，杀了我吧，我真的没有必要再活下去了。我伤害了那么多人。他们都在包容我，可是我却还自以为了不起，变本加厉地骂他们没用。我真的没法原谅自己了，求你了，杀了我吧，让我解脱吧。"

然后我就知道了他到底经历了什么，我清楚地知道那种感觉，毕竟我也曾经伤害过那么多爱我的人。同情开始在我心里升起。我突然疼爱起他了，他和我当时是那么相像，都是打着某个自欺欺人的幌子肆无忌惮地伤害爱自己的人。我突然觉得我该救救他，就当是救救当初的自己。

我笑了，我抚摸着这个可怜的孩子的脸颊，慢慢地对他说了一些以后可能对他有好处的话。然后我觉得也许自己已经没有什么作用了。这孩子已经知道错了，对叶老师也没有多大影响了。但是我又觉得有点不甘心，这孩子活生生地把我毁了，我总得报复一下吧。

最后，那把刀子被我的身体接纳了。刀刃破体的时候我觉得有种畅快淋漓的感觉。我听见了刀锋带起的风声，听见了血流涌动的潮声。再然后，我看见了我的故乡，看见了母亲温柔的笑靥，父亲那厚重的山字眉，还有我和夏铃踏过的草坪。最后的最后，我看见了宇宙。

再见了。

第十四章

（A）

冰冷感和虚弱感牢牢锁住了叶永的身体。叶永用力抬起头，外面早已大亮，阳光映在对面的楼房上，金黄色的光晕柔软如轻纱。叶永精神猛然一振，他意识到现在很可能迟到了，他慌忙跳起来，头部立刻传来阵阵眩晕，软绵绵的感觉像是流水一样蔓延开来。闹钟显示八点整。该死。叶永在心里暗骂道。第一节课已经开始了，他得赶快到学校去听课。他摸摸自己身上的衣服，不行，得洗个澡换身衣服。他一边这么想着，一边麻利地脱掉全身衣服跳进澡盆。热水从淋浴喷头倾泻下来，冰凉的肢体这才有了暖意。也就在这个时候，他想起了昨天的事情，全身猛然一凛。他清晰地记得昨晚的瓢泼大雨，还有那锋利的刀子，乞丐临死前轻蔑的一笑，融化在雨水中的鲜血。他记得，他全都记得，连那冒犯鼻尖的血腥味他都记忆犹新。他颤抖起来，呼吸变得越来越急促。热水依然在不停地冲刷着身体，将它从一夜的冰冷中解放出来。"没关系的。"他轻声安慰自己，"他是自杀的，和我没关系，真的和我没关系。"他从来不相信鬼神的存在，可是他现在觉得有某双眼睛在看着自己。他慌忙环顾四周，身旁只有略微泛黄的墙面，墙面上一道微小的、锋利的弧刻开了墙壁。平时这道裂痕绝大多数情况下都会被叶永忽视，而今天这道伤口在叶永眼里格外刺眼。不会是那个人刻下的吧？叶永的脑海里竟然出现这样滑稽的想法。他使劲甩甩头，强迫自己不要再想那件事。

第十四章

关上喷头，擦干身体，穿好衣服。幸好外婆恰好在外面有事，否则看到昨天他那样子就完了，叶永心想。他用力挺起胸膛，试图让自己打起精神，可虚弱的感觉像是黏在身体里一样。他轻轻扶额，额头的温度让他轻轻一笑：难怪感觉浑身没力气，原来发烧了啊。他打了喷嚏，紧接着鼻子开始堵了起来，鼻涕滑出来。他随手抹了一下，踏出家门。

他向着昨晚那条小巷走去。他心里是忐忑的，但他想知道乞丐到底怎么样了。应该不会死吧，人命哪有那么简单就没了，叶永心想着。老远他就看到了一群人围在巷口。他把脚步放慢，尽量若无其事地往巷口走去。他在最外围看到了一条黄线，黄线外站满了好奇的路人，而黄线里一群警察在围着什么讨论。"怎么了？"叶永问前面的大妈，"怎么那么多人围在这里？"

"哎哟，惨哦。"大妈摇了摇头，"一个乞丐用刀子把自己刺死了，血流了一地，警察正在查。"她一边说一边叹气，"你说好好的人命就这么没了，唉。"

"他不死活着也没多大意义。"旁边一个略胖的大叔用毋庸置疑的口气说，"一个乞丐的命就是等死的命，早死晚死有什么不同。他自己估计这么活着确实没劲，所以才对自己下狠手。"

"也对。"大妈眉飞色舞起来，"我回头得把这事告诉我家孩子，告诉他不好好读书就是这个下场。你可知道我家小孩哦，那真是一个烦，没半点让我省心的地方。你知道最近一次考试吧，数学居然没考到一百分，真是气死人了……"

叶永没有再听下去，他默默离开了人群。汽车的鸣笛声尖锐地响着。他长长呼了一口气，又想起了昨晚那场大雨。他靠在墙上，手指轻轻抚摸着墙壁上那些长年累月积累下的伤口。"对不起。"他轻声说，"我错了，你能原谅我吗？"

到班上的时候语文老师正在上课。看到叶永的时候语文老师明显惊讶了一下："叶永，你怎么迟到了？"

"抱歉，昨晚熬夜了，早上闹钟没听到，下次我会注意。"叶永礼貌地说。

"好，进来吧，高一最好不要熬夜，对身体不好。"语文老师挥手示意叶永就座。

"谢谢。"叶永微微鞠躬，然后径直走到座位上。张阳直直地看着黑板做着笔记，看都没看叶永，这让叶永感到有点苦涩。他放下书包坐下来，拿出语文书，开始听课。

困倦感很快像潮水般覆盖了自己的意志，叶永狠狠摇头，强迫自己清醒过来。他摸了摸自己的额头，头还在发烫。真要命，该不会怨鬼缠身了吧。他本来是想跟自己开个玩笑，可是后果却让他吓了一跳，昨晚血淋淋的场面又在眼前浮现，那把锋利的刀子在雨天闪着寒光，血液在水泊中蛇一样蔓延。叶永狠狠咬住自己的嘴唇，强迫自己不要再想这件事，要好好听课。

他就这么度过了今天的第一节课。

下午上英语课他居然睡着了。那节课英语老师本来在读着文章，叶永正努力地听着英语老师的每一个发音，而困意就在这个时候彻底扑了过来。叶永的眼皮在不停地打架，头部不自觉地慢慢低下。就在头部要触及桌面的一瞬，叶永又立刻抬起头来。如此两到三次，英语老师的发音渐渐模糊成了一种奇特的语言，仿佛催眠曲一样润滑着他的耳朵。叶永的眼睛眯成了一条缝，阳光从窗外渗过窗户，在黑板上打下一块暖黄色的光斑，叶永就在自己眼皮的缝隙中看着这光斑。真温暖啊，要是这光能打在自己身上多好啊。叶永轻轻笑笑，合上了眼睛。

他做了一个梦，梦里他被关在一个冰块凝结成的房间里，寒气将房间塞得满满的。叶永觉得冷，好冷。那种寒冷死死地刺进肌肉里、心脏里、大脑中。他透过冰墙凝望着外面的一切，阳光在外面铺开一层黄色的毯子，在某些地方折射出炫目的光点。叶永的手抚摸着冰墙，他不怕冰块的冷，可能是因为他已经冷得麻木了。他想到外面去，去好好体会那温暖的阳光。他用力打出一拳，很疼，但冰墙立刻出现一条深深的裂缝，估计再打几拳就可以把这面墙打碎。可是叶永的手停在那道裂缝上，并没有挥出第二拳。然后，他看见了往事，就在冰墙外面，仅仅一墙之隔。母亲那歇斯底里的嘶吼，苍白的病房在后面轻轻叹息；方园那满脸鄙夷的嘲讽，黑夜像是插在她背后的蝙蝠翼；张阳那面无表情的冷漠，就那么轻易让曾经的关系冷冻成了冰块；还有叶平那温柔纯洁的笑容和他女朋友嘴角堆积的冷笑。血红色渐渐在冰墙蔓延开来，迅速覆盖了整面墙。最后，那面冰墙破碎了，鲜血倾斜而入，乞丐在汹涌的血流中冲出，手里的刀刃闪动着冰冷的光泽。乞丐满脸狞笑，刀子迅猛地落下，狠狠地刺向叶永。

"不要!"叶永猛然惊醒。他迅速抬起头，急促地呼吸着，胸膛剧烈地一起一伏。周围的同学先是惊讶地望着他，然后发出一阵阵窃笑声。"不要!""不要!"同学们模仿起叶永来，声音此起彼伏。英语课已经结束了，站在讲台上的是物理老师。他无奈地笑笑："上课睡觉都做了噩梦啊，你们班人真有才。"班里人像是得到了允许一样，更加肆无忌惮地大笑起来。

叶永还没从噩梦中缓过神来，胸膛还在起伏。张阳轻轻扫了他一眼，继续看着黑板。方园一直盯着叶永，睫毛轻柔地垂下。

低烧依然在持续，这几天叶永都不敢在晚上熬夜了，白天上课他都是在用自己的意志和困意做斗争。低烧让叶永浑身乏力，精神状态极度低下。但叶永一直在挺，没有再在上课的时候睡一次觉，即使他好几次都在极限的困意旁徘徊。晚上睡觉的时候叶永会害怕，那些鲜血仿佛抹不干净，总是在夜深人静的时候咬噬着叶永摇摇欲坠的心。叶永会害怕，他紧紧地抱着枕头，像个小女孩儿一样本能地通过抱紧什么来获得安全感。外婆已经睡着了，轻微的鼾声在房间里微微震响。这鼾声像是一双手在温柔地抚摸着叶永，叶永会认真地听着鼾声一起一伏，然后慢慢入睡。但是他总是梦见那天晚上的大雨，锋利的刀刃染满了鲜血，随后被冲刷干净。他一次一次地梦见自己在大雨中顶着满世界的黑暗，血液在眼前狂乱地盛开，乞丐狰狞的脸庞在夸张地扭曲着。每次醒来他都是一身冷汗，轻轻摸头，低烧仍然在持续。

他就这么开始了最艰难的一仗，他的意识在和身体对抗，他的意志在和那晚的记忆对抗，他的灵魂在和如影随形的孤独对抗。他现在在学校里无依无靠，就连叶平他都无法尽信，杨欣的话让叶永不敢再把叶平当作自己人。其实这和他自己本身也有关系，他打心里就不相信世上会有像叶平那么好的人。他开始想着叶平会如何如何两面三刀，一边对着他微笑一边在背后嘲笑他。他一边难过一边想着叶平在背后骂自己时的刻毒。——这当然是愚蠢的捕风捉影，但聪明的叶永还是难以自制，任凭自己在不必要的悲伤中再次滑落。

周末他去了精神病院，他想妈妈了。现在妈妈对于他而言就像是大沼泽里的一棵枯黄的芦苇，即使她自己也是摇摇欲坠，但这是他所剩不多的可以抓住的东西了。他在医院外的草丛中走着，荒草在脚下纷纷匍匐。望着眼前的白得瘆人的大楼，他突然有点忐忑。他害怕母亲会像上次那样对着他大喊大叫，这总是让他感到凄凉。他到现在还记得那次看望母亲的每一个细节，甚至连母亲的嗓音是在什么地方嘶哑起来他都记忆犹新。

他还是踏进了医院，刺鼻的药味立刻弥漫开来。他拾级而上，每一次落脚都能踩出轻微的回声。进病房的时候母亲还在睡觉。他无声息地走过去，慢慢蹲下来，静静地看着母亲的脸庞。他认真地细数着母亲的每一道皱纹、每一根银丝，这些岁月留下的痕迹让叶永倍感心疼。他伸出手，小心翼翼地轻抚母亲的脸颊，手指在脸颊上慢慢滑过。就在这时，他的头突然剧烈地疼了一下，手不受控制，按在了母亲脸上。

他迅速回过神来，手条件反射似的收回，可是母亲已经醒了。母亲略微回过头，看到了他。她立刻爬了起来，双手伸向叶永，托住了叶永的脸颊。"小永，小永。"她的声音里带着一种像是在沙漠里看到湖泊的惊喜，"你来了，你来了。好，好。"

叶永呆呆地看着母亲。母亲的手在颤抖，她瞳孔里的那种说不清的光芒触动了叶永。叶永的嘴唇先是轻轻抽动了一下，然后轻声说："妈妈。"

母亲扑过来想要抱住叶永，却不记得她自己还在床上。她的身体失去支撑，掉了下来。叶永连忙伸手抱住母亲，突然的用力让叶永再一次感到眩晕。母亲猛然抱住叶永。"别走，小永，就在这陪着我，求你别走，我好想你，我真的好想你。"母亲的眼泪像是泄堤的洪水，双手不停地抚摸着叶永的背。叶永突然笑了，他笑得是那么开心，眼泪涌上了他的双眼，但他努力克制不让眼泪流下来。对啊，其实无论到了什么样的地步，还是会有人在乎他关心他的。那些伤害他的人，方园，叶平，张阳，你们，都去死吧。

他温柔地拂去了母亲脸上的泪水，深情地看着母亲已经被苍老爬满的脸。"妈，我不走，我不会走的，这世界现在就剩我们两个人相依为命了，我怎么可能走呢？"

然后他将头狠狠地埋进母亲的怀里，号啕大哭起来。母亲反而手足无措起来，只能依照本能在叶永背上拍打着："小永乖，小永不哭，乖啊，不哭哦。"

"妈妈，现在全世界都是我们的敌人。"叶永一边哽咽一边断断续续地说，"不过别怕，无论到什么时候，我都会陪在你身边，我绝对不允许别人像伤害我一样伤害你。"

他松开了母亲，抹去了自己脸上的泪水。他缓缓站了起来。母亲愣住了，呆呆地抬头看着叶永。叶永微笑着，伸出一只手。母亲想了一会儿，将自己的手覆在叶永手心里。

"妈，相信我，总有一天，我会救你出去。"叶永一字一顿地说，表情凝重得像块铁。

离开医院，阳光在身上洒下。叶永鼻子里残留着鼻涕。他从口袋里摸出餐巾纸，用力擤了擤鼻涕，却擤出满纸狰狞的血。

（B）

叶平有点生气了，他想起那段时间他被杨欣的说说弄得焦头烂额，而这居然只是杨欣给他布的一个圈套。他觉得自己被人耍了，而且耍他的人还是他最爱的人。即使他明白杨欣这么做完全是为了他们的爱情，但他还是觉得心里堵得慌。杨欣给他一种捉摸不透的感觉。她居然能在那件事情上计划得那么缜密，自己完全没有发现这根本是个圈套，那么她是否还在别的事情上瞒着他呢？这个想法吓了叶平一跳。杨欣那么聪明，她想瞒住叶平什么事情是完全可以做到的。那么杨欣到底还有多少事情在瞒着他呢？

叶平有点烦躁了，杨欣的面目在他脑海里变得可恨起来。杨欣经常去酒吧，然后她还说酒吧很脏，那么她到底在酒吧经历过什么，她为什么说酒吧很脏？还有大学时的风言风语，当时他并没有在意，可是现在追究起来，无风不起浪，杨欣到底又在背地里做了什么？叶平越想越恐慌。他现在很想立刻打电话给杨欣，让杨欣给他解释一下，可是手机举到了耳边他又放了下去。他还是觉得应该相信杨欣，毕竟杨欣为他付出的并不少，因为这些陈年往事责怪杨欣实在是有点说不过去，更何况他自己也只是猜测。

其实那天他本想问得再详细一点的，至少再问一下那段时间杨欣的具体情况，父亲突然开门让他取消了这个打算，他不想让父亲知道这些乱七八糟的事情。父亲是很开心的，眉飞色舞地和叶平说着母亲是如何迅速将公司转让的——他其实说得乱七八糟，毕竟他对这方面的事情也不懂，只能说出个大概。叶平的注意力也转移到母亲马上就要回来的事情上。

"你妈现在应该在候机了，到时候她会先坐飞机，再坐火车到咱永平来。"父亲认真地规划，"回头我看看你妈什么时候到，到时候咱父子俩去接她，好不好？"

"行。"叶平点头，"我都听你的。我盼这天也盼了很久了。"

"嗯，你马上就要见到你妈了。"父亲拍拍叶平的肩，"高兴不？"

"当然了。"

"那好。"父亲宽厚地笑着，"到时候一定要给你妈一个惊喜。"

父亲走后叶平又拿起了手机，他想再给那同学打一个电话仔细问问，但他最终放手了。话问到这里就已经没有问下去的必要了，那同学出于好心也不会跟他说太多杨欣的事情。母亲要回来的事情也着实让他激动了一把，他非常想看一下母亲到底是什么样子，是不是像父亲说的一样漂亮。他望向头上的灯，灯管正努力地放出不会停息的光。他对着灯管笑了笑，眼前浮现出了杨欣的笑脸。他轻轻闭上眼睛。也对，现在生活那么好，何必追究那些已经过去的事呢？

早上刚刚起床，手机就响了起来，是杨欣的短信："有空吗？想见你。"叶平觉得有点不对劲，立刻回复："怎么了？是不是出了什么事？"立刻消息又发来了："别问这么多了。我在公园那里等你，你快点吧。"这让叶平觉得更加奇怪，但还是回了一条："好的，我尽快。"

他迅速刷牙洗漱完毕，父亲也刚刚起床。"叶平，今天想吃什么？"他的声音里带着快活的气息。

"不了，爸，今早有急事，你一个人吃吧，我在外面买点吃的就行。"叶平飞快地回答，迅速穿上裤子。

"什么事啊，那么急？"父亲关心地问。

"不说了，一时半会儿说不清楚，人家在等我，我得赶快去。"叶平一边说一边穿上鞋。

"那好，你快去吧，别让人家等急了。"父亲说。

"嗯，知道了。"叶平打开门。

上公交的时候车里已经没有位置坐了，叶平一只手抓住吊环，一只手拿着手机。杨欣一直没有回复，这让叶平有种不好的预感。他开始试探着给杨欣发一些无关痛痒的消息，短信一条一条地发出去："今天感觉比昨天冷好多啊。""你信息发给我的时候我还在床上，起床的时候真是冷死了。"但是杨欣始终没有回复。叶平等了一会儿，觉得索然无味，关上手机放进上衣口袋。

下车的时候他远远地就看见了杨欣。她亭亭玉立地站在公园门口，黑色的连衣裙随风摇摆，绽放成了狂怒的罂粟。她的长发在不停地起伏，几缕发丝在额前舞动着。他快步走向杨欣，走到近处他看清了杨欣的表情。杨欣的脸色看起来不是很好，像是有什么心事。

"怎么了?"叶平问，"什么事情弄得这么紧张? 我早饭都是在路上吃的。"

杨欣略微抬起头，嘴唇嗫嚅了一会儿，最终伸手牵住叶平。她嘴角缓缓上扬，一个笑容慢慢绽开:"陪我逛逛? 想你了。"

"你是不是出了什么事?"叶平连忙握住杨欣的肩膀，仔细地盯着杨欣，"你今天感觉有点不正常啊，有什么事就直接说。"

"陪我逛逛吧，好吗?"杨欣低下头，避开了叶平的目光。

就在这时叶平感到杨欣的手在颤抖，他看向杨欣的手，杨欣却立刻把手收了回去。她自顾自走向公园，叶平迟疑了一会儿，跟了上去。他们并肩走在一起，一路上都没有说话。叶平时不时用余光打量着杨欣，杨欣一直在看着前面，目光直直地投向远方。沉默围绕在他们身边，就在叶平准备打破沉默的时候，杨欣停住了。她扭过身去，面朝被日光映得翠绿的湖面。

"叶平，你说过只要我们相爱，你就能原谅我曾经犯下的一切过错，并能与我继续维持这段感情，对吗?"杨欣轻声问。

"对啊，怎么了?"叶平紧张起来。

"可是为什么，"杨欣低下头，"问什么你会打电话给他呢?"

叶平知道是怎么回事了，他的朋友已经把事情告诉了杨欣。"他和你说了?"

"回答我的问题，为什么? 你在害怕什么呢? 害怕我不爱你，还是害怕别的?"杨欣转过身，认真地凝视着叶平。

第十四章

叶平有点慌乱了。杨欣一定是觉得她失去自己的信任了，他这么想着。杨欣的眼睛里像是凝结了什么东西。这种画面他太熟悉了，以前上大学的时候杨欣经常露出这副表情，仿佛脸上笼罩了一层薄薄的、一触即破的冰。"我只是有点好奇，真的。"叶平苍白地解释着，"我没有不相信你的意思，你要相信我。"

"那你好奇什么呢？好奇我做了什么对不起你的事情，好奇我是不是骗了你？"杨欣低声说。

叶平不知道该怎么解释了，他选择沉默。

"叶平，分手吧，我们不合适。不，我们曾经有机会合适，但现在不合适了。"杨欣叹了口气，重新转过身望向湖面。

叶平的脑袋像是被什么东西敲了一下。他快步走到杨欣前面："为什么，你怎么说分手就分手？我承认我昨天的确做错了，可是，分手？就因为这事？"

杨欣后退了一步，摇了摇头："叶平，真的，我们现在真的不合适了，我做过太多太多对不起你的事，我没有办法。原谅我，好吗？"

"你说分手可以，你得先告诉我，我到底做错了什么，你说出来我可以改啊！"

"不，叶平，你没有错，你是世界上最善良的人。"眼泪从杨欣的眼角滑出，"错的是我，我对不起你，我没有办法直视我的良心。我瞒了你很多事，你现在之所以说能原谅我是因为你根本不知道我做得有多么过分。"

"什么乱七八糟的！"叶平焦躁起来，"我们不是相爱吗？既然我们相爱又何必在乎以前的事呢？以前的事过去就当过去不就好了？"

"哪怕我卖淫？"杨欣说。

叶平愣住了。

"我卖过淫，从十八岁开始就卖了。"杨欣惨淡地笑笑，"你看，你还是原谅不了我吧。我还做过更过分的事情，只是一直没跟你说。你现在还觉得能原谅我吗？"

叶平的脑海乱成了一团。不，怎么会这样？杨欣，她，卖过淫？怎么可能？他们一起经历过四年啊，为什么他一点都不知道？然后他突然想起了酒吧的事情，他明白杨欣到底在酒吧里干了些什么。他感到他被骗了，而骗他的人就是眼前楚楚可怜的女人。

"叶平，我们真的已经不合适了。本来我觉得也许能瞒住，如果你不想查的话。但是如果你真的很在乎我的曾经，你迟早会查出来所有事情的。所以，还是算了吧。"

"我不明白你在说什么，"叶平说，"而且有话我们也可以说清楚，你这样是闹哪一出呢？"

"那好，我们就说清楚。"杨欣笑笑，"我问你，你能允许自己和一个妓女结婚吗？"

叶平愣了一会儿，没有回答。

"看来不能。"眼泪依然在杨欣脸上流淌，"那你能接受对你不忠心，脚踏两只船的婊子吗？"

叶平依然没有说话。

"还是不能。"杨欣继续维持着她那随时可能崩溃的笑容，"那你能接受一个总是在欺骗你的人吗？"

叶平咬住了嘴唇。

"看吧，你并不能接受我所犯下的过错，那为什么我们还要在一起呢？"杨欣抹了一把眼泪，"我原本以为相爱只是件很简单的事，可是我错了。每一次看到你我都会想起曾经做过的所有最下贱的事。叶平，你是个天使，可是天使的光有时并不能让人觉得温暖，只能让人自惭形秽。我每天都在提心吊胆，担心要是被你发现了怎么办，那时候我一定会失去你。然后，你的学生看穿了我，你怀疑我了。事到如今也没有什么办法了。我不怪你，相反我特别感谢你，真的，在这点上你一定要相信我。"

叶平不知道现在该怎么做了，他知道现在应该想办法挽留杨欣，可是杨欣刚才说了那么多他从来没有想到过的事情，这让他非常犹豫。

他不知道自己到底能不能接受这样的杨欣。原本他眼里的杨欣不是这样的，可是现在他眼里的杨欣已经完全变了样了，他，还能像以前那么爱她吗？

杨欣慢慢伸出手托住了叶平的脸："亲爱的，请允许我最后一次这么糟蹋你，最后一次了。"眼泪已经弄花了她的妆，"听着，我包了一辆车，一会儿我会上高速，在别的城市里坐火车回去。"她踮起脚，嘴唇缓缓凑近叶平。就当两人嘴唇相距咫尺时，杨欣停住了。"算了吧。"她缓缓转过身去，"再见了，祝你幸福。"

杨欣向公园外走去。叶平连忙拉住杨欣的手，杨欣回过头看了一眼叶平，叶平不知为什么又松开手。杨欣笑了笑："谢谢你。"

她终究是走了。等到杨欣彻底消失在叶平的视野中，叶平才猛然感到一阵恐慌——他和杨欣也许真的就这么分开了。他立刻迈开双腿，一路狂奔想要追上杨欣。就在离公园一两百米处，他看到了杨欣。杨欣打开车门，身后车辆不断地飞驰。她在看着叶平，而叶平的脚步却骤然停了下来。他们相互凝视，但没有人向对方跨出一步。终于，杨欣妩媚一笑，向叶平招了招手，慢慢坐进车里。车门关闭，汽车发动起来，白色的尾气从车尾冒出。杨欣走了。

叶平慢慢后退，无力地靠在路灯杆上，合上了眼睛。

叶平不知道自己该怎么做，他想发消息给杨欣，可是他每一次编辑完消息，看了又看，却把它们统统删了。如此循环几次，叶平终于叹了口气，把手机放进口袋里。

他明白自己需要时间来消化现在的事情，他要把这件事情考虑清楚后再做决定。他所应承担的责任，以后的日子到底应该按怎样的轨道来进行，这些他都要想好，鲁莽行事只能给彼此带来伤害。

他最后坐上了公车，攥紧了手机。坐在靠窗的座位上，望着窗外的风景，他突然有种想哭的感觉，他开始后悔为什么刚才不留住杨欣，就那么放任她离开自己。他开始打电话给杨欣，可那边却总是忙音。他发消息给杨欣，消息、留言发了一条又一条。就在叶平濒临绝望的时候，他收到了杨欣的消息。

"叶平，我们真的不合适。你真的能接受我所有的罪恶吗？事已至此，我们继续在一起的话，未来的生活你真的好好考虑过吗？"

叶平不再发信息了，他承认他还没想好，虽然他特别不甘心。他转头望向窗外，这时他惊讶地看见了叶永。叶永在精神病院里。透过铁栏杆，叶平清晰地看见了他仿佛没了魂魄一样地走着。

他想他明白了，叶永没有撒谎。

（C）

叶平依然密切关注着叶永，他发现叶永最近总是精神不振，甚至在他的课上睡着了。这让叶平很吃惊。他在运动会上见识过叶永的毅力，他不是那种轻易就能被睡意打败的人。把叶永叫醒的时候，他清楚地看见了叶永脸上的疲惫。他知道叶永最近一定发生过什么，他的第一个反应是上次的精神病院，难道叶永家里出了什么事？叶平心里泛起了苦涩，真是个苦命的孩子，很多东西他本来就不应该承担的，他想。

叶永的身体状况还在变坏，虚弱感仿佛沼泽一样将他越拉越深。低烧持续不退，他开始动不动就头晕；鼻子总是被塞住，擤鼻涕的时候稍微用力就会流鼻血，要费很大劲才能止血。可是叶永并不想去看医生，他认为这只是一场比较严重的感冒而已，过几天就好了，没必要那么大费周章，劳民伤财。于是他选择了硬撑，他每天都在与疲惫交战，每次上课都在强行命令自己不能睡着，而结果却往往不受他的控制，他一而再再而三地睡着。每次醒来后他就会怒骂自己为什么自我控制力这么差，连睡觉的欲望都没办法打压。

星期四的时候叶永又在叶平的课上睡着了，叶平不忍心叫他，他看到叶永睡眼惺忪的样子会感到难过。放学后班里嘈杂起来，叶永被周围同学发出的声响吵醒了，他慢慢抬起头，环视周围，然后使劲摇摇头，叶平亲眼看见叶永站起来时的艰难，那种艰难让他心酸。叶平去了一趟办公室，整理了一下东西。出校门的时候他远远地就看见了叶永。叶永在前面慢慢走着，步子让人感觉飘忽无力。叶平快步追上叶永，拍了拍叶永的肩膀。叶永回过头，鼻子里插了纸巾，红色正沿着纸巾渗出。

"你的鼻子……"叶平指着叶永鼻子上的纸巾。

"没事。刚才一不小心擤鼻涕擤得过猛了，结果就流血了。"叶永说。

"你最近是不是出了什么事？我看你最近脸色很差，生病了？"叶平关切地问。

"没出什么事，感冒而已。"叶永摇摇头，"过几天应该就好了。"

"你这样已经好几天了，"叶平说，"不用去医院吗？"

"不去。"叶永干脆地说。

"可是你这样下去感觉不太好，去医院检查一下看是不是别的问题也好啊。就当买个保险。"叶平劝道。

"不去。"叶永依然倔强地说。

"可是你的身体……"叶平还在劝说。

"你少来假惺惺的！"叶永低声吼道，"我去不去医院跟你有什么关系？你别以为我不知道你在背后是怎么说我的！你女朋友都告诉我了！"

"她？"叶平愣住了，他不知道为什么会扯上杨欣，"她告诉你什么了？"

叶永扭过头没有再说话，他不想把那天的事情告诉叶平。

叶平还在追问："叶永，你告诉老师，她到底跟你说了什么？"

"没说什么。"叶永轻声说，"老师，现在我觉得很疲惫，我不想说话，真的。"

"你到底是怎么回事？"叶平看着叶永苍白的面孔，心里乱成一

救　赎

团，"她到底跟你说了什么？"这时叶平突然想到他曾在杨欣面前说过叶永很可怜，不会是因为这件事吧，他的语气开始不那么理直气壮，"我真的没在她面前说过什么过分的话。"

"也许吧。"叶永的脚步有点趔趄，他摇晃了一下，然后稳住了身体。他使劲用手按头，迅速摇了摇头。已经被鼻血染红的纸巾被摇了下来，红色在半空中划过诡异的弧。鼻子失去了纸巾这一道屏障，鲜血不断地滴下来。叶永慌忙从口袋里掏出纸巾，一抹就是一大片血迹，再一抹又是一大片。如此几次之后，叶永把鼻尖的血迹都抹干净了，又将纸巾揉成团，塞进鼻孔里。叶平在旁边看着叶永手忙脚乱地处理鼻血，等叶永处理干净后他一把扯住叶永的肩膀。

"你跟我去医院，现在就去。"叶平厉声命令道，"别以为我没办法整你，你如果不跟我去医院我立刻打电话给曹老师让他停你的课。别以为我做不到。快点走，别拖拖拉拉的。"

叶永起初还在反抗，不多久他就明白自己无论怎么反抗都没有用。他惨淡地笑笑："叶老师，你何必呢？"

"我要对你负责，不然我对不起'老师'这个身份。"叶平猛地往前一拉，叶永被叶平拉个趔趄，"我现在不管你到底有什么想法，家里条件也好，耽误时间也罢，我告诉你没有身体你做什么都是白谈。你现在就跟我去医院查清楚到底是怎么回事。"

叶永笑笑，没有再说什么，任凭叶平把自己塞进出租车里。一路上他们都没有说话，叶平望着前面的路，时不时扭过头看一下叶永的状况。叶永一直低着头盯着自己的膝盖，他不知道该怎么形容现在的心情。其实他自己也知道他现在的身体状况很不正常，但他真的不想去医院，去医院了就代表他承认自己还是有弱点的，意志没有办法战胜身体，扛不住自己身体带来的负面效应。

他们来到了医院。医院冰冷的气息很快便笼罩了他们。医生坐在对面，仔细听了叶永的话，眉毛慢慢皱紧。叶平和叶永都因为这缓缓皱起的眉而感到不安。医生最后叹了口气："我怀疑这很可能不是感冒，建议你还是去查一下血象吧。有可能，我只是说有可能，你们要做好思想准备……"

"到底是什么情况？"叶平着急地问。

"不排除白血病的可能。"医生无奈地摇了摇头，低下头不去看他们，手里的笔快速地在病历上写着。

叶平看着叶永，叶永像是被人抽取了魂魄一样，两眼空洞，嘴巴微张，浑身不住地颤抖。上帝啊，为什么会是他呢？怎么能是他呢？叶平闭上眼睛，悲哀地想。

夕阳如血，映遍江山万里红。那一抹红光攻破了窗户的壁垒，在地上涂抹了一块狰狞的血迹。

第十五章

（A）

　　看到结果的时候叶永心里那点残存的希望也被扑灭了。虽然叶平和医生都在安慰他，说白血病现在治愈率还是很高的，有很高的概率能够痊愈，可是他们都没明白白血病对他而言到底意味着什么。他家庭状况已经糟到不能再糟，想要治病肯定要发动捐款。叶永想到以后他要在病床上接受那么多人的施舍他就感到害怕，说实话，他宁愿死也不愿意这样。可是他的死亡却不是他一个人的事。如果他死了，妈妈怎么办？外婆怎么办？妈妈该会有多想他，而外婆，天啊，他是外婆十几年的心血，就这么没了，叶永简直没法想象会发生什么样的事。

　　现在无论是死还是生对他而言都是一种煎熬。

　　他不知道自己是怎么回去的，他只记得一路上耳边是死寂的，只偶尔会有鸣笛声打破这种空旷的寂静。叶平的嘴在旁边一开一合，可叶永听不见他在说什么。夜幕降下，路灯亮起了眼睛，月亮熟练地弯曲成一个锋利的银钩。他每一步都踩在灯光上，将灯光踩成灰。而当他的脚拿开的时候，灯光死灰复燃，再次砸开了地面的黑暗。他就这么目光呆滞地走着，仿佛周遭的一切都和他毫不相关。

　　他和叶平一起回了家。是外婆开的门，她的脸上起初堆满了笑意，可是当她看见叶永仿佛失了魂一样慢慢走进房间，她脸上的笑意立刻便消失了。她回过头看着叶平，又看了看叶永，满脸疑惑的样子。

　　"您好，请问您是叶永的外婆吧，我是他的老师，我有事情想跟您说一下，请您先做好思想准备。"叶平说。

外婆马上紧张起来，她连忙摆手："老师这中间肯定有什么误会，我家小永从小到大都很乖很听话的，他不会跟您淘气的。还请您多多包涵一下。"

"不是这个。"叶平摇了摇头，叹了口气，"请问我能进来吗？"

"可以可以，您快请进。"外婆连忙从柜子里拿出一双拖鞋，"我家小永啊，真的，从小到大都特别听话，学习也好，就是有的时候可能有点倔，要是他真的犯了什么事，您一定要给他机会啊，他一定会改的。"

叶永就在这个时候想起了什么，他突然从房间里冲了出来，拦在外婆前面，手指向门外。"走。"他用力地吐出这个字。

"小永啊，你怎么能这么对你老师呢？"外婆唉声叹气，"你在学校是不是惹了什么事啊？你怎么这么不听话呢？还顶撞老师？"

"叶老师，你走吧，拜托了。"叶永对着叶平深鞠一躬，"希望你能理解。明天见。"

"什么明天见！"叶平生气起来，"你到底知不知道现在是什么情况？晚一分钟就少一分希望你怎么不知道呢？"

"滚！"叶永大吼一声，用手指着门外，手腕不停地颤抖。

外婆一把扯住叶永的肩膀："你多大了，怎么这么让人不省心？人家老师能害你吗？"

叶永没有理外婆，他继续狠狠地盯着叶平，可能是因为他太着急了，头又开始出现眩晕："这是我家，麻烦你走远点，这里不欢迎你。"

"小永！"外婆怒喝，"你怎么对老师说话的！"

叶平迟疑了一会儿，咬了咬嘴唇，妥协了。他慢慢退到门后："好的，叶永你来跟你外婆说，但有一点，这件事我会告诉曹老师，让曹老师来处理。你一定要好好的，没什么大不了的，相信医生。"

"你走啊！"叶永大喊道，声音里有种近乎哀求的味道。

"好，我走。"叶平轻轻说，"你要好好和你外婆说，这种事瞒不了太长时间，到时候要是来不及了你真的会后悔的。"

他缓缓合上门。外婆刚想替叶永解释两句，却看见叶平透过门缝对她摆了摆手。外婆不知道该怎么做了，任凭门将外面封锁。

叶永长吁了一口气，靠在墙上。外婆刚想责怪叶永，却看见叶永那苍白的面孔。她又紧张起来："小永，你是不是身体不舒服？出了什么事你要告诉外婆啊。乖啊，你说，到底出了什么事？"

叶永闭上眼睛，任凭无力感将自己支配。他瘫倒在地，眼泪终于流了下来。他缓缓地、用力地抱住了外婆的大腿："外婆，外孙对不起你，真的对不起你。我……我……我完了……我完了……"

外婆焦急地看着叶永："小永你别这样啊，有话好好说啊，出了什么事外婆替你扛着，你别害怕，外婆陪着你呢，乖，别怕。"

"我要死了，外婆，真的，我要死了。"叶永哭着说。

"你胡说什么呢？你才多大啊就死不死的，你这话外婆听着多难过啊！"外婆开始慌乱了，"你说啊，别哭，到底出了什么事你好好说清楚。你才这么年轻，什么坎儿过不去啊……"

"外婆，我……我得了……"叶永抹了把眼泪，"——我得了白血病啊！"

他清晰地听到了绝望在外婆的身体里横冲直撞的声音。天，天啊，外婆，求你原谅我，我不应该告诉你这件事的，可是，我已经没有办法了。他更加用力地抱紧了外婆的大腿，眼泪慢慢湿透了外婆的裤子。

良久，他听见了外婆近乎梦呓的声音："你，你说什么？我，我刚才没听清楚。"

叶永知道一切都毁了，毁在一个原本看似遥远的白血病手里。这，算是报应吗？作为他一直伤害别人的惩罚？可是，为什么，为什么要把他仅有的几个亲人扯进去啊？

叶永最后躲进了自己的房间，他不愿看见外婆那濒临崩溃的表情。他蜷缩成一团靠在墙上。寒意慢慢侵蚀了他的全身。外婆用力地敲门，让叶永出来把事情好好解释一下。叶永知道外婆当然不愿意相信这是事实，她还在做最后的挣扎，她觉得叶永一定是在骗她，怎么可能白血病突然就落在自己外孙身上呢？但叶永并不想解释太多，事实就是这样，没有办法改变。他自己也不愿意相信，可是有什么办法呢，悲剧来的时候你质疑再多都没用，唯一能做的便是好好体会那种天崩地裂的感觉。他曾用尽全身力气让自己摆脱幼时便开始围绕在心里的梦魇，可是现在换来的却是一场更大的灾难。他所有的努力都将变成一场毫无意义的垂死挣扎，他所有的对抗也都成了一个可笑至极的笑话。他还在哭，眼泪仿佛奔马一样在脸上澎湃着。他无法自制，他想起他那么长时间的艰辛，他一路与孤独为伴只为让自己能在未来有个更美好的生活，能够更好地照顾那些最亲的人们，可是现在，未来这东西直接被白血病一刀两断。他没有未来了，那么他活到现在又是为了什么？

这时门外响起了手机的铃声，然后便是外婆的声音。"喂，您好……您是刚才那位老师……对对对，我是叶永外婆……他啊，他现在跟我说了一堆莫名其妙的话就躲到房间里去了，你知道他有多淘气吗？他居然说他得了白血病……什……什么……老师，你说话得负责任啊，你凭什么说他得了白血病？我们家小永这么乖，怎么可能得这种病？我告诉你你是老师，别乱咒人啊……"

叶永不想再听下去了，他捂住了耳朵。这时他很感谢叶平，他不想在外婆一遍又一遍的质问中反复告诉她一个让人难以接受的事实，他没有办法说出口。他自己就是最受伤的人，他没有办法无视自己的伤口假装开朗地告诉别人其实没什么大不了的，这病治愈希望很大，没事，真的没事。

叶永继续用力蜷曲着，双手弯曲成爪状，狠狠地扣着自己的膝盖。外婆的声音在慢慢变小，其中夹杂着若隐若现的哭腔，显然她已经开始慢慢接受这个事实了。"对不起。"叶永轻声说。他知道他害了外婆，外婆从今天起必须要看着自己唯一的寄托慢慢消亡了。为了让叶永好好地长大，她含辛茹苦了将近二十年，可是现在这二十年的努力换来的却只是一座坟墓。

门外的声音消失了，估计是电话打完了。外婆在那边沉寂了很久，终于轻轻敲了敲门："小永？"

叶永听出了外婆声音里的颤抖，那微妙的颤抖狠狠地击中了叶永的心。叶永沉默了很长时间，缓缓站了起来。他慢慢打开门，看着门外外婆满脸的悲切，他不由得低下头。"对不起。"叶永说。

"没事，你要乖啊，不会有事的。"哭腔弥漫开来，外婆抹了一把眼泪，"我会想办法给你弄钱，你老师也说会进行大范围的捐款。明天你就不要去学校了，跟我去找医院。外婆还有点存款，应该够你在医院用一阵子。总之，你要乖，你还这么年轻，千万不能死啊！"

"外婆！"叶永向前一步，用力抱紧了外婆。外婆的身体还在一抽一抽的，他闭上眼睛用心去感受外婆身体的震颤。来吧，所有的一切，孤独也好，怜悯也好，病魔也好，就这么大摇大摆地来吧。你们将我的心撕碎也好，将我的身体毁灭也好，但我不会认输的，为了我的外婆，为了我的妈妈，我，绝不能输——因为我没办法承担输的后果，那将是整个家庭的覆灭。

"外婆。"叶永在外婆的耳边轻声说，"你别怕，会过去的，会过去的。"

然后他清晰地听见了自己的呜咽声。

几经辗转，他成功地住院了。起初是骨穿，麻药效果来临的时候他感觉自己的身体已经脱离了控制，像是要飘起来了。他漠然地看着医生们对着他的身体忙来忙去，完全不像其他病人第一次做手术那么紧张。中间有医生看了他一眼，告诉他没事的，小手术而已。叶永笑笑，没有说什么。手术完后，医生们都在夸叶永很配合。叶永撇了撇嘴，没再看他们。

他知道现在自己的处境就是砧板上的鱼肉，没有任何反抗的资本。但是他还是想有尊严一点，至少不要对着那些医生卑躬屈膝。这么想着的时候，叶永往往会忘了其实自己是个病人，而医生实际上是在帮他。

护士给他插上吊针，吊瓶高高悬在头顶，透明的液体顺着管子缓缓流下，叶永静静地看着吊瓶里的水面缓缓下降。腰部做骨穿的地方开始隐隐作痛。有时候他会想也许那就是自己的生命，当水完全流下也许便是自己的灵魂彻底降落的时候。护士告诉他当没有药水的时候要记得叫人换药瓶，可好几次都是护士发现吊水已经快用完了，然后有点生气责怪为什么叶永不叫人来，取下吊针的时候未免会有点粗暴。叶永无所谓，只是淡然地看着护士把他的手摆弄来摆弄去。

他深切地感受到病房里那种幽深的气息，病房里的人都在死亡的恐惧和生存的渴望中挣扎，这种情绪也影响了那些家属。而医生就在这时成了一句话决定乾坤的人，他们的每一句话都仿佛在触碰着死亡与生存的临界线，即使他们自己也并不能真正决定一切。作为最有权威的人，他们自己也知道自己所负担的压力，人命毕竟不是开玩笑的事，但这种压力却往往使他们焦躁，面对病人家属一张张满是希冀的脸他们有时会感到很不耐烦，而这种不耐烦只会让人们更加恐慌，于是他们会用更加希冀的眼神询问医生。就这样，一个糟糕的循环就这么产生了。

叶永知道这一切，每次当医生来告诉他病情时，他总是淡淡的一句"好，我知道了"。医生惊愕地看了他一眼，显然他很少见到表情这么平淡的患者。过了一会儿，医生合上手里的文件夹："孩子，你要加油，你要勇敢地活着。"他满脸担忧地说。

人们总是这么可笑，当一个人满是渴望的时候你会觉得不耐烦，但如果他真的表情淡然的时候，你又会觉得他已经对自己失去了希望。叶永笑了笑，扭过头不再看医生。

外婆很忙，她现在整天在外面奔波借钱，一天只有很少的时间能陪叶永。但叶永却很不希望她来。外婆总是会反复央求医生对叶永好点，反复告诉医生叶永对她有多重要，要是叶永死了她就没活头了。

医生开始很耐心地一遍又一遍地说，会的，会的，你放心，但他最终不耐烦起来，语气开始加重，然后告诉外婆他还有事，得去忙了。临走前外婆还拉着医生的衣服哭诉。

这总让叶永很难过，但叶永无力去改变。

他看着自己的外婆颤颤巍巍地走到他身边，脸上硬挤出开朗的笑容。外婆坐了下来，左手拿着苹果，右手拿着小刀。她的手很灵巧，短短十几秒中那只苹果就脱掉了外衣。"来，小永，吃苹果，医生说对你有好处。"她小心地递上苹果，叶永伸手接过，几口便吃了下去——他知道也许这对于外婆而言也是一种安慰，虽然他并不是很想吃，但是他得努力做出食欲很好的样子。外婆笑了，摸了摸叶永的脸："小永，医生说的话你要听知道吗？不要淘气，医生说希望还是很大的，你要乐观点，没事的，等配型骨髓找到，做个手术，你就可以去上学了。知道吗，医生说你得白血病是因为你总是吃剩饭，你现在得注意一点了，等你病好了还要更加注意。"

叶永点点头，说："我知道，你放心，我会的。"

大家都在欺骗彼此，但大家都只能在欺骗中寻找仅有的安慰。

曹老师也来看叶永了。他告诉叶永他正在向学校申请发动捐款。听到"捐款"这个词叶永不由抬起了嘴角，他知道"捐款"和"施舍"其实并没有本质区别，不过是一个叫得好听一个叫得不好听而已。但叶永知道他已无路可走了，凭他家里的条件想要支付医药费根本就是不可能的事情。

他轻声说："谢谢老师，麻烦您了。"

曹老师叹了口气："你是我的学生，你放心，我一定对你负责。我会尽量想办法帮你多弄点钱，你是人才，就这么走了真的太可惜了。"

"老师，世上没有什么可不可惜的。"叶永淡淡地说，"这是报应，就这么简单。"

他又想起了那天晚上，乞丐满脸狰狞地说："我今天留你一条命，但是——我绝对不放过你。"叶永笑笑，原来，这就是你说的绝不放过我？真狠啊，把我生命毁了的同时顺便毁了我的尊严？

他缓缓闭上眼睛，享受着万籁俱寂的空旷感。

（B）

结果出来的时候叶平能感受到叶永心里蔓延开来的那种死寂，叶永的眼神一下子就空洞了。他明白这个消息对于叶永到底意味着什么，他清楚叶永的家境，且不说白血病治愈概率有多大，他们家是否能拿得出这些钱都是个问题。他一路陪叶永走回家，跟他说现在白血病其实已经没那么恐怖了，很多人都已经完全治好了。其实他自己也知道这种解释是很苍白的，但他觉得既然有希望就绝对不能放弃。叶永才这么小，而且活得这么努力，就这么因为白血病失去生命实在是挺让人难以接受的事情。在叶永家里他原本想跟叶永外婆说明情况，但叶永拦住了他，他那濒临崩溃的哀求让他心疼，他最终打消了想法，离开了叶永家。他打电话把事情告诉了曹老师，曹老师在电话的另一端沉吟了好久，最终叹了口气，说他会尽快让学校进行补助。

"曹老师，您能不能把叶永外婆的手机号码给我？我有点担心叶永那种状态和他外婆未必能讲清楚。"叶平说。

"好的，我回头给你号码。你说话要注意点，人家毕竟是老人了，出了这种事，我怕她会……"曹老师叹道。

"我明白，我会注意的。"叶平说，"叶永暂时就别让他上课了吧，回头你也要跟他外婆说两句。"

"放心，出了这么大事，我肯定要管一下。"曹老师又叹了口气，"这孩子，命怎么那么苦呢。"

跟曹老师说完后他立刻给叶永外婆打了电话，外婆言语间弥漫的悲切让他很难过，他把事情的经过完完整整地告诉了她。最后叶永外婆哭着说："天啊，我家小永到底遭了什么罪啊，没有爸爸，妈妈还在精神病院里，不公平啊，真是不公平啊，老天为什么对我家小永这么不公平？他到底做了什么事要得这样的病啊……"

叶平不知道该说什么了，他心很乱，匆忙安慰几句他就挂了电话。成群的麻雀从低空掠过，尖锐的鸣叫声在大街上回响着。叶平抬头看着黑色的天空，他想起了叶永这么长时间在他面前展现的疯狂。那运动场上咬牙前进的将近枯竭的身躯，那小巷瘫倒在地的肉体，那操场上崩溃绝望的身影，还有最后叶永那骤然冰冷的眼神。他全都记得，这么长时间他见证了叶永的咬牙切齿，体验了叶永源于内心的绝望，明白了一个迎难而上的孩子的信仰与意志。"真是可笑，幸福的人总是把自己生活的一点点瑕疵当作炫耀的资本。老师你能不能不要这样？"他到现在还记得这句话。现在所有的不幸对他而言都只能叫作"瑕疵"了，叶平想。

夜色依然浓稠得仿佛要挤出液体，他不知为什么想起了杨欣。杨欣，你知道吗？现在，有人可能要在我眼前毁了，我想救救他。此时此刻，你又在想什么呢？然后，我想你，真的好想你。

不久校方开展了募捐活动，叶永这个名字成了学校里老师学生议论的热门话题。大家很快就都知道了高一年级有个全校第一得了白血病，而且家庭条件非常不好，没有爸爸，妈妈还得了精神病。叶平每天都能听到不同的言论，有的人满脸悲伤地阐述着自己的同情，而有的人显然把这当作了笑谈。"就是因为他妈妈有神经病他老爸才走的吧？"每次叶平听到这些话他都会很难过，他亲眼见证了叶永所经历的一切，那些人真的没有资格这么评论他。叶永是名斗士，一个迎着刀山火海往上爬的斗士，直到现在叶平依然相信叶永还在战斗，他绝对不是轻言投降的人。可是有的事情大家都明白，你不投降不一定代表你不会输，输赢的天平往往不是你自己能左右的。

他没有在班上说过多关于叶永的事，他知道叶永极其厌恶把自己的痛处暴露给别人换取同情。他只在讲课的时候微微停滞了一会儿，然后缓缓说："我希望大家能多捐点钱给叶永，叶永那孩子，太可惜了。我先谢谢大家，请大家能多捐就尽量多捐。"他深深鞠了一躬，下面立刻开始议论起来。他抬头看着方园，方园正低着头看着自己的桌面，若有所思的样子。他又想起以前叶永和方园在一起的事情。他轻轻摇摇头，继续上课。他握住一支粉笔，正准备写字，可那支粉笔刚触到黑板就声音清脆地折成两段。叶平皱了皱眉，随后轻轻叹了口气。他抬起头看着黑板，零零碎碎的字迹妆点着黑板。他突然觉得很疲惫，他回过头："各位同学，不好意思，剩下的时间大家自习吧。"

（六）

第十六章

（A）

在医院里待着的这段时间里叶永总会觉得很无聊，他像一个被遗忘的人一样整天躺在病房里。他的病情已经恶化到连走路都成了一件比较艰难的事了，医生告诉他一轮化疗正在准备，马上就可以实行了。叶永知道为什么化疗迟迟没有进行，不过是因为钱的事情。曹老师说学校的捐款马上就可以结束，到时候会有很多钱来帮助叶永，并且捐款范围还在扩大，很快全市的学校都会发动捐款。现在叶永要做的就是放松心态，积极配合医生治疗。叶永点点头，说，好的，我会的，您放心。

所有人都没有跟他提他的家境，但他知道所有人都在背后议论过。叶永现在一想到万一这白血病治好了，在学校里同学们看他的眼神，他就猛然打了个寒战。他还记得小时候他被所有人嘲笑的苦楚，现在那种感觉始终刻在他心里，挥之不去，而马上这种感觉就要完完全全地回来了。叶永明白他再也逃不掉了，他必须要在这迎面而来的屈辱中逆风而立，因为身后就是万丈悬崖。如果跳下去会彻底解脱吧，叶永有的时候会这么想。其实跳不跳下去对他自己而言真的无所谓，只是这样叶永会觉得自己很不负责任。他清楚地知道他的生命不是属于他一个人的，他没有权力随随便便弃之不顾。想到这里叶永往往会笑笑，其实有人爱自己也是件麻烦的事呢，连死这种事也会让人良心不安。

第十六章

　　他让外婆从家里把那些课本都带过来。一个人在医院什么都不做往往会想到一些很让人难过的事情，比如不堪回首的过去，比如已经被抹上阴影的未来，他希望通过忙碌来让自己不要去想这些事。可是当拿起笔的时候他就会情不自禁地想他现在做这些事到底有什么意义，明明自己命都未必能保住了。可是放下书的时候他又觉得这样纯粹是在荒废自己仅剩不多的时间，于是他又拿起了书。医生护士们都说这孩子是块好苗子，一定会好起来的。但叶永只是把这当作一个很无聊的玩笑，是否勤奋和能否活着根本就没有任何关系。他越来越厌倦这家医院，到处都在上演着愚蠢的欺骗，而这些欺骗的初衷竟然是善意的安慰。

　　他依然会梦见乞丐，梦见那满地的鲜血。但在梦里叶永慢慢不再被单纯的恐惧支配，他有时甚至会跟梦里的乞丐聊天。"你现在不用杀我了。"叶永笑笑，"有人来杀我了，就在我的身体里，一群该死的癌细胞还在乱动。"而乞丐居然也在血泊中笑了："那可不行，我反正得杀你一次，我才不管有没有其他人想杀你。"叶永蹲下来，握住乞丐拿着刀子的手："好啊，你来杀我吧，要是你刚开始就狠下心把我杀了，现在那些麻烦都没有了。你为什么不杀了我呢？"乞丐微笑："因为你是个好人。"

　　然后叶永就醒过来了，梦里的事情依然刻在脑子里。"好人？我？真搞笑。"叶永勾起嘴角。

　　腰部传来隐隐的胀痛。"也许癌症开始扩散了吧，这样一来自己的命就完了。"叶永轻声说，"不过朋友，"他拍了拍自己的腰部，"你也不用叛变得这么快吧，癌细胞那种玩意就那么好？你们，你们，"他突然暴怒起来，大声吼道，"为什么你们都要跟我作对啊！我到底做错了什么啊？"

　　他终于哭了出来，泪如泉涌。在自己的呜咽声中，他绝望地想到自己过去所经历的艰辛与折磨。上帝，为什么要这样对我，我真的……我求你放了我吧，上帝！

救　　赎

几名护士慌忙赶过来。她们围在叶永身边，不停地安慰叶永。"没事的，这病还是很容易治好的，你要乐观。"其中一位护士说。叶永狠狠咬住了嘴唇，拳头用力握紧——直到现在，她们都还在把他当傻子一样耍！骗子，都是骗子！

（B）

叶平这两天始终没有和杨欣联系。他承认杨欣不在了让他很不适应，可杨欣说的那些话却让他犹豫不决。"欺骗""背叛""卖淫"，这些词真的都非常尖锐，也恰恰证明了叶平的担忧是正确的。这让他无法下定决心和杨欣和好，甚至有种被人玩弄于股掌之中的感觉。有的时候他会劝自己，人家杨欣大老远地从南京来了，其实很不容易。可是马上他就会情不自禁地想杨欣来这里是不是有其他的目的。叶平知道自己是很爱杨欣的，可是他在害怕，具体害怕什么连他自己也说不清。害怕万一和好却因为一些坎过不去反而两人关系更加糟糕？害怕自己并不能完完全全地接受她？还是害怕杨欣依然在骗自己？

这些事有时的确会让叶平感到烦躁不已，他一直在犹豫，可犹豫却不能带来什么实质性的帮助。这时他会觉得自己这日子怎么那么不舒心。然后他便想起了叶永，然后便觉得很惭愧——他毕竟还有犹豫的余地，而叶永却很大程度上只能听天由命。或许自己现在的纠结在叶永眼里是一种奢侈吧。叶永那孩子，为什么会那样呢？

接母亲回来的前一天晚上叶永是抱有很大憧憬的，母亲在生意场上跑了相当长一段时间，也不知道她变成什么样子了，是否还像父亲说的那样漂亮？气质如何？谈吐如何？叶平在脑海里一次次勾勒出母亲的样子。母亲的声音是比较稳重的，应该是个比较得体的女人，他完全可以想象到母亲那慈祥并且没什么距离感的笑容。应该会很好的，一家三口会和谐相处的，叶平想。

第十六章

第二天清早叶平和父亲早早就起床了，早餐是热腾腾的面条，吃完之后他们迅速坐车前往火车站。在车上叶平感到一种特别奇妙的感觉。世事无常，他曾无数次期盼着自己能有个关心自己爱护自己的母亲，而这些期盼在岁月变迁中都被消磨干净，就在他不再抱有幻想的时候，生活又给了他一个大大的惊喜，在生活中缺席了二十多年的母亲回来了。"一会儿你要热情点，一定要给你妈家的感觉。你妈这么多年不容易。"父亲在一旁说。叶永点点头："你放心，我会的，那毕竟是我的妈妈，想不热情都难。"

到达火车站，时间尚早。母亲的车预计还有半个小时才能到。

"我们来得挺早的。"叶平看了看手机，对父亲说。

"也不算早，只有半个小时了。万一这火车早到怎么办？"

"火车应该不会早到的吧。"叶平说。

"那不一定。"父亲说，"反正早来肯定没错，早来总比晚来好。"

"也对。"叶平点点头，然后又望了望四周，"这地方人好多啊。"

"估计都是像我们这样来接人的。"父亲说。

时间一分一秒地过去，叶平和父亲慢慢地不再说话了。太阳缓缓地攀升，日光的方向也在轻微地游移，时间仿佛坚冰一样慢慢融化开来。叶平抬起头看着天空，飞鸟从头顶迅速飞过。那些鸟儿要飞到哪里去呢？它们是要回家还是离家呢？叶平突然想起他以前做的一个梦，那是在他才几岁的时候。母亲在梦里是个天使的形象，头顶还有一个光环。那时叶平在想：哇，妈妈原来这么厉害，难怪她没有时间回来，原来她是天使啊！母亲轻轻拍拍他的头："叶平乖，妈妈在外面很忙，要处罚那些坏人，你要乖，不要淘气哦。"叶平用力地点头："好，我会乖，可是妈妈什么时候回来？"母亲笑笑，叶平到现在都还记得母亲那倾城之笑，她说："我现在不是已经回来了吗？"

是啊，现在已经回来了，只不过等的时间长了点而已。

时间已到，新一波人潮开始涌出。叶平打起了精神，准备迎接母亲。父亲也在这时挺起了胸膛，或许他还想在这一挺中找回自己年轻时的影子——所有的人都抵挡不住时间的力量，但所有人都在试图对抗时间。父亲的脸上已经爬满了皱纹，那些皱纹都是在日积月累中慢慢沉淀出来的，是父亲为了等待，为了将他养大硬熬出来的，而他却已经习以为常。

"爸爸。"叶平轻声说。

"怎么了？"父亲依然在向出口张望。

"你辛苦了。"叶平说。

父亲愣了愣，然后笑了起来："什么辛苦不辛苦啊，这世上谁过得不辛苦？"

"是啊，谁过得不辛苦呢？"叶平若有所思。

"所以，不要再说这种话了。"父亲举起牌子，牌子上大大地写着两个字——若潇，"这世上没有谁比谁更辛苦，只是别人的辛苦你看不到而已。"父亲开始摇动牌子，"别想这么多了，好好想着怎么迎接你妈吧。"

"知道了。"叶平将目光重新投向出口处，捕捉那些看起来很像母亲的身影。在人群中叶平发现了好几个符合他脑海里形象的女人。"爸，你看她是不是？"叶平指着一个离他们很远的女人。"不是。"父亲斩钉截铁地说，"虽然这么多年没见，不记得她具体长什么样子，但那个绝对不是。""哦。那个呢？也不是吗？"叶平指着另一个人。"不是。"父亲摇摇头，"绝对不可能是她。"这时叶平注意到父亲并没有找人的样子，他像是盯住了什么。叶平顺着父亲的目光看过去，一个穿着时髦的女人正向他们走过来。她的脸色看起来很犹豫，步子缓慢，显然是在确定什么事情。叶平知道就是她了。他扭头又看了一眼父亲，父亲嗫嚅着嘴唇，手里的牌子慢慢放了下来。

"林一？"母亲走到父亲面前，"你是林一，对吗？没错，你一定是林一。"母亲捂着嘴笑了起来，"就知道肯定是你。"她轻轻捶了一下父亲的肩膀，笑道，"你看样子一点没变啊。都多少年了。"

父亲张开手臂向前迈了一步，将母亲轻轻抱在怀里，母亲顺从地靠在父亲胸口上。"这么多年，你受苦了。"父亲说。

"什么啊。"母亲挣脱了父亲的怀抱，"哪有你辛苦，一个人硬把我们的孩子拉扯大。哦，都这么高啦。"母亲对着叶平比画道，"叶平啊，你知不知道，我当初把你生下来的时候你才这么大，可现在你比我都高一个头了。让我好好看看，好好看看。"她双手在叶平脸上摩挲着，就在这时叶平看见了母亲眼里的泪光。叶平本来想说点什么活跃气氛的话的，可是现在，叶平觉得没必要了。

他轻轻抱住母亲："妈妈，我们都很想你，欢迎回家。"

他感觉到了母亲身体剧烈的震颤，然后他的脖颈传来湿润的凉意。于是他明白父亲说得没错，母亲辛苦了，真的辛苦了。她的伪装像一层薄薄的纸，一触即破。

（C）

母亲回来之后生活发生了不少的变化，比如父亲做饭会多了帮手，现在做饭都是一家三口齐上阵。母亲烧的菜很好吃，父亲和叶平每次吃的时候后都会赞不绝口。

"这菜好吃。"父亲一边吃一边咂嘴，"比我烧的好吃多了。"

"妈，跟你说，你这烧菜技术和爸不是一个级别的。我说爸你那时候怎么没学着点呢？"叶平调侃道。

"不是不学，是学不会。这厨艺没法学，太高深了。"父亲说。

"好啦，吃饭的时候就好好吃。"母亲笑道，"都多大了。"

叶平和父亲相互看了一眼，笑了笑。

再比如家里的橱柜开始渐渐堆起了女人的衣服，那些衣服成了衣柜里一道风景线。父亲有时打趣道："再过不久，我们的衣服就没地方放喽。""这样也好。"叶平说，"现在感觉整个衣柜重新活起来一样。"

母亲是个很沉静的人，不知道是原本性格如此还是被岁月打磨成这样。她经常会温柔地笑，那笑容总是会给人一种很温暖的感觉。叶平会问起母亲在生意场上的那些事情，母亲总是摆摆手："算了，都过去了，没必要说。"

"叶平。"父亲的声音就在这时传了出来，"快下去买袋盐，两块钱的，快点，马上要用！"

"好的。"叶平连忙起身，"我马上去。"

"路上小心。"母亲轻声说。

叶平回过头笑笑："好的。"

出门的时候叶平向后看了一眼，母亲依然保持着那个微笑。她的目光低垂下来。阳光透过窗户射入，叶平在这金黄色中看见了母亲睫毛的轻微的颤动。

星期三的时候他去看了叶永。刚跨进医院大门他就闻到了医院那股特有的味道。他找到叶永住的病房，轻轻推开门。叶永正靠在床上看书，旁边的两个病人一个在睡觉，一个在看电视。叶永看见了叶平，放下书："老师，你来了。"

"我来了，来看看你。"叶平在叶永旁边坐下，"这么认真啊，看来等病好了，你回学校估计又是第一。"

叶永轻轻笑笑："现在能不能回去都不知道，还说什么第一啊。"

"不要这么想。"叶平严肃地说，"要对自己有信心，这病会好的，大家都希望你能早点回去。"

"老师，你真的觉得大家都会希望我回去？"

"当然，你曹老师还指望你再拿个第一给他长脸呢。方园也希望你能回去，真的，她最近上课明显不在状态，你要是不快点回去，她学习可就耽误了。"叶平打趣道。

"你知道我和她经历过什么吗？"叶永问。

"什么？"叶平没反应过来。

"看来你不知道。"叶永摇了摇头，"对了，老师，你说细胞为什么会癌变呢？"

"你不知道？"叶平有点吃惊。

"致癌因子？"叶永说，"你是不是想说这个？"

"对。"叶平点点头，"致癌因子可以分为三大类，物理致癌因子、化学致癌因子还有生物致癌因子。这个后面会学。"

"'致癌因子'字面上是什么意思？"叶永问。

"字面上……"叶平想了想，"导致癌症的因素？"

"所以什么到底是什么导致癌症，科学家们也只笼统给了个说法而已。"叶永说。

"嗯，因为导致癌症的因素太多了，没办法下个准确的定义。除了我刚才说的那三种致癌因子，我觉得生物钟不协调、心情忧郁也可以导致癌症。所以你一定要调控心情。"

"那——报应算不算致癌因子？"叶永问。

"你在说什么啊，"叶平皱眉，"什么报应不报应啊，我跟你说你不能总是想着那些乱七八糟的事情。你这样病是好不了的。"

"没关系的。只是有的时候实在是无聊，找点乐子而已。"叶永环顾了一下四周，"这家医院真的很无聊很无聊。"

"毕竟是医院嘛。"叶平从自己提的袋子里拿出一个橘子，开始剥皮，"你还能指望这里和学校一样好？所以你要加油，争取快点回学校。"他将剥好的橘子送到叶永嘴边，叶永迟疑了一会儿，吃了下去。

"谢谢。"叶永说。

"有什么好谢的，我是你老师，我得对你负责。"叶平说着，把剩下的橘子送到叶永嘴边，叶永吃了下去，"你以后在医院要多吃水果，我给你带了很多。虽然说得了这种病自己也没什么办法，但尽量注意一点身体，马上就要化疗了，你要把身体养好。"

叶永挑了挑眉："老师，你为什么会这么善良？"

"我？"叶平笑了笑，"那不是善不善良的问题，你是我学生，不然我才不会这么关心你。而且说实话，'关心'这个词我也不敢当，你知不知道你们曹老师为了你心都操碎了。"

"也许会吧。老师，你恨我吗？我以前对你说了那么多过分的话。"

"我为什么要恨？过去的就让它过去不就好了，而且我也不觉得你说的话有多过分，很多话当时觉得刺耳，可过后会觉得很有道理。"

"我杀了那个乞丐，这样你恨我吗？"叶永凝视叶平的眼睛。

叶平愣了愣，然后笑道："杀人，怎么可能？你为什么要杀他？"然后他突然想起来，确实有很长时间没有见到他了，这个念头让他有点恐惧。他看了一眼叶永，叶永的表情很淡然。不可能的，那是条人命啊，如果真是他杀的他怎么会这样若无其事？

"因为他想杀我。"叶永淡淡地说。

"你在开什么玩笑啊？我不信。"叶平说，"他不会杀人的。他其实人很好的。你不要把所有人都想得那么肮脏。"

"老师，我没有把每一个人想得肮脏。但是一个人干净并不代表他不会做肮脏的事，有些事情表面看起来很肮脏而出发点却是好的。比如这家医院里的人们。"叶永笑笑，"每个人都在说会好起来的，要有信心，其实连他们自己都没什么信心。他们非要病人在死亡的边缘线榨出仅有的一点生命力才肯罢休。"

"你别这么想，他们确实是为了病人好。"

"我又没否认，但表现出来很肮脏，这是欺骗，不是吗？"叶永说。

"你为什么总是要这么想呢？"叶平揉了揉额角，无奈地说，"为什么你不关注一些光明面呢？总是把目光放在这些不该想的事情上，这对你不好。"

"你是不是不相信我杀了人？"叶永转移了话题。

"嗯？"叶平显然没想到叶永又会说这件事，"我为什么要相信？我觉得你和他都不是那种人。"

"谢谢你这么相信我。"叶永摇摇头，"其实他真的是准备杀我的，但最终并没有杀我，他在我面前自杀了。我到现在还记得那些飞溅出来的血。那几天我总是梦到那个晚上，大雨瓢泼，他就那么在我面前倒了下来。"叶永闭上眼睛，回想那天乞丐那因为疼痛狰狞起来的脸庞。

"我不信。"

"随便你。"叶永说，"但有一点，这件事不要对外面说好吗？告不告诉其实结果都一样。我没有动刀子，在法律层面上我是无罪的，不过，在精神层面上我是有罪的。"

"说实话我不愿意相信。"叶平说。

"就是说你已经信了？"叶永勾起嘴角，"那就不要对外面说，我说过我不会得到法律的惩罚，因为人不是我杀的。但我不想在这个时候惹麻烦。我外婆已经够崩溃了，你就当作做善事吧。我相信你不会说的。对吗？"

"能告诉我事情的经过吗？"叶平嗫嚅着嘴唇。说实话他有点害怕了，他难以相信眼前这个脸上略带嘲讽的孩子会亲眼见证过死亡。

"你想知道？好啊，我告诉你。"叶永饶有兴趣地看着叶平，"我看不惯他有手有脚的还要乞讨，于是我就骂他废物。你知道他说什么吗？他说他在赎罪。是不是很搞笑？然后我就说他纯粹是在自欺欺人，赎罪不过是一个允许自己当废物的借口。然后他就怒了，一把勒住我的脖子，结果被我一脚踹开了。他问我平时对叶老师是不是也这样。我说是这样又怎样。他当时脸色就变了。然后过了几天，晚上我回家的时候我被他抵在墙上。他用刀架在我脖子上，还扬言不能允许我毁了叶老师。但不知为什么，他突然就自杀了，临死前还说他不会放过我的。果然，自那之后我的身体就垮了。"叶永冷笑了一声，"他果然不会放过我。那个废物怎么可能会这么好？"

叶平沉默了。良久，他抬起头："叶永，你是个彻头彻尾的混蛋。"

"你终于肯当面骂我了。"叶永笑笑，"就知道你是只是在伪善而已，现在你的真面目终于暴露出来了。"

"你为什么要这么做？他只是一个可怜人！就因为他比你可怜？"

"世上没有人可怜，我最恨你们动不动就把'可怜'这个词拿出来说事。"叶永用力地说，"你知道'可怜'这个词意味着什么吗？意味着你是在瞧不起别人你知道吗？"

"我也很可怜，所有人都有可怜的地方。"叶平说。

"少来玩文字游戏。"叶永咬住嘴唇，"你知道'可怜'这个词会给人多大伤害吗？伤害完之后你还自以为是地、得意地觉得自己还挺善良的。悲天悯人真是个好情怀。"

"我小时候经常被人说可怜，但我并不觉得有多大伤害。"叶平说，"关键在于你怎么看它。你是那种不太输得起的人，所以你受不了'可怜'这个词。"

"你又来了。"叶永脸上的嘲讽愈加明显，"你看看，你还是这么伪善。总是拿自己的瑕疵炫耀有意思吗？"

"你怎么知道你的不幸在别人面前不是瑕疵？"叶平问。

叶永呆住了。

"你一直生活在你自己的世界里，总是觉得自己过得很糟糕，觉得别人都比自己幸福。我不明白你为什么会变成这个样子。"叶平摇了摇头，"人都是善良的，你对你的外婆很好，可是你为什么就不能对别人好一点呢？那个乞丐都已经那样了，你为什么一定要再给他撒把盐呢？"

叶永没有回答，他好像意识到一个很严重的问题。活在自己的世界里，是的，他很少关心别人会怎么想，总是按照自己的方式行事。"你还极度虚伪，明明就是自私，还给自己套上一大堆借口来自欺欺人。"方园的话又响了起来。他突然明白了这句话的意思。一直以来，他都在用"变强"这个借口庇护自己，使得自己不管怎么伤人都不会感到自责。到目前为止，他没有保护到任何人，他带来的只有伤害。

恐惧感蔓延开来，他立刻意识到不能就这么改变自己的认知。他迅速反击："老师，你是不是觉得你很幸福别人就一定和你一样幸福？

没错，我承认你人缘很好，所有人都向着你，就连那个乞丐要杀我的时候还叫嚷着不能让我把叶老师毁了。但是，叶老师，你真的能理解乞丐是什么样的人吗？你滥用善行结果让他做出那种事，你不觉得很可笑吗？"

"他真的死了？"叶平咬住嘴唇。

"我已经重复了很多遍，他已经死了。"叶永说，"所以，你现在要假装自己是菩萨一样来可怜他吗？你可怜他又有什么意义？"

叶平闭上眼睛，他感到很难过，因为叶永，也因为乞丐。乞丐就这么走了，他想起了以前的事情，想起了乞丐自卑地拒绝外人的靠近，想起自己曾那么努力地试图走进乞丐的内心。现在他为乞丐做的努力全都白费了，乞丐的人生毁在面前这个同样可怜的孩子手里。

"怎么？为什么不说话了？"叶永的心脏在剧烈地跳动，他承认他在说这些话时是有点不安的，"你现在总算知道了吧，你所以为的善良在别人眼里根本就不是善良，也许是一种伤害。你用你自己的方式执行着你的善良，其实你也是生活在你自己的生活中罢了。"

"你说得没错，我的善良不一定能帮到别人。"叶平缓缓说，"但我至少努力过，我至少希望别人能好好的，而你呢？你真正为别人想过吗，哪怕是方园？"

"我……"叶永语塞了。

"孩子，我觉得你必须要跳出来，不要总是停留在那些乱七八糟的事情里。"叶平轻轻摇摇头，"我知道你过去受过很多伤，但你必须从过去的阴影里走出来。"

"你闭嘴！"叶永低声吼道，"你懂什么？你知道我到底受了多少苦吗？你这种从小被人惯着的家伙怎么可能会懂？"

"我真的不懂，但我努力想去弄懂。我想帮你，不然我也不会来这里。"

"你真恶心。"叶永用力说，"你别以为我不知道你在背后怎么说我的，你女朋友都告诉我了。"

"不可能。"叶平斩钉截铁地说。

"不信？不信你自己去问问啊。"叶永的脸色愈发扭曲，"我本来还觉得你是个好人，我能相信你，可是结果呢？"

叶平低下头，他努力回想他到底说了什么过分的事情，说了什么过分的话。过了一会儿，他抬起头，认真地凝视着叶永的眼睛，右手举起做发誓状："我真的不记得我到底说过什么过分的话，也许我无意间的确说了什么，我表示抱歉。但是，我可以发誓，我目前所做的所有事都能对得起自己的良心，我的确是想让你好起来，这是真的。"

叶永立刻躲开叶平的目光："我怎么知道。"

"你知道的，你只是不愿意承认而已。"叶平说，"其实大家人都很好，都很想帮你，没有人想要故意针对你，只是你想得太多了，以致总沉浸在自己的思维方式里。你应该重新看一下这个世界，这个世界和你自己想的是不一样的，真的很美，真的很美。"

叶永没有说话，他的眼睛是空洞的。但慢慢地，他深黑色的瞳孔深处开始闪出一点光泽。他慢慢地将身体蜷缩起来，像是一只受惊的鸟。

叶平站起来，替叶永整理好被子，然后摸了摸叶永的头："孩子，说实话，我还是不愿相信那个乞丐已经死了。如果他真的死了，我也不想多说什么，毕竟人死不能复生。我现在想的就是你能快点好起来，大家都很希望你能回去。忘掉过去的事情吧，其实你身边很多人都很关心你。方园这几天上课真的挺不在状态。虽然我不知道你们到底经历过什么，但是我知道她的确很担心你，这点毋庸置疑。"

他拿起一个橘子，慢慢剥开："我答应你，我不会把乞丐的事情往外面说，虽然我到现在还不能确认这是不是真的。但我希望你能在医院里好好地过，千万不要做傻事，要对医生和护士友好一点。你对我这样其实无所谓的，但你要这么对医生护士，那麻烦就大了，知道吗？"

叶永没有任何反应，也不知道他有没有听见。

第十六章

"孩子,你真辛苦。"叶平叹了口气,将剥好的橘子放在床边,"一会儿再吃个橘子。我现在在这里待着已经没什么意义了。你一定要想清楚,你现在这样的性格对你不好,不管拿多少个全校第一都没用。"

他走到门边,回头看了叶永一眼。叶永依然保持着那个姿势,眼睛里闪烁着一个个光点。他又叹了口气,慢慢合上门。就在门快要完全合拢的时候,他听见了嘤嘤的抽泣声。叶平犹豫了一会儿,转身离去,脚步声空荡荡地回响着。

第十七章

（A）

到底是从什么时候开始的呢，开始拼命地想要变强来守护自己仅有的东西？叶永蜷缩在被窝里用力地回想。护士已经进来了，要给他打吊水。他僵硬地伸出手臂。"你怎么了？"护士看着叶永睡在床上的姿势，"扮演婴儿呢，当心蜷在一起不长个子。"叶永像是没有听到一样一动不动。"算了，不管你了。"护士开始在叶永的手背涂上酒精，寒意立刻在手背上扩散开来，紧接着是微微的痛感，吊针本身的冰冷也在手上被清晰地感知着。"好好加油，别总是这么忧郁，对病不好的。"护士对叶永笑了笑，然后走出病房。

"不忧郁就能救我吗？"叶永无力地笑笑。

他又开始回想他是如何变成现在这个样子，记忆顺着时间快速倒带。终于，他找到了。那是他小学三年级的时候，他的家庭状况不知被哪个人传了出去，成为同学们课后最大的谈资。之后的一段时间便是叶永的噩梦，满怀同情的目光，充满恶意的嘲讽，幸灾乐祸的笑，还有尖利狠毒的语言，叶永现在都还记得。所有的一切都像是锥子一样将叶永的心凿出一个洞，鲜血流出，黑暗淌入。

叶永真可怜啊，从小没有爸啊。

为啥没有爸啊，妈妈精神病啊。

为啥精神病啊，叶永不争气啊，不争气！

气得妈妈精神病，气得爸爸离家走。

叶永本事了不得，了不得！

这是班里几个喜欢惹事打架的人为叶永创作的儿歌。起初叶永没有反抗，只是忍着。但终于有一天他愤怒了，他一把揪住为首的人的衣领，结果被对方干脆利落地放倒。"就你一精神病的儿子还敢这么嚣张？"那个孩子从小练过柔道，他抓住叶永的手腕，反手一拧，叶永吃痛，大声惨叫。"说，你以后嚣不嚣张了？说！"叶永起初还在反抗，找到机会狠狠扇了那孩子一耳光。那孩子怒了，抓住叶永另一只手，又是一拧。"啊！"叶永再次惨叫道。这时，旁边一个人偷偷跑过来，一脚踹在叶永脸上，然后又迅速跑开。叶永看着那个迅速跑开的学生，突然惨淡地笑笑。

"你笑什么？"为首的孩子没想到叶永居然能笑出来。

叶永没有回答，他闭上了眼睛。手腕再一次传来剧痛，可是叶永这次居然咬牙忍住了，没有像前两次那样发出惨叫。痛感越来越强，他的脸也接二连三地被踢，可是叶永一动不动，他只是闭上眼睛，像具死掉的尸体，任凭别人摆弄。

那帮孩子终于觉得无聊了。为首的孩子站了起来，朝地上吐了一口口水："真没出息。"

叶永依然在地上躺着，他从来没有像那天一样恨过自己。如果自己有能力的话，一切就不会发生了，没有人能够欺负他，也没有人能够在他面前污蔑母亲。他突然想起了他最近看到的动物世界，一只与世无争的鸟儿正快活地叫着，一条蛇突然降临，张开血腥的大嘴，狠狠咬住那只鸟儿。鸟儿抽搐了一会儿，不再动弹了。刚刚看到这一幕的时候叶永觉得蛇好残忍，这么漂亮的鸟儿，居然就这么被咬死了。

可是在那一刻，叶永明白了，那只鸟儿活该死掉。谁叫它那么弱，既然谁都可以杀它，那为什么要放过它呢？

也就在那一刻，他的眼神和心都彻底冰冷了。他慢慢爬了起来，发现这个世界彻彻底底地变了。他并不打算报复那些孩子，一切都是他的错，他太弱了，就算不被他们欺负也一定会被其他人欺负。谁欺负他并不重要，重要的是他被欺负了，那么错就一定在他，不然那些人为什么不欺负其他人？

"妈妈，总有一天我会有保护你的能力。"三年级的叶永暗自下定决心，拳头慢慢地握起。

那之后便是七年的光阴，而那个决心一直在他心里酝酿着，扩建着，直到成为叶永不可分割的一部分。一直以来，叶永以"变强"这个词作为自己为人处世的基本原则。他参加大量活动来提高自己的能力，用功学习来提升自己的成绩。他从来不做那些他自认为亏本的事情，比如初中老师给他一个数学课代表的职责，他干脆利落地拒绝了："老师，我不认为我会是个好的课代表，如果可以，希望您能重新考虑。"

"怎么会呢？"数学老师笑笑："你可是班里数学最好的，你不当谁当？"

"老师，我的确无法胜任。"叶永说。

可是数学老师没有听他的，把这个职位硬塞给他。之后叶永便当了一个月的数学课代表，结果任职期间跟数学老师彻底闹僵了。他数学课代表做得相当不称职，他收作业从来不点人数，虽然数学老师反复强调作业要确保收齐，如果收不齐把那些没交的同学的名字记下来，可是叶永总是当作耳旁风。终于，数学老师大声质问他，为什么总是不点人，叶永笑笑："老师，我当初就说我干不好，你硬让我干，结果我真的干不好了，你又来找我麻烦，这是不是太可笑了？"数学老师立刻生气了，用手指着叶永："你这是什么态度？""老师。"叶永笑笑，"这是我的态度，我说过我胜任不了，结果你还是让我来负全责。""好，你别说了！"数学老师不再理他，转身批改作业，"我马上换课代表。弄得你多了不起似的，你真以为我找不到新科代表啦？"

课代表职位立刻被撤掉了，他和数学老师的关系也到达谷底。但叶永并不着急，他数学在班上数一数二，和数学老师关系现在闹得再怎么僵，只要他之后不跟数学老师作对，数学老师还是不会放弃他的，毕竟他成绩掉下来对数学老师是一个不好的消息。

班主任找到叶永谈话。叶永满脸诚恳地说："我最近学习有点力不从心了，我也没办法，当课代表真的挺……老师，对不起。"班主任叹了口气，拍了拍叶永的肩膀："好吧，你好好学，回头我跟数学老师解释。"

他当然不愿意当了，他凭什么要为别人服务。他这么努力的目的就是要让别人服务他！

弱肉强食，能者生存，这是叶永这多年来一直在心中信守的原则。没有能力你就只有被别人欺负的份，没有能力你谁也保护不了，没有能力你就只能一个人品尝从伤口渗出的鲜血。很长时间了，他渐渐相信了这个世界是残酷的，黑暗的，相信了同情不过只是藐视的华美外壳，相信了这个世界根本没有所谓的友情，相信了朋友这个东西和敌人只有一纸之隔，相信了他是最强的绝对不能输，相信了自己一旦失败将会失去全部。他苦苦索求着，追寻着，为了他遥不可及的理想。他也试图去弄明白他的理想到底是什么。最强者，没错，只要成了最强者就没有人能够伤害他、欺负他，更没有人能够染指他最爱的那些人。但他并不知道，"最强者"只不过是个有意思的词语罢了，世上根本不存在最强者。

他冷漠，他孤独。他能明显感觉到自己和旁人心与心的距离，那样的距离往往会让他觉得冰冷，而这种冰冷总会让他感觉身处黑漆漆的深渊之内。为了逃避这种冰冷，他告诉自己，一个人的世界本来就很小，我，还有那些爱我和我爱的人，我把这些守护好就够了，至于其他人，他们不过只是过客而已，没有必要在意自己和那些人心灵之间的距离。

就这样，他彻底地将自己封闭，这一封闭，就是七年。七年了，自己一直无助地在这旷野里挣扎，可是挣扎的结果呢？他没有保护到任何人，自己还得了白血病，然后成功地博取了所有人的同情。

方园曾经将他丑恶的面纱撕开，而他却将面纱重新缝合戴上。今天，叶平又轻轻揭开面纱，告诉了他一切。他已经没有办法再心安理得地重新戴上面纱。也许，是命吧，在他生命即将到达终点的时候，终于有人来告诉自己了，这个世界，真的很美。叶老师，真的，应该谢谢你吧。

护士走进来，看到输液瓶又快空了。她走过去将吊针从叶永手背上取下："你啊，说过多少次，吊水快没了记得按铃叫我们，要是空气进到血管里会很糟糕的。"叶永抬起头看着护士的脸，护士估计也就二十出头吧，长得挺漂亮，那略微嘟起的嘴把她衬得特别可爱。他由衷地笑笑："谢谢。"

好啦，叶老师，如你所愿，我开始爱上这个世界了。现在，你又在干什么呢？你能听到我说话吗？我真的好想好想对你说一声——谢谢。

他重新闭上眼睛，眼泪缓缓从眼角渗出。

（B）

叶平觉得很沉重很沉重，天空是铅灰色的，乌云像是焊接在天空上的铁块。乞丐也许真的死了，他想。他看不出叶永脸上有任何欺骗的痕迹，叶永也没有必要欺骗他。他还记得乞丐的自卑与畏缩，他能听见乞丐内心深处的无助与绝望。他是那么想帮他，哪怕杯水车薪也无所谓。而绝望的人会做出绝望的事，这是叶平相信叶永的最主要的原因。他很想恨叶永，可是一想到叶永苍白的脸他就恨不起来。叶永也是个可怜的孩子，他变成这样真的不能完全怪他。没有父爱也没有母爱，生活的压力逼迫他以近乎狂乱的方式生长着，最终他人格失衡。可怜的人碰上另一个可怜的人，往往便会发生可怜的事，乞丐就那么死了。也许真的没什么好责怪的吧，叶永自己估计也被吓得不轻，现在还患上了白血病，不是吗？

可是他真的真的好难过，这种难过像是冰块一样贴在他的心脏上，让他感到刺骨的寒冷。他站住了，静静地看着眼前的钢筋混凝土森林。他告诉叶永这个世界真的很美，可是他现在自己都有点怀疑了。这个世界的确是不公平的，而叶永便是这不平衡的天平上的牺牲品。他一个人挣扎，一个人狂乱，一个人哭泣，一个人慢慢爬起来，然后一个人被病魔打入无底深渊。

叶平很不忍心，他想帮帮叶永。乞丐已经死了，再去追究责任没有任何用处。现在叶平能为叶永做的，就是慢慢让叶永调整心态，让他乐观一点，这样对病情有好处。至于好处有多少，叶平尚不知晓，但是，尽力去做总是没错的吧。

回到家，父亲不在家，母亲一个人玩着手机。看到叶平回来了，母亲放下手机，对叶平轻轻一笑："回来啦。""爸呢？"叶平脱掉鞋子，"没陪你？""他啊。"母亲耸耸肩，"出去有事，估计一会儿就回来了。"叶平走到茶几边，给自己和母亲各倒了一杯水。他把水杯推到母亲面前："妈，多喝水。""好的。"母亲端起水杯，喝了一口。

"妈，现在在这儿住着还习惯吗？"叶平问。

"当然，这是我的家啊。"母亲温柔地笑笑，"硬要追究起来，这房子我也出了一半力呢。自己的家有什么住不惯的？"

"那就好。"叶平也笑笑，"看来我是白担心了。"

"对啊，就是白担心了。"母亲说，"在这里住着我觉得很安心，很好。其实我早该在这儿待着了。这二十年来在外面受苦受累的，结果什么都没得到，还苦了你们父子俩。"

"妈，不要再提那些事了吧。"叶平凝视着母亲，"没有人责怪过你，每个人都有选择自己生活的权力，而选择之后的结果是没办法预料的，所以说真的，你没必要自责。"

"你们父子俩还真像。"母亲盯着自己杯子里的水，"这明明是我的错，可到你们嘴里我却成为最可怜的人。应该是遗传吧。"

"对的，遗传你的。"叶平开了个玩笑。

"什么嘛。"母亲笑着摇摇头，"你爸也是遗传我的？"

"真棒，说对了！"

"真是一个德行。"母亲捏了捏叶平的脸，"多大了还这么滑头。"然后她的动作停滞了一下，"不过，真的，谢谢。"

"没必要说谢谢。我是您儿子。"叶平认真地说，"虽然我不知道你到底经历过什么，但我知道一个女人在外面打拼不容易。现在你好不容易回来了，我真的希望我们一家三口能好好过，就当把以前的日子给补回来。"

母亲眼神复杂地看着叶平："傻孩子，你是不是经常被外面的女孩儿骗啊。"

"也许吧。"叶平苦涩地笑笑，他想起了杨欣。

"谈女朋友了吗？"母亲收回手，饶有兴趣地看着叶平。

"谈了。不过现在分了。"叶平说。

"为什么分了？你不要她了？"

"不是。"叶平嗫嚅着嘴唇，"她甩的我。"

"不会吧，那个女孩真是眼瞎了，你这么好的人现在上哪找去啊。"母亲喝了口水。

"不是的。她说……"叶平迟疑了一会儿，"她说不是我的原因，是她自己的原因。"

"哦？"母亲皱了皱眉头，"怎么回事？"

"她说她做过很多对不起我的事，然后没有办法直视自己的良心。"

"对不起你的事？什么事让她对不起自己的良心啊？出轨？"

"好像不只这些，她说她卖过淫。"叶平说。

母亲愣住了。

"其实我根本不知道该怎么处理这件事，这事也就几天前发生的。

你们应该不会接受这样一个女孩儿吧。"叶平低下头。

"你爱她吗?"良久,母亲问。

叶平点了点头。

"你觉得她爱你吗?"

叶平想了想,点点头。

"儿子。其实有的时候,犯错的人往往是受伤最严重的那个。"母亲顿了一小会儿,继续说,"虽然这么说有点不负责任的感觉,毕竟是她自己犯的错,可是……"

"我知道,可是我有点害怕。她瞒了我那么多事,而我之前却那么相信她。我真的挺害怕。"叶平轻声说。

"害怕她还瞒了你什么事情?"母亲问。

"也许吧,其实我也不知道我到底在害怕什么。就是觉得有点……怎么说呢……有点……"

"我明白,毕竟是你被骗了,心里乱是很正常的事。不过,妈妈想问你一句,你做好决定了吗?你到底是真的决定分手还是觉得两个人还有机会?"

叶平想了一会儿,摇了摇头。

"你还没做好决定啊。"母亲叹了口气,"那你现在肯定为这事特别心乱吧。"

"说不上特别乱,但一点不乱是不可能的。我们谈了四年了,就这么分了,多多少少会难过。"

"我知道。"母亲说,"那我再问你一句,你女朋友在和你提起分手的时候有没有特别舍不得你?"

叶平想了想:"有的,她走时犹豫了好几次。其实那天我挺后悔的,因为感觉她就像是在等我挽留她一样,可是我什么都没有说。然后就觉得自己特窝囊。"

"后来你们联系了吗?"

叶平摇了摇头。

"她分手的时候有没有哭啊？"

"好像哭了，我看到眼泪了。"

"那她应该没有骗你，她估计真的做过那些事。"母亲叹了口气，"其实我觉得她人挺不错的，说实话，我不会因为她卖过淫就讨厌她。至于你爸，应该也不会太介意吧。"

叶平没有说话。

"叶平。"母亲站起来，走到叶平身后，轻轻搂住叶平的脖子，她的脸紧紧贴着叶平，"你知道你需要什么吗？"

叶平愣住了。

"你一定要知道你需要的是什么。"母亲轻声说，"无论在什么时候你都得明白这个。这个世界观点、想法、诱惑都那么多，你得选择。其实很多想法都挺好，但是绝对没有办法一起实现，比如想踏踏实实过一辈子的人就不能够一心想着自己要成功，想一心和自己爱的人在一起就必须舍弃掉很多东西。想获得什么就必须先舍弃另一些，世上不存在十全十美，也没有什么过得好与不好，选择不同罢了。所以你要明白你到底需要什么，你是否有为了这样东西舍弃别的东西的决心。"

"你的意思是……"

"我没有什么意思。"母亲松开叶平的脖子，摸了摸叶平的头，"我只是告诉你一个事实，我不知道你会选择什么。但我希望你不要在这种事情上犹豫太多。只要知道自己到底需要什么，你就很容易判断你到底该怎么做。是一刀两断还是重新和好，这些完全取决于你。"

"其实，我也不想犹豫，但是……"

"不甘心？"

迟疑了一会儿，叶平点了点头。

"就是说你心里是想和好的？"母亲问。

叶平轻轻点头。

"所以喽，你就得把这些事想清楚，你到底有没有爱她的觉悟。她做过很多错事，但她是很爱你的，那么你是否愿意为这份爱原谅她曾犯下的所有过错呢？”

叶平没有回答。

"儿子，你真可爱。"母亲吻了吻叶平的额头，"其实你想分也行，你这样的人会幸福的，一定会幸福的，相信妈妈。"

叶平低下头，水杯里倒映出他的面容："妈妈，谢谢你和我说这些。虽然我还没想好到底应该怎么做。"

"没事。我也只是说说我的看法，你做什么选择妈妈都不反对。但是，你要为你的选择负责，不然，到时候受伤的可不止你一个。"

"我知道。"叶平缓缓站起来，"我会想明白的。还有，妈妈，你知道吗？懂得越多的人往往受过的伤也越多。所以，妈妈，我爱你。"

"说什么傻话啊。"母亲笑笑，"真是的。我先去做饭了，你自己好好想想吧。"

"嗯，要不要我帮忙？"

"你还帮忙？"母亲捏捏叶平的脸，"你把自己的事处理好就不错了，好好想想吧。"

"好的，我会的。"叶平用力点头。

躺在床上，叶平反复摆弄着自己的手机。过了很久，他打开手机。"亲爱的，我想你了，你在哪里呢？"他输入这么一段话，迟疑了一会儿，他按下了发送键。

然后他一直拿着手机等着杨欣的回复，可是直到母亲叫他吃饭的时候，他期待的回复都没有来。

第十八章

（A）

叶永变了，连他自己都能清晰地感受到自己的变化。他变强的欲望慢慢弱了下来，"世界很美"这个想法开始在他心里时不时地跳出来，他开始对着外面明媚的阳光微笑，而那不由自主的微笑往往会让他感到一种短暂的柔软。他甚至能允许自己躺在病床上什么事都不做，只为享受病房里特有的寂静。

外婆每天依然只有两个小时能待在医院陪他，而叶永现在特别珍惜这两个小时的时间。每次外婆来的时候叶永都会给外婆一个笑容。外婆往往会坐下来，给叶永削一个苹果，叶永乖巧地接过吃掉。外婆总会满脸笑容地看着叶永慢慢吃完苹果。"要不要再吃一个？"外婆问。"不用了。"叶永摆摆手，"这苹果太好吃了，外婆，你从哪买的？"

"这苹果可是好苹果，八块钱一斤呢，特地给你买的。"外婆顿时觉得自豪起来，眉飞色舞地说着苹果的来历，"今天看到路边有人吆喝着卖苹果，说是美国货，正宗的好苹果。然后我就好奇，一看，这苹果的确不错，就买了一袋子。本来是二十四块钱一袋子的，但是你外婆能砍啊，硬砍成二十。我走的时候那老板还跟我说我是个好人，记得照顾他生意。下次再去的时候我多买一点，然后再多砍一些，砍下来的钱给你做医药费……"

叶永静静地听着外婆讲述自己买苹果的经历，这次他没有觉得不耐烦，等外婆说完了，他对外婆笑笑："真厉害，以后我也要砍。"

"你以后砍得可不是就那么几块钱，我看你以后一砍估计都是几百万地砍。我外孙以后可是有出息的人。"

叶永笑了笑，没有说什么。他想起了自己以前为了能成为"有出息的人"所做的事，感到了一丝戏谑。

其实也没什么，有出息也好，没出息也好，只不过是两种相对的生活状态，没有褒贬之分。但是无论你选择什么，你都得付出相应的代价。仅此而已。

第一期化疗开始了。叶永能明显地感觉到注射的药物和以前不一样，他的手部有时会有比较强烈的烧灼感。医生说现在的化疗目的是把病情控制住，下一疗程可能会加大化疗强度。医生还说适合的骨髓正在寻找中，估计很快就会有结果了。"谢谢您安慰我。"叶永笑着说，"虽然我知道您自己也没底。"医生叹了口气，轻轻摸着叶永的头："其实孩子，做医生的最怕死亡这东西了。你要有自信，要相信我们的话，明白吗？"

"我以为你们已经麻木了呢。"叶永笑笑。

"开什么玩笑。"医生轻轻摇摇头，"我好歹是个人吧，怎么可能会对死亡麻木？"

"这里经常会有人死吧，你什么感觉？"

"很难过，很自责，毕竟我没能救他，是我的失职。"

医生慢慢走了出去，走到门边的时候他回过头，对叶永做了一个鼓励的手势："孩子，你要加油。我们这些医生护士都很喜欢你的，要坚强啊。"

"我会的。"叶永点头。

是的，我会的，我才发现这个世界是那么美，怎么能就这么死了？叶永默默地想。

他又开始发呆，眼睛望着白色的天花板。他的身体突然狠狠地疼了一下。叶永笑笑，身体状况已经很糟糕了，疼痛感经常会猝不及防地发作。叶永轻轻合上眼睛，睡着了。

这一觉他睡得很香，没有做梦，只有纯粹的虚无。时间在睡梦里往往如子弹般匆匆掠过，可他醒来的时候却会觉得他已经睡了很久很久。他揉了揉眼睛，夕阳从窗外降临到他的瞳孔中。他慢慢爬起来，发现床边坐着一个男人。

那男人正凝视着他，满脸皱纹，成片的白头发在他头上夸张地张扬着。他的衣服看起来很旧，闻上去甚至有种机油味。叶永迟疑了一会儿，开口了："请问您是……"

男人立刻不安了起来，嘴唇嗫嚅着，像是有什么心事。

"您找我，有事？"叶永又问了一句。

男人抬起头，像是下了什么巨大的决心似的："叶永，我听说你得了很糟糕的病，所以大老远赶回来了。我……我是……"

叶永皱了皱眉，男人估计认识他，可是在他记忆里没有这个男人的影子。

"我是你爸爸。"男人终于说。

叶永仿佛被雷劈了一样，他呆住了。爸爸，爸爸？这个词跟他已经没有任何关系了吧，将近二十年他一次都没有见过爸爸这个人，哪怕母亲在精神病院里饱受煎熬。现在在他身患重病的时候，爸爸回来了？

叶永用力使自己恢复平静，挤出一丝笑容："您是不是弄错了，我爸爸已经死了。"

男人缓缓说："对，他早该死的，可是他没死。我知道你不愿意接受我，我只是来看看你，就当看你最后一眼。我这么多年所有的积蓄都给了医院了，虽然只有几万，但应该能够你用一段时间……"

"麻烦你先说清楚，你到底是谁？我爸爸早就死了，你从哪冒出来的？"叶永咬住嘴唇。

"我是你爸爸，也是个混蛋。"男人低下头。

"叶振东？"叶永的眼神瞬间冰冷了。

男人沉默了一会儿，点了点头。

"你还有脸回来？"叶永勾起一边嘴角，"现在我得病了，你赶回来为我送钱，是不是心里觉得特别爽，觉得自己特别有责任感？'关键时刻还得靠我这个爸'，你是不是这么想的，嗯？"

"我知道我对不起你们，我也没打算寻求你们的原谅……"

"你配吗？"叶永打断他，"你知不知道因为你的自私和不负责任我们一家人受了多少苦？"愤怒在叶永心里燃烧着，他想起了母亲在精神病院里的所有痛楚，想起了自己到底为什么变成那个样子，始作俑者现在就在面前伪善地说着"不打算寻求原谅"之类的鬼话。叶永吸了口气，用力说："你混蛋！"

叶振东点点头："是的，我混蛋。"

"你走吧。"叶永翻身不再看叶振东，"快滚。别让我再看到你。"

叶振东没有说话，也没有任何行动。过了很久很久，他抬起手，想要摸摸叶永的头，可是他最终放弃了。他慢慢地、极其艰难地站起来，深深地朝叶永鞠了一躬，然后转过身准备离开。走到半路时他一不小心碰到了椅子，发出清脆的声响。叶永扭过头，看着叶振东颤颤巍巍的背影，还有那满头的白发。叶永突然觉得很难过，他轻轻叫了声："爸爸。"

叶振东停住了，然后他慢慢回过头。叶永看见了他脸上的泪水，那些泪水在他脸上的沟壑间流动着。叶振东无奈地笑笑，然后扭过头准备离开病房。

"爸爸，别走。"叶永说。

说出这句话的时候叶永自己都被惊呆了，为什么他会说出这句话，他心里不是一直都对这个男人恨之入骨吗？为什么他会叫那个男人爸爸？而且还叫他别走？

叶振东转过身，点点头，然后重新坐在椅子上。他擦了擦自己的泪水，盯着叶永看。叶永反倒急促不安了起来，他转过头不再看叶振东。

　　"没想到你真的能叫我一声'爸'。"叶振东的声音里带着明显的颤抖。

　　"少得意了，我只是觉得毕竟我能生下来也多亏了你！"叶永觉得有点烦躁。

　　"不管怎么说，你能叫我一声'爸'我就很满意了。"叶振东笑笑，"至于你现在是不是还恨我，其实我没那么在意。就算你恨我，也是理所当然的事情。"

　　"我只问一个问题，你要如实回答我，好吗？"叶永依然没有看着叶振东。

　　"好的，没问题。"叶振东点点头。

　　"告诉我，你为什么要抛弃我们？你的理由，你离开我们的理由。"叶永的手慢慢地握成拳头。他很紧张，这是他一直想知道的问题。而这个问题的答案也将决定叶永是否能原谅。

　　叶振东犹豫了一会儿："我能不说吗？其实这件事很复杂，说了你也不一定懂。你毕竟还小，很多事情都没经历过。"

　　"你不说怎么知道我不懂？"叶永扭头看着叶振东，"你是不是觉得只有你是最聪明的？叶振东，你把我们就那么抛弃了，连一句解释都没有？"

　　"不是这个意思。"叶振东慌忙解释，"只是……有点复杂，不知道该怎么说。"

　　"你就捡重点说，这是你的责任，你犯了错，把我们一家都毁了，你至少得有个解释。"叶永冷冷地说。

　　"好吧。"叶振东叹了口气，"你知道什么是爱情吗？"

　　"你出轨了，然后把我妈甩了？"叶永皱紧了眉头。

　　"不是。怎么说呢？爱情这东西，它能把两人结合起来，也能把两个人拆散……"

　　"你是想说你为了爱情抛弃了我们？"叶永打断他。

　　"不是，听我说完。"叶振东看着天花板，仿佛思绪回到了二十年前似的，"你妈其实在和我结婚的时候就被诊断出有抑郁症了，这个你知道吗？"

"所以？"

"她很爱我，但说实话，我并不是那么爱她，但……"

"叶振东你把话说清楚，你什么意思，是想说我妈贱吗？投怀送抱给一个不爱她的男人？"叶永怒喝。

"不是这个意思，这种事情真的不好说。叶永，你得明白，爱情这个东西一旦强求就会变质，所以，其实我们的爱情从一开始就已经变质了。"

"所以你为什么要和她结婚啊？你都结婚了难道不明白什么叫责任吗？"

"我知道，我也试图履行过。但是，你妈妈的世界实在太小了，容不下其他人。而且她有抑郁症，一旦爆发出来会非常偏激。我受不了了，所以我逃了。"叶振东低下头。

"叶振东，作为一个父亲，你这么贬低自己儿子的母亲真的合适吗？"叶永眯了眯眼，"况且我妈的病也是你导致的，你一句道歉都不说就这么胡说八道？"

"我知道你恨我，我也可以道歉，但这不是我的错。"父亲平静地说。

叶永猛然爬起来，甩手给了叶振东一记响声清脆的耳光："滚，现在就滚！"

"对不起。"叶振东轻声说。

"我不需要你说对不起，你只要滚蛋就行了。"叶永狠狠地说。

"我知道你恨我，"叶振东缓缓站了起来，"但说句心里话，儿子……"

"我不是你儿子，你认错人了。"叶永打断他。

"好的，叶永，我知道你不愿意认我这个爸，但我一定得说一句，很多事情并不是你想负责你就能负责的。很多事情你想做到最好，可是你往往做不到。当你努力了好几年，身心俱疲，而情况却始终却没有一点好转的时候，你什么都能做出来，因为你已经绝望了。好了，我该走了，钱我已经交过了，你一定要好好养病，好好活下去。"

"你的话是什么意思？"叶永说。

"没有什么意思，就当是一个为自己开脱的借口吧。"父亲转过身，"对不起，儿子，我不能陪你了。你外婆估计一会儿就要来，她应该恨不得杀了我吧。虽然我不觉得这是我的错，但我的确对不起你们。"

"叶振东，你不会又打算这么走了？再抛弃一次？这么多年了，你给过我什么？父爱吗？连抚养费你都没给过我！"叶永哭了，泪水在他脸上奔腾着，"你知道我小时候被别人欺负的时候多想有个爸能替我狠狠教训那群混蛋吗？可是你不在。他们都说我没有爸爸，妈妈还被我气进了精神病院。我没办法和他们争，因为我打不过他们。那个时候你在哪里？你告诉我你在哪里啊？"哭声在他胸膛里扩张开来，"现在你好不容易回来了，你又要走了，我对于你而言到底是什么？你告诉我啊！……"

叶振东长叹了一口气，蹲下身抱紧了叶永。叶永在他怀里剧烈地颤抖着。"别怕，叶永，爸爸在这里，爸爸在这里。"泪水慢慢滑了下来，"我对不起你们，真的对不起你们。"

"爸爸，别走。"呜咽声还在持续地响着，"求你别走，我们一家三口好好过行吗？好好过，你，我，还有妈妈，我们重新在一起活着。"叶永抬起头，热切地看着叶振东的脸，"我们永远会在一起的，真的永远会在一起的。"

"你外婆不会接受我的……"叶振东说。

"你不试试看怎么知道啊？现在我得了这么重的病，外婆无论如何都会由着我的，我们一起跟外婆说，好不好？"叶永抱住了叶振东，"你现在好不容易回来了，我要有爸爸了，我们一家三口就要团聚了。"

叶振东沉默了，过了很久很久，他终于抬起头，深深地叹了口气："叶永，谢谢你能原谅我，可是——"他狠狠咬住嘴唇，"我有家庭了，有一个很可爱的女儿。所以，我不能。"

叶永的心慢慢冰冷了，他缓缓松开叶振东，无力地倒在床上。

"我这次是偷偷跑过来的，他们还不知道我在这边造下的孽。这几万块钱也是我偷偷借的。我马上就得回去，不然他们肯定会问我去哪了，所以，这可能是我们最后一次见面了。"叶振东缓缓说。

叶永没有说话。

"我得走了。"叶振东慢慢走到门前，回头看了一眼，叶永还在床上躺着，眼睛无神地望着天花板。"再见了。"叶振东说。

他走出门。就在他另一只脚刚踏出病房的时候，他听见了一声微不可闻的叹息。在这声叹息中，他很模糊地听到了一声"再见"。但他没有回头。他缓缓朝楼梯口走去，身子一摇一晃，像是随时要倒下一样。

叶永慢慢缩到被子里，哭泣声渐渐在被窝里膨胀开来。

（B）

杨欣的手机号码停用了。当叶平发现这一点时他就知道自己到底犯了多大的错。以此类推的话，杨欣的QQ和微信应该也已经换了。叶平陷入了一种难以言喻的空洞感之中。这下没有机会了，真的没有任何机会了，杨欣已经决定彻底斩断和他的关系了，现在他根本联系不到她。他立刻打电话给以前的同学，结果却让人失望："是吗？她换号码了？不知道啊。QQ也换了？难怪这几天我给她留言她总是不回我。"叶平颓然放下手机，懊悔混合着绝望缓缓浮上来。如果那个时候，自己能够拉住她，告诉她自己永远不会介意她曾经的过失，也许事情不会发展到今天这个地步吧。叶平闭上眼睛，来不及了，一切都已经来不及了。那四年的感情就这么彻底毁在自己手里，自己的懦弱和犹豫将一切葬送殆尽。

叶平想静静，真的想静静。往事的一点一滴慢慢在脑海里放映着，她让人怜惜的脆弱，让人烦躁的无理取闹，让人迷乱的温柔。他想起了他们在花前月下拥抱缠绵，想起了他们那些惊心动魄的战争。眼泪，是的，她总是会流泪，尤其是在战争结束之后。那些泪水落下的时候杨欣总是会紧紧抓住叶平的肩膀，头埋在叶平胸前，像是在寻找最后仅存的安慰，无论他们刚才吵得有多么凶。而叶平也会用自己疲惫的心去尽力安慰杨欣。每次杨欣的头埋在他胸前的时候，叶平总是会觉得自己便是这个女孩的一切，而自己的使命就是保护眼前这个女孩。他突然想起了他们第一次见面时杨欣的狂乱——她带着酒气在那里手舞足蹈。她应该是孤独的吧，那些疯狂就是她释放孤独的出口。

所以，当你决定在我的世界里彻底消失的时候，你到底是基于怎样的感情呢？我能完全想象得到啊，那年轻的满脸忧郁的女孩空洞地望着车窗外，风景在眼睛里迅速倒流，女孩笑了笑，闭上了眼睛。

你应该不会流泪，因为你早已流干了眼泪。没有人比我更懂你，你的孤独，你的疯狂，你的自责，还有，你的爱。杨欣，杨欣。

叶永的状况也同样让他担忧，叶永的心态对他的病非常不利。他想帮叶永调整一下心态，他也只能做这么多了。上生物课的时候他想起这件事，他转过身，面向学生们："你们有打算去看叶永的吗？不如我们约个时间，一块过去？"

"有的有的！"张阳第一个举起手，"我早就想去看看他了！"

班里立刻热闹起来。叶平看向方园，方园低下头不知道在想什么。"明天就是星期六了，愿意去看叶永的同学举一下手，我统计一下人数。"叶平说道。二十几只手立刻就举了起来。叶平笑笑，心想叶永人缘倒真是不错。可是他环视一周，却惊异地发现方园没有举手。

（C）

父亲来了，父亲走了，一切都仿佛转瞬之间的事。而在这转瞬间叶永突然明白了自己，明明自己对叶振东那么仇恨，可是他为什么能叫叶振东一声"爸爸"，并且希望叶振东能留下来？为什么呢？他积攒了那么多年的愤怒竟会在见面时以那样的高速土崩瓦解。其实自己在潜意识里还是希望叶振东能陪在自己身边的吧，叶永想。那么自己的愤怒又算是什么呢？掩盖自己内心真实想法的伪装？叶永又想起了方园和叶平对他说的话，他感觉到一丝滑稽，自欺欺人，没错，真的是自欺欺人。既然自己对"父亲"这个名称存在向往，那自己为何一定要用仇恨的名号来掩盖这个事实？

他算是彻底明白了，方园和叶老师说得都对，他骗了自己那么多年，是醒悟的时候了。

走廊里突然传来嘈杂声，病房门被推开。同学们一拥而入，围在叶永身边。叶平站在人群的最后面，满脸笑容地看着他。叶永看了看叶平，很快便知道叶平的目的。他油然生出一种感动。"叶永啊，"张阳把手里的大包小包放下来，欢快地说，"你待在病房里我可就没作业抄了，你要争取快点痊愈，我还等着抄作业呢。"叶永略有点惊讶地看着他。叶永还记得他在学校里的最后一天张阳都对他不理不睬的，怎么现在张阳的态度一百八十度大转弯？"加油啊。"另一名同学说道，"你一定要重新回到教室里，大家都在等着你。"叶永看向那个同学，这时他觉得很惭愧，非常惭愧，因为他居然还叫不出来那名同学的名字。"是啊，我跟你说我们曹老师都急死了，你要是不快点好，下次月考第一名就要给别的班了。"大家左一言右一语地说笑着，大多数都是鼓励叶永的话。叶永轻声说："谢谢你们。"

"谢啥啊谢，"张阳一把揽住叶永的肩膀，"大家都是同学嘛，互相帮助应该的，你就把病养好就行。回头你要是不嫌弃，我们一天轮一个来给你补课？虽然说你是学霸，但这么多天课不上也受不了……"

"张阳，对不起。"叶永低下头，"那天是我不对，我不该动手的。"

张阳笑笑："还以为多大事呢，这点小事就不要在意了，现在你的病才是大事。我跟你说你要真想道歉就赶快回来，我旁边那个位置都空快一个月了，我想讲话都找不到人，上课无聊死了。"

"好的，我会的。"叶永用力点头。

"张阳，刚才那些话我都听到了，下次上课专盯着你。"叶平走过来开个玩笑。

"哦，老师，不要这么残忍，我平时还是很乖的。"张阳立马说。

"你刚才已经暴露了。"叶平笑笑，转向叶永，"怎么样，病好点了吗？"

"还是老样子，不过最近开始化疗了，感觉不是很好。"叶永说。

"你要老老实实听医生的话。"叶平说，"医生不会害你的。"

"我知道。"

"现在我把班里一半人都拉来了，你一定要端正心态，大家都希望你能早点回去，知道吗？要加油。"叶平说。

"我会的，你放心，我一定会回去的。"叶永坚定地说。

"好的，那我就放心了。"叶平笑笑，往后退了一步，把位置让给其他同学。他走到窗户边，望着窗外的风景。医院的对面是一片小树林，正值深秋，桂花满树满树地盛开，淡黄色在那一片绿意中像是汪洋里的泡沫。他轻轻打开窗户，凉风从窗户缝里冲出来，刮过他的眼角。他合上窗户，转头看着叶永。叶永正笑着，旁边的同学都在围着叶永谈天说地。他盯着叶永的笑容，觉得这笑容有点陌生。他这才想起来，他所见过的叶永的笑容多半是礼貌的、无奈的、嘲讽的、癫狂的，这还是第一次，他在叶永脸上看到了这种不含杂质的笑容。这时叶永扭过头看着他，嘴唇轻轻动了动。

他认识那个唇语，意思是：谢谢。

第十九章

（A）

他们走了，刚才还很热闹的病房一下子就冷清起来，只有白花花的墙壁还在相互对视着。刚才那么多人围在他身边，一起安慰他鼓励他，陪他一起笑，他头一次真正感觉到自己原来也可以作为"我们"中的一分子活着。他一直觉得自己像是块浮冰，一直和下面的水保持着若有若无的距离，可是今天，他感觉自己被水彻底融化了，他也成为水。

他从来没有这么开心过，这不是成功带来的快感，是那种心与心相互抚摸带来的温暖。

门突然吱呀响了一下。他转过头看向门，心跳就在这时骤然加速。门旁站着一名女生，那女孩披着一头清爽的长发，一缕刘海在眼前点缀着她的脸庞。

"方园……"叶永喃喃道。

方园低垂着头。她穿着纯白的连衣裙，脚底踏着一双短靴，手上提着一箱水果。她缓缓走到叶永旁边，将水果放下，坐在叶永旁边。

"下午好。"话说出口叶永才意识到这是多么糟糕的打招呼方式。

"下午好。"方园抬起头，"你在这儿病好些了吗?"

"也许好些了，不过我现在还没有明显的感觉。前两天开始了第一轮化疗，但我觉得效果没想象中的好，兴许身体还变糟糕了。"

"你要加油。"过了一会儿，方园说。

275

"我当然知道我要加油。"叶永轻声说，"你知道吗，我在病房里待了这么多天才真正明白你以前对我说的那些话。我这十几年真是白活了。"

"不，叶永，其实也许你是对的。"方园缓缓说，"如果你不这么活也许就没有出路了，我能理解你。"

"是说我的家庭吗？"叶永叹口气，"现在大家应该都知道了吧。"

"你别生气。"方园说，"没有人嘲笑你，之所以公开你的家境是想让更多的人捐更多的钱，这样就能尽量缓解你的经济压力，也能帮你更快痊愈出院。"

"别骗我了，肯定有人嘲笑过我。"叶永笑笑，"全校那么多人，总会有幸灾乐祸的人吧。"

"不要这么想，那种人毕竟还是极少数极少数的。"方园连忙说。

"你恐怕误会了我的意思。"叶永说，"我的意思是，我已经不介意那些事情了。虽然我以前特别怕'可怜'这两个字，现在看来，其实没什么。"

"叶永……"

"其实我真的很感谢那天你能骂我。你知道吗，你那一顿骂差点把我骂醒了，只可惜我实在太固执了，刚清醒了一阵就又糊涂起来了。"

"其实我一直想跟你道个歉，那天我真的不该那么对你，对不起。"方园说。

"其实你没必要说对不起，你什么都没做错。你知道吗，方园，就在昨天，我原谅了一个抛弃了我十几年的混蛋。可是他什么都没做，就跟我说他帮我交了几万块钱，然后就走了。我居然能原谅这样一个人，是不是很可笑？"

"你爸爸吗？"

叶永点点头。

"他跟你说了什么吗？"方园问。

"说了一些很混蛋的话，比如他抛弃我们不是他的错，但他要道歉，再比如他现在已经有自己的家庭了，他是偷偷摸摸赶回来看我的。我真的不敢相信那是我爸，我更不敢相信我居然没办法恨他。"叶永苦笑着，咬住了嘴唇。

"太过分了！"方园口中蹦出这四个字。

"这就是我的爸爸，虽然我知道他也有自己的苦衷，但我真的真的很难过。当他说他是我爸爸的时候我真的简直不敢相信。我骂他，叫他滚，但说真的，我以为他不会真的走的。我觉得他好不容易来了，肯定是为了一家三口重新在一起。"哭腔渐渐在叶永胸口堵塞着，"我以为他会陪我的，会陪我的，可是他居然说他已经有自己的家庭了，他得赶回去。你知道那一刻我有多难过吗？他是另外一个我不认识的人的爸爸，他一定很细心地照顾那个孩子，而我却从来没有享受过他的照顾……"

方园犹豫了一会儿，把手慢慢塞进被子里，握住了叶永的手腕。叶永感觉到了方园手上的温度，立刻扭过头盯着方园。方园的头原本是低垂的，然后慢慢抬起，那双清亮的眼睛最终对上了叶永的目光。"没事的。"她温柔一笑，"没事的，会好起来的。其实就算没有爸爸又能怎么样呢？这么多年你不是都走过来了吗？你还有你的外婆，还有你的老师和你的同学，大家都很照顾你，不是吗？"

"包括你吗？"叶永轻喃。

方园愣了愣，然后用力点头。

叶永缓缓扬起嘴唇，笑容甜甜地绽放开来："谢谢你。"

"很抱歉我在知道你喜欢我后还那么伤害你。"方园嗫嚅着嘴唇，"其实我原本真的只是想帮帮你，但是后来我才发现我有多么傻。"

"我现在真的不怪你，虽然开始的时候挺恨你的。"叶永犹豫了一会儿，然后迅速挣脱了方园的手，反手握住方园的手。方园愣了愣，然后低下头，缓缓张开五指。叶永慢慢将自己的手指插进去。他们就这么在别人看不见的被褥内部十指相扣。

方园慢慢抬起头，两人四目相对，然后方园先笑了笑："你在干吗？吃我豆腐？"

"你自己送上来的，不吃白不吃。"叶永调侃道。

"你看起来挺正经的，没想到这么不老实。"方园捏了捏叶永的脸，"喂，你不要以为你是病患我就不敢整你啊。"

"方园。"叶永说。

"嗯？什么事？"方园感觉到了叶永声音里的凝重。

"我其实一直想问你一个问题，现在你能如实回答我吗？"叶永说。

"什么？"

"你……到底喜欢过我吗？"叶永盯着方园的眼睛。

方园笑笑："你猜呢？"

"我觉得你一直在可怜我。"叶永说。

"也许吧。"方园歪了歪头，"但世界上有一种爱叫作怜爱，你知道吗？你觉得一个人会无缘无故可怜一个和自己毫无瓜葛的人吗？"

"我能把它理解为一个借口吗？"叶永笑道。

"你随意，不过你刚才不是说你已经不介意这些了吗？"方园的手还在叶永脸上捏。

"那你直接告诉我吧。你对我到底是可怜还是怜爱？"叶永依然在盯着方园。

"我能拒绝回答这个问题吗？"方园挑了挑眉。

"很抱歉，不能。"叶永干脆地说。

方园慢慢松开捏着叶永脸颊的手。"知道吗？你这种较真的样子最可爱了。"方园缓缓站了起来，理了理裙摆，"你想知道可怜还是怜爱对吗？好的，那我就告诉你。"她缓缓弯下腰，轻轻吻住叶永的嘴唇。

叶永的眼睛顿时睁得溜圆。方园的长发散落下来，在眼前形成了密集的黑色帘幕，光线透过帘幕的缝隙射了进来，照亮了方园的脸颊。他直直地看着方园，方园的眼睛是微闭的，那长长的睫毛在轻轻跳动着。他全身上下的鲜血都沸腾起来，汹涌地拍打着全身上下每一寸肌肤。他从来都没有觉得方园这么美过，更从未如此近距离地盯着方园的脸，每一处毛孔每一丝绒毛都清晰可见。他缓缓闭上眼睛，在一片黑暗中感受着方园嘴唇湿润的温热。窗外传来汽车尖锐的鸣笛，桂花还在风中慢慢旋转飘落，阳光射下，在地面上平铺一层金黄。

方园慢慢离开了叶永，另一只手也从被褥里挣脱出来。叶永睁开眼睛，呆呆地看着方园。方园向后拨弄了一下头发，然后轻轻甩了一下头。叶永就在这时闻到了方园的发香味。

"等你病好之后，我们在一起吧。"方园凝视叶永的眼睛。

叶永笑笑："这算是在可怜我吗？"

"可以算是吧。"方园也在笑，"不过，你有兴趣接受这份怜悯吗？"

"荣幸之至。"叶永说。

（B）

离开病房的时候叶平很高兴，叶永的笑容令他十分欣慰。他知道自己算是做了件善事，他在救人。这样的想法总是能让他感到身心愉快。走在马路上，被车辆扬起的灰尘在空中跳着舞，阳光温柔地在他身上轻抚着。

可是他突然站住了，凉意顺着风箭一样掠过耳边。他想起了杨欣。他不知为什么觉得自己有些可鄙。他费力那么大心思去试图给一名学生那少得可怜的帮助，可在杨欣要走的时候他居然那么犹豫，就那样任凭杨欣伤心地飞出自己的世界。

这是他最不能原谅的事，他伤害了两个人，一个是自己，另一个是他最疼爱的人。他花了那么大的气力想要保护一个孩子，可是他居然没办法守护好自己心爱的人。他觉得有点苍凉，软绵绵的难过慢慢爬上了心头。可是那种源于本能的热血立刻烧了起来，他现在特别特别想把杨欣追回来，不管花费多少努力，付出多少代价，他一定要追回原本属于自己的爱情。那不仅仅为了自己，也是给杨欣一个交代。他得告诉杨欣，自己是那么爱她，无论她曾经做错过什么，一切都可以抹去。

车辆依然来来往往，他慢慢在马路边上走着，一个疯狂的念头突然蹦了出来，他要去南京，在南京找到杨欣，然后两个人重新在一起。这个想法让他激动起来，对啊，为什么不能呢？杨欣可以为了他离开南京来到永平，他也可以离开永平到南京去找杨欣啊。他找了路旁的一棵桂树，靠在上面，仰头望着零零碎碎却又密密麻麻的桂花，黄色和绿色在交织着，仿佛在画着世上最美妙的画卷。风慢慢卷过，那幅画便仿佛波浪一样摇曳变幻着，他在风中闻到了花香。

终于有桂花落下来了，那可爱的一点黄色像是某个轻盈的舞者。它在舞蹈，在风中旋转翩跹。叶平开始遐想起来，假如那天他到了南京，他们在这一棵桂树下缓缓相拥，大风剧烈地扑来，携带着满树的花瓣，就在周围落下来，落在他们的头上，落在他们的衣服上，落在他们的眼睛里。他这么想着，眼眶渐渐湿润了起来，他想杨欣了，真的想她了。已经这么长时间了，他没有再听到杨欣的声音，没有再看到杨欣的脸庞。这种思念像是冰冷的铁爪，牢牢地攥住了叶平的心。但是他更知道，杨欣同样爱他，而作为负罪者的她，一定更加难熬。

"等我，杨欣，等我。"叶平低声喃喃，慢慢展开手掌，伸向天空。一片桂花瓣慢慢飘落下来，在手掌上轻轻降落，没有发出一点声音。

第二十章

（A）

化疗让叶永苦不堪言，他甚至感觉自己的身体不如化疗前了，他开始时不时呕吐。起初医生告诉他这是正常现象，过段时间会好一点的。其实叶永自己也知道化疗的原理，杀敌一百自损一千，可是这自损一千后的虚弱感让他倍感不安。他想活下来，比任何时候都想活下来，有太多太多美好的生活还等着他去享受。方园还有他那些友善的同学们，大家其实都很爱他，只是他从前从未发现。现在一种全新的生活正在向他敞开大门，他已经迫不及待了。

医生说，现在暂时使用化疗控制一下病情，配型骨髓正在找，忍一段时间就好了。叶永点点头，说了句"谢谢"。医生摆摆手："还是等你病好再谢我吧。"叶永笑笑："其实努力不一定要有结果，我谢的是您想帮助我这个意愿，至于结果如何，无所谓的。"医生叹了口气："你真是个好孩子，老天有时候就是不公啊。"

叶永笑笑，不再说话。

但他笑绝不代表他真的开心。他的笑是无奈地笑，因为他从医生的口气里听出了希望渺茫的意味。

夜深人静的时候叶永会感到恐惧，那是人类最原始的对死亡的恐惧。恐惧往往和黑暗携手来袭，灯光熄灭的时候恐惧便开始在病房里张开翅膀。而这时叶永会本能地慢慢蜷缩成一团，"死亡"这个词开始不断地在心里像古老的车灯一样毫无规律地闪烁着，每一次闪烁都会让叶永更加用力地抓紧被子。他的手在这时扭曲出一种奇特的狰狞的状态，青筋在手背上暴起，仿佛游移的蛇。他无法言喻那种恐惧感，那像是冰冷的刀尖在心头挑动着。他觉得冷，觉得浑身都要发抖了。他需要温暖，特别想要一个热水袋，就随随便便地放在胸口，那种滚烫的温度会迅速祛除他全身上下的凉意。不然把热水袋换成妈妈或者是方园也行，总之不要让他孤身一人面对这种恐惧，否则孤独也会融入这种恐惧。他每天晚上都在害怕着，不过幸好外面的霓虹灯光有时会吸引他的注意力。那些斑驳在夜空的霓虹灯光在空中一次次华丽地变身。一秒钟变几次颜色呢？叶永最喜欢计算这个问题，他伸出手，扳着手指头："三次，不对四次，不对不对，还是三次。"可是每次计算到后来他便计算起了自己还能活多长时间。这样的计算总是会让叶永有种想哭的感觉。有好几次他都感觉眼泪在眼眶里打架了，可是他都咬牙忍住了。"不能哭。"他如是告诉自己，"不会死的。老天不会这么对我的，好歹让我享受一下真正的生活吧。我才发现那些美还来不及享受你就让我死吗？你是不是太残忍了一点……"他一遍遍地说着这句话，仿佛只要告诉老天他的苦楚，一切就能解决似的。这还是第一次，他信仰了老天爷，并将自己的希望放在老天爷身上。原来不管一个人多么唯物主义，当绝境来临的时候他总会将希望寄托在某个虚无缥缈的事情上，当恐惧真正来袭时人的本能总会压倒一切理智。

外婆依然每天都会来看他，一坐就是几个小时。她最喜欢抚摸叶永的脸颊，嘴里低声呢喃着什么。叶永听不清外婆的话，可是他能看懂外婆的唇形——又瘦了，又瘦了。叶永知道外婆其实和自己一样，对自己的病情已经到了风声鹤唳的地步，一点点的变化都会让人寝食难安，因为那一点点的变化往往意味着他离死亡的距离的增大或减少。每到这个时候叶永就会非常心疼外婆。"没事的，我现在感觉一切安好。你放心，这里的医生很好，他们会把我的病治好的。"而这种安慰并没有半点作用，听到这句话的时候外婆立刻哭了出来："老天爷啊，你怎么这么无情呢？我家小永这么乖，这么听话，你怎么就忍心让他得这种病呢……"叶永很无奈，因为这种情况下他想不到很好的办法去安慰外婆。就让她哭吧，叶永想，也许哭出来就好了。我可怜的外婆，是我害了你。

一个疗程很快就结束了，准确地说是医生提前结束了这个疗程。这个时候叶永明显地感觉到身体已经千疮百孔。"这个……你的体质有点特殊，我们研究了一下，决定暂时停止一下全身化疗。"医生解释道，"等过段时间你身体养好了一点我们再进行下一个疗程。"而叶永则在医生的话里听出了绝望——他的身体状况已经不适合做化疗了，换而言之他离死亡已经不远了。

医生还不知道叶永已经嗅出了他话里隐藏的微妙信息，临走时他回过头对叶永做出一个加油的手势："要对自己有信心，你会康复的。"叶永无力地点点头。

绝望彻彻底底涌了上来，他知道他完了，彻底完了。这种绝望仿佛海啸一样迅速淹没了他。可是他不再感到恐惧，他真的一点都不害怕死亡了。原来，恐惧这东西只有在希望还存在的时候会出现，而现在他的任务，便是好好地，好好地，迎接死亡。

"方园，对不起。"叶永轻声说，"可能我，已经没办法接受你的怜悯了。"

泪水终于从合上的眼角渗了出来。

（B）

叶平下定决心了，他要去南京把杨欣找回来，就像杨欣曾经做的一样。他那天的懦弱和犹豫使得两个人分居异地，而这一次他绝对不能再犹豫了。错过的就应该重新追回来，失去的就应该重新捡回来。他试着打电话询问以前的朋友，但他们对杨欣的情况都一无所知，不过所幸叶平知道杨欣家的大致位置，只要去了南京他就能很快找到杨欣。

现在他的后顾之忧也没有了，母亲回来了，即使他走了父亲也不会太寂寞，毕竟现在还有个人陪他。母亲的表现大大超出了叶平的意料。他原本以为母亲在生意场上跑过那么多年，生活方式总会和他们有所不同，可是母亲很轻易地就融进了他们的生活。有时候叶平会想，也许是因为这么多年的打磨吧，大家的棱角都被磨去了，结合在一起也就更容易。

叶平觉得他必须去找回杨欣，这是上天给他的一个考验。

他首先要跟父母说明这件事。他在饭桌上把这件事情的来龙去脉和他的打算全部说了一遍，说完后他忐忑地看着两个人，等待他们的回答。

父母两个人先是面面相觑，然后母亲先开口了："叶平，你这么做，真的值得吗？那个女孩说不定还隐瞒了你什么，你这样……"

"妈，你上次不是说你能接受她吗？怎么现在又这么说？"叶平有点急了。

"我以为她是永平人，我哪知道她人还在南京啊。万一你去南京，人生地不熟的，被骗了怎么办？"母亲连忙解释道。

"是啊，叶永，你又不是很了解她，她瞒了你那么多事，谁知道她还瞒了你什么事情呢？"父亲说。

"我了解她，我和她在一起四年了。"叶平说。

"你和她在一起四年了可是结果你连她卖过淫都不知道，你让我怎么放心把你交给这样一个女人？"

"是啊，叶平。"母亲劝道，"世上有那么多好女孩，为什么非要吊死在一棵树上呢？"

"妈，为什么？"叶平盯着母亲，"你上次不是说你能接受她吗？为什么现在你又不让我去？"

"叶平，你听好，"父亲严肃地说，"你还小，还不知道感情到底是什么样子，体会可能也不深刻，但听我们的，这个女孩还是放下吧。你为了这样一个女孩大老远跑到南京去真的不值。"

"爸，妈，"叶平说，"我是真的爱她，我想和她在一起，我觉得我对不起她，所以我想把她追回来。"

"她都卖淫了你还有什么对不起她的？"父亲说。

"你呢？你不是也说对不起我妈吗？你不也等了二十年吗？"叶平咬住嘴唇。

"我们那是……"父亲被这句话呛到了，想了想没再说下去。母亲也慢慢低下了头。

"爸，妈，对不起，也许我不该说这些的，伤到你们了。"叶平站了起来，深深鞠了一躬，"可是我想表达的意思是，你们都愿意为一段爱情等待二十年，为什么我就不能为了一个陪我四年的人冒一次险呢？如果我不去，我可能一辈子都会后悔的。"

他离开饭桌，慢慢走进自己的房间，然后关上门。他知道他今天有点过分了，为了达成自己的目的竟然把父母以前那段令人心碎的过去拿出来说事。可是他真的想追回杨欣，这种冲动像烈火一样焚烧他的全身。这还是第一次，他觉得自己可以为了一个人舍弃一切，包括他自己。他靠在门上，手机在手中旋转着。"杨欣，你看哦，我竟然为了你伤害了我的爸爸妈妈。这样可以说明我原谅你了吧。你是不是该回来了呢？"他轻声说。

门被缓缓打开，父母两人站在门口。父亲上前一步，用力抱住叶平，摸摸叶平的头："小伙子，你长大了，我们管不住你了。"

"爸爸，我是真的很想她，而且可能你们不会明白的，有些事情说不清楚，我们彼此相爱。"叶平用力凝视着父亲的眼睛，"她不会再骗我的。我了解她，没有人比我还了解她。"

"别这么想，叶平。"母亲笑笑，"你要是抱着这样的想法肯定被骗。到时候你人在南京，我们可没办法救你。"

"请你们相信我。"叶平说，"我想相信我的爱情，我们真的走过了很美的时光。"

"当然相信，还有谁不相信自己的儿子呢？"父亲用力揉揉叶平的头，"可是，答应我们，如果在那边遇到什么困难一定要跟我们说。好吗？"

叶平用力点头："谢谢你们。"

"没什么好谢的。"母亲打趣道，"你的事情我们想管也管不了，你自己的事还是你自己最清楚。我们也不想让你走，要是能把你管住我们早把你捆在家里了。"

"其实你们可以捆的，我保证不反抗。所以还是得谢谢你们没把我捆起来。"叶平笑着说。

父母离开后，叶平走到窗户边，眺望外面的风景。蓝天，他终于看到蓝天了。这样的惊喜让他难以自禁。他已经很久没看过这么澄澈的天了。他把头伸出窗外，深深吸了口气，空气中仿佛藏着一颗颗很小的微粒，它们在他的鼻腔里跳着舞。

然后他突然想到了叶永，不知道现在叶永能不能看到这样的蓝天呢？唉，这可怜的孩子，叶平轻轻叹了口气。在临走之前再看看他吧，希望他能好起来。

（C）

踏进医院的时候叶平左眼皮突然跳了一下，他站住了，医院里那种特有的刺鼻寒冷的气息扑面而来。他回过头看向外面，阳光斜斜地射下来，金黄色在地面切开了一条疤痕。他试探着向医院外走出一步，阳光立刻将身体笼罩，暖意在全身流淌。他抬起头看着天空，天依然是湛蓝的，白云众星捧月似的围绕着一个刺眼的圆球。

天气真好，他想。

他拾级而上，走向叶永的病房。他推开门，叶永正躺在病床上，双目无神地看着天花板。他慢慢靠近叶永，走到近处时叶永的模样把他吓了一跳。叶永瘦了，枯黄色的面孔散发着一种病入膏肓的气息，锁骨夸张地突了出来，给人一种荒原上的枯骨的感觉。

"叶永。"叶平轻轻唤道。

叶永略微扭了扭头，看了看叶平，笑笑："早上好。叶老师。"他的声音里带着虚弱的气息。

"你的病……"叶平犹豫了一会儿，最终还是问了出来，"怎么样了？好点了吗？"

"哦，还行，一切安好。"叶永勾起嘴角，"你们给我捐的那点钱估计要给我安排葬礼了。"

"叶永！"叶平连忙打断。

"医生说我的身体状况已经不适合化疗了，换句话说我的身体已经差不多垮了。我离死亡估计不远了。"叶永扭头看向窗外，"今天天气真好啊，真好啊。"

"叶永，不会的，不适合化疗不一定是因为你身体垮了，弄不好是找到配型骨髓了呢？"叶平安慰道，"别那么悲观，要相信自己的病能好起来。"

"叶老师你别骗我了。"叶永淡淡地说，"我知道我的身体状况。谁不想活下来呢？方园都说如果我能康复我们就在一起。只是这种事情实在由不得自己。"

"方园来了？"叶平问。

"嗯，来鼓励我的。和你一样。"

"我去问问医生到底怎么回事。你在这躺着，我去问清楚。怎么可能会这样呢？好好的一个人怎么说没救就没救了呢？"叶平站起来向门外走去。

"老师！"叶永大声叫道。

叶平回过头："怎么了？"

"老师，谢谢你。"叶永略低下头，"可是我知道医生们都已经尽力了，我不怪他们，如果你什么都没问出来，能帮我一个忙吗？"

"什么忙？"

"帮我借一台轮椅。然后，带我出去逛逛好不好？我现在已经走不动路了。"叶永无奈地笑笑。

叶永皱了皱眉，沉吟了半晌。"好，我会去问医生。"叶永叹了口气，"我会带你出去的。"他慢慢转过身，走了出去。

在他身后，叶永的脸色突然扭曲起来，两只手弯曲成爪，狠狠嵌入自己的肩膀。他慢慢地蜷缩成一团，眉头紧锁。"别这样。"他轻声却用力地说，"别这么折磨我，求你们了。"他的牙齿紧紧咬在一起，试图用这种方式让自己忽视那些猛然发作的剧痛。

叶平用力推开医生办公室的门，一名医生正在桌前写着什么文件。叶平径直走向他，先鞠了一躬，然后凝视着他："请问您可不可以告诉我一个叫叶永的孩子的情况？"

医生慢慢抬起头，叹了口气，指了指旁边的椅子："你先坐吧。"

叶平坐了下来，医生给他倒了杯水，水蒸气在杯口氤氲着。

"医生，那孩子很可怜，您无论如何都得救救他。"叶平说。

"我知道，哪个医生不希望自己的病人能好好的，我们做医生的最不愿看到的就是自己的病人出什么问题。"医生的两只手交叉在一起，手指时不时突兀地抖动着。

"您知道那孩子跟我说什么吗？他说他离死已经不远了。就算情况真是这样你也不能这么跟他说啊，做医生哪能这样呢？他现在这么消极，病更没希望好了。"

"我们没跟他说过任何事，只是他太聪明了。我们一停止化疗估计他就知道自己的情况了。"医生说。

"难道他就真的没救了吗？他还只是个孩子啊……"

"我知道他是个孩子。"医生打断他，"这么说吧，首先他送来的时候情况已经非常糟糕了，加上他身体素质特别差，开始进行第一轮化疗的时候我们就在犹豫。但是没办法，我们必须先控制住病情。但化疗给他身体造成的伤害太大了，我们不得不中断这次化疗。现在我们再给他补营养，等他身体稍微好一点可能再进行一次化疗控制一下。"

"他现在身体成什么样子了你知道吗？"

"我知道，但我们没有办法，听天由命吧。你要做好最坏的打算。"医生缓缓说，"我们真的尽力了。对不起，请原谅我们。"

叶平低下头："真的没办法了吗？"

"你也不要太悲观，如果配型骨髓找到或许还有希望。但是配型骨髓很难找。"医生说。

"我明白大致情况了。"叶平闭上眼睛，慢慢抬起手抚住额头，"为什么，为什么啊。"

"对不起。"医生低声说。

"你不用跟我们说对不起，我知道你们已经尽力了，不要太怪罪自己。我只是觉得，这孩子为什么会这么惨。他已经够可怜了，为什么老天还是不放过他。"叶平无奈地摇了摇头。

"其实我们这些做医生的最不信的就是老天爷。"医生喝了口水，出神地看着杯子里的涟漪，"当你看见你的那些病人慢慢向死亡逼近时你就会特别恨这种没用的破玩意儿。什么老天爷，都是人们想出来骗自己的。"

"医生，能不能帮我一个忙？"叶平说。

"什么忙？"医生问。

"那孩子说今天天气这么好，他想去外面看一眼。但是他说他已经没办法走路了。"叶平盯着医生。

"我明白你的意思。"医生指了指对面的房间，"那间房里有一架轮椅，你跟他们说是我同意的。你带他出去吧，这么好的天气，待在病房里实在有点可惜。"

"谢谢你。"叶平站起来深鞠一躬，"你是个好医生。"

"这算不上什么好医生，举手之劳而已。"医生轻轻摇了摇头。

疼痛慢慢好了点，或许是因为自己的神经已经有点习惯了，可是残余的痛楚仍然像海浪一样一波一波在全身翻腾。叶永仍然在蜷缩，姿势活像一个还在母亲怀中的胎儿。指甲已经在肩膀处留下一个个明

救　赎

显的凹痕了，而他却还在用力。脚步声在走廊响起来，叶永立刻调整姿势，身体舒展开来。

叶平推着轮椅进来了。他走到叶永身边："下来吧，我带你出去逛逛。"

"嗯。"叶永艰难地起身，叶平连忙扶住他。在叶平的搀扶下，叶永慢慢地下床，坐在了轮椅上。

"感觉怎么样？有没有不舒服？"叶平关切地问。

"放心。"叶永轻轻笑笑，"没事的，我现在很好，至少坐轮椅是没问题的。不用太担心。"

叶平揉了揉叶永的头："你是不是以为我喜欢这样啊？还不是因为你太逞强，万一有什么问题我要是不问你肯定不会说。"

叶永没有接叶平的话。叶平也没有再说什么，只是推着轮椅慢慢向前走。他们穿过医院的走廊，各种各样的人与他们擦肩而过，穿白大褂的医生，穿护士服的年轻女孩，还有相貌憔悴失魂落魄的病人们。叶平盯着叶永，叶永一直在环顾四周，仿佛要把眼前看到的所有东西都记在脑子里似的。叶平觉得很难过，几个星期前叶永还生龙活虎的，而现在他却只能坐在轮椅上前进，一举一动都带着苍凉的气息。

走进电梯，电梯笔直下坠，失重感与超重感分别作为开端和结尾。冰冷的铁门慢慢打开，外面的风景撞进叶永的眼睛。叶平继续推着轮椅，走出医院后门。叶永就在这时闻到一股清香味。他抬起头，金黄色在树上点缀着，满树桂花不停地眨着眼睛。

"在看桂花吗？今年桂花特别好看，也特别香。"他低下头，在叶永耳边说，"要不要去那棵树下面？"

叶永点点头，叶平推着轮椅走到树下。叶永使劲抬头，出神地凝望着浓密的树冠。阳光透过缝隙直射下来，蓝天白云围绕在树冠周围。

"好看吗？"叶平问。

叶永没有回答，他看着这棵树看了好长时间，然后慢慢低下头："老师，你说桂花能活多长时间呢？"

290

第二十章

"桂花的话，大概一个星期吧。其实严格来说桂花不能叫'活着'，它是一种器官，桂树才能叫'活着'。"

"如果桂花背叛了桂树，桂树会死吗？"叶永问。

叶平愣了愣："什么意思？"

"我得病应该是我身体里的某个器官背叛我了吧。那桂花呢？会不会让桂树死？"

"植物——应该不会癌变吧。"叶平想了想。

"这样啊，这是动物的特权啊。"叶永若有所思。

"你不要想太多。"叶平说，"你出来是为了放松心情的，不要总是那么悲观，大家都在希望你能好起来，你在这时候一定要撑住。"

"我也想活下去，只是我觉得没必要再骗自己了。"叶永叹了口气，"我曾经杀了乞丐，就当一命偿一命吧。"

"叶永，你一定要想开点，不要总是觉得自己会死。有机会的，一定有机会的。"

"医生怎么告诉你的？"叶永突然问。

"他说……这病还是有希望的。"叶平有点结巴了。

叶永笑笑："所以老师，我真的活不了几天了。我想以一个比较坦然的心态迎接我的结局。我不想死，可是病情到了这样的地步时我只能做好最坏的打算。"

叶平没有说下去，他不知道应该怎么安慰叶永。其实在这个时候这种安慰的确很苍白，大家都已经知道结局了，再安慰下去不过是在掩耳盗铃。

"老师，我很痛，这几天痛得很厉害。"叶永眼神幽深得像一口井，"有的时候痛得我都在想干脆死了算了。偶尔医生会给我用麻醉剂，可是疼痛还是会时不时地发作。老师，我想多活几天，我想多看看这个世界，哪怕多看一眼就好。以前我真的不关心那么多，觉得这个世界是残酷的、黑暗的，根本没什么好看的，可是在我快死的时候我才发现我错了。老师，为什么呢？老天为什么不给我一个活下去的

291

机会呢？"

"叶永……"叶平不知道该说什么了，只感觉心里堵得厉害。

"秋天来了，天气真好。"叶永笑笑。

叶平开始有意识地转移话题："方园什么时候来的？"

"就在你们走后不久。"叶永说。

叶平笑了笑："我组织大部队她不来，非要自己一个人来。你们做了什么事？"

"她啊，她答应我，如果我病能好我们就在一起。"叶永淡淡地说。

"还有呢？"叶平尽量让语气显得轻松。

"还有啊，"叶永的眼睛突然闪了一下，"她吻了我。"

"什么？"叶平吃了一惊。

"她吻了我。"叶永的语气有了怀念的味道，脸上也情不自禁地漾起了笑容，"是的，她吻了我，很甜。"

"你们这些孩子，真是人小鬼大，才高一就这样。"叶平打趣道。

"可对于我而言，这算是最后的桂花了。说真的，那一天是我一生中最美好的日子。"叶永的脸突然剧烈地抽动一下，然后他轻轻吸了口气，使自己脸色重新恢复正常。

"你们这些孩子啊。"叶平完全没发现叶永的异常。

"老师，你的女朋友现在怎么样了？"叶永突兀地问。

"怎么？"叶平没想到叶永会突然问这个。

"其实我该跟你说对不起，那天我不该那么说你女朋友的。"叶永说。

"没事，都过去了。没必要再提。"

"分手了？"叶永问。

"你这孩子，总是那么机灵。"叶平叹了口气，揉了揉叶永的头，"是的，分了。"

"她很爱你。"叶永说。

"我知道。"

"能告诉我你们为什么分手吗？"叶永抬起头看着叶平。

"为什么？"叶平挠了挠头，想了想，"其实你还小，未必能懂。她以前做过一些错事，在旁人看来很糟糕很糟糕的事，然后，就这么分了。"

"你原谅不了她？"

"不是，是她原谅不了自己。"叶平轻轻摇头。

叶永沉吟了一会儿，缓缓说："原谅不了自己的人应该都不算是坏人吧，无论她曾经做过什么事。"

"是的。可是现在她回南京了。"叶平抬起头，出神地望着头顶的蓝天白云，"本来她为了我，大老远地来到永平，现在，她还是为了我，大老远地离开永平。真是可笑啊。"他低下头，这时，他发现了叶永的异常，"叶永，你怎么了，你的拳头怎么握得那么紧？"

"没事。"叶永连忙控制手部肌肉，拳头慢慢松开。他挤出一丝笑容，"没事，只是觉得这件事太可惜了。"

"我也这么觉得。只怪我当时太懦弱了，没有拦下她。现在我想去南京把她找回来。"叶平没有发现叶永语气里微妙的颤抖。

"这样啊。那你做好准备了吗？也许你会碰到很多困难。"叶永轻声说。

"我知道，但我觉得为了她我可以付出这么多。从小到大我都没这么疯狂过，这次算是补上一个遗憾吧。"

"也对。"叶永声音弱得像蚊子哼。

"但愿我能成功吧。"叶平没有注意到叶永话音里的异常，"毕竟我相信她是爱我的……"

他话没说完，叶永的背部非常突兀地弯了下去，紧接着是一阵一阵痛苦的呻吟。叶平连忙放下轮椅，走到叶永正前方。叶永的手指狠狠地嵌进大腿里，脸部狰狞得可怕。

"你怎么了？"叶平的心跳骤然加速，他扶住叶永的肩膀，大声唤道，"叶永，你怎么了，要不要回医院？"

"不，不要。"叶永一边狠狠地咬牙一边从牙缝里用力挤出这些句子，"我好不容易才能出来好好晒晒太阳，我不要回去，不要。"

"别任性，你这情况已经很严重了！"叶平立刻抓住轮椅准备把叶永推回医院里。

"我不要……我……只是想晒一下太阳……为什么……为什么这都不行啊……"哭声终于从喉咙深处爆发出来，夹杂着搅人心肺的呻吟。叶平停住了，他呆呆地看着在轮椅上痛苦的男孩，不知道该做什么。"我没想要活下去。"叶永还在说，叶平从声音里听出了不甘和求饶的双重味道，"我没想活下去，我只是想晒一下太阳啊……"

叶平知道自己不能再犹豫了，他快速将叶永推回医院。电梯门洞开，他推着叶永进了电梯。就在这时，叶永用力抓住了叶平的手腕。

"老师，答应我，等我死了，没错，等我死了，你再走，好吗？"叶永的吐字已经被疼痛蹂躏得非常含糊，"至少你要陪我到最后，好吗？算我求你，求你了。"

叶平愣住了，他不知道该如何回答这个问题。按照他原来的性格，他一定会笑着对叶永说，不会的，你不会死的，上天不会让你这么好的孩子去死的。可是这次，他终于觉得内心如此空洞与苍白。他轻轻闭上眼睛。

"好的，孩子，我会的，你放心。"他轻声说。

叶永狰狞的脸庞终于浮现出摇摇欲坠的笑意。

第二十一章

（A）

疼痛的发作经常是猝不及防的，剧烈的疼痛仿佛海潮一样一波又一波地滚滚而来。叶永每次都在克制自己，尽量不让自己露出任何正在被疼痛折磨的端倪。可是他彻彻底底地失败了，他太低估疼痛的能量。当他在床上疯狂挣扎的时候，医生护士都会用怜悯的眼神看着他，而那样的眼神恰恰说明了他们无能为力。起初他们为叶永注射麻醉药物，可是无论注入多少麻醉剂都不过只是治标不治本，麻醉剂效力消去的一刻便是叶永受刑之时。

这是一场注定煎熬且无望的战斗，叶永在和疼痛作战，他伤痕累累，却无能为力。而他现在已经可以看到这场战斗的尽头了，那混沌的黑暗将会在某一天彻底占据他的意识，他饱受折磨的身体将会在火焰中化成骨灰，然后被装进一个黑漆漆的小盒子里。

他害怕看到外婆，每次外婆看到他都会号啕大哭，然后拉住医生的衣袖恳求医生一定要救救她的外孙。在这之中外婆免不了要说一下他们家境有多艰难，叶振东有多混蛋。而无论外婆再怎么情真意切地恳求，医生的回答永远都是：你放心，我们会尽力的。这总让叶永很难过，那样一幕接近矫作的情节就这么在眼前血淋淋地展开，而自己就是情节的核心。虽然叶永根本就不愿意加入这样残忍的故事中，可是他无法阻止外婆的行为，因为外婆现在远比他脆弱得多。每次外婆蹲在床边满脸凄凉地揉搓叶永的手时，叶永都会尽力挤出一丝笑容：

救　　赎

"外婆，我感觉好多了，也许有机会。"然后叶永在心里笑笑，原来这就是人们总爱欺骗绝望的人的原因，即使谎言总有一天会被撕开，但是大家都不愿意看到一个人彻彻底底坠入绝望之中。

　　漆黑的绝望，无尽的疼痛，而叶永还在艰难地活着。他想要拥抱一个人，然后从中汲取那杯水车薪的安慰与温暖。方园也好，母亲也好，只要有一个能在身边微笑着摸摸他的头就行。可是母亲人还在精神病院，而方园也因为要上学的关系只来过两次。通常她都会坐在床边，跟叶永说一些学校里发生的好玩的事情。她眉飞色舞地讲述着，叶永则在床上安静地听着，偶尔讲到起兴处叶永会非常配合地笑笑。有时他们也会陷入沉默，这时方园会凝视着叶永，然后紧紧握住叶永的手，希望用这种方式传递自己的一点力量。"好了，我该走了。"最后方园会笑笑，将叶永的手放在自己脸上，"你要加油哦。"

　　这恐怕是这些天里叶永唯一的慰藉了。

　　身体状况正在一天天地下滑，癌细胞还在拼命地蚕食他那仿佛烛火般的生命力。他感觉到自己的肌肉越来越无力，神智越来越模糊。叶平来了好几次，可是几乎每次叶永的意识都处于一种半混沌的状态。只有一次他是略微清醒的，然后他们寒暄了几句叶永的疼痛便开始发作。他在床上翻滚，叶平连忙叫来医生，一针止疼针下去叶永的意识又开始模糊起来。

　　叶永知道他要死了，可能是今天，可能是明天，也可能是后天。他常常听到一阵难以言喻的响声，那应该是脚步声，可那一阵一阵的声音像是年老的僧人在敲击着陈旧的铜钟，又像是黑色飞鸟在空中拍击着双翼，又像是奔腾的战马在战场上嘶鸣。而当黑暗来临的时候这些响声会更加剧烈，不停地震颤着叶永的大脑。应该是死神的脚步声吧，他要来带走我了，叶永心想。

　　黑暗终于过去了，这次叶永醒来的时候感觉异常清醒，全身也仿佛流淌着用不尽的力量。他看向窗外，金色的阳光从外面斜射进来，灰尘在阳光中跳跃着，像一个个可爱的小精灵。他用力撑起自己的身

第二十一章

体，然后慢慢下床——他居然能站起来了！可是叶永没有感到欣喜，他甚至觉得这很正常，只不过是走个路而已，没什么大不了的。他慢慢走向被阳光照射的地方，全身氤氲在金黄色的光线里。他慢慢张开双臂，轻轻闭上眼睛。阳光传来的温度在他全身轻柔地抚摸着，他感觉身体像是没了重量，正在半空中漂浮着。

他慢慢地上浮，慢慢地上浮。他现在可以清晰地俯瞰地面了。他看见了，他看见了。他看见了母亲正在精神病院里喃喃自语，看见了外婆正佝偻着腰费力地清扫马路上的垃圾；他看见了张阳正在和一帮人称兄道弟，看见了方园还在走廊里打打闹闹。还有叶振东，那家伙还在摸着自己女儿的头，真是幸福。然后他看见了叶平，那个一直被别人爱着的家伙。你在干什么呢？老师，我亲爱的老师。

最后的最后，他看见了自己，那个已经僵硬的身躯仿佛落叶一样倒在地上。他笑了。他还在上浮，阳光慢慢灼热起来。他抬起头，太阳已经近在眼前，而自己也因为阳光的炙烤开始融化。他凝视着那个炽热的火球很久很久，终于，他摆动着双臂，向太阳飞去。

他慢慢融化，那刺眼的光还在穿透他的身体。他闭上眼睛，就在他要融化殆尽的时候，他又想起了叶平。

老师，这一次，你终于食言了。在我生命的最后，你可没有陪我。

他再次勾起那个嘲讽的微笑。

（B）

痛苦的呻吟，扭曲的肢体，还有嘴角那复杂的笑意，那是叶永留给叶平最深刻的印象。针头刺入肌肤，麻醉剂注入血管，叶永脸上的表情这才舒缓下来。看着叶永慢慢合上双眼，叶平长长地舒了口气。他走出病房，看向外面。阳光依然不知疲倦地放着光，桂树依然摆弄起金色的花瓣。

救　赎

世上的美永远不会因为同时同地发生一场悲剧而褪去它们的光鲜，所以，这个世界是美好的。

"你好，请问刚才发生了什么情况？"医生的声音在背后响起。

叶平转过身，医生摘下口罩。"不知道，我们聊得好好的，他突然就叫疼。所以我赶忙把他送回来了。"

"我知道了。"医生叹了口气，"恕我直言，情况已经非常糟了，希望你能做好心理准备。"

"我知道，可是，他真的没救了吗？"叶平低下头。

"如果能及时找到配型骨髓的话，或许还有一丝希望，不过，"医生迟疑了一会，"希望很渺茫，所以……"

"我明白你的意思。其实我不是他的家属，我只不过是他的老师。悲痛感应该没有他家人那么强。可是我还是觉得很难过，很可惜，那么好的孩子，说没就没了。"

"有的时候世界是不讲道理的，你要做的只是适应而已。"医生拍拍叶平的肩膀，"好的，我先去忙了，再见。"

"嗯，再见。"叶平说。

医生走了，叶平径直走到叶永身边，轻轻碰了碰叶永的脸颊，叶永没有任何反应，仍然在熟睡着。叶平静静站了一会儿，离开病房。临走前他又回头看了叶永一眼，叶永直挺挺地躺在床上，胸脯顺着呼吸一起一伏。

原本他打算看完叶永就去买火车票的，现在他打消了这个念头。他答应会陪叶永，直到叶永再也不会睁开眼睛。这种想法乍一听有点吓人的感觉，可是叶平知道这一天可能近在眼前，大家都已经默认了这个事实。

所以，杨欣，我会晚点到，你应该不会怪我吧。

他隔三岔五地去看叶永，大多数情况下叶永都在沉睡，毕竟他的身体已经到崩溃的边缘了。有的时候他会摸摸叶永的额头，叶永在发烧，虽然说不上是高烧，可一直持续下去叶平也知道是什么结果。他会在叶永旁边静坐一两个小时，然后悄悄离去。久而久之，护士们都认识了他。"叶老师，你又来啦。"护士向他打了个招呼。他礼貌地微笑，然后举起食指放在嘴唇边，示意要安静。

有一次来的时候他看见了叶永的外婆。他站在门边，看见外婆跪在地上号啕大哭，枯瘦的手紧紧抓住医生的衣服："您一定要救救他，他要是死了我要怎么办哦……医生啊，求您发发慈悲，救救我们家小永吧……"医生尴尬地扶着外婆的肩膀，想要把外婆拉起来。"我们会尽力的，您放心，这是我们的职责，我们一定会尽力。您先起来吧，地上凉，要是小永知道你受凉了也不好。"医生语无伦次地说着。外婆坚持不起来，依然在号啕大哭。周围渐渐挤满了人，都在劝外婆起来，让她想开点，这个病会好的，一定会好的。叶平看了半晌，什么都没做就去了走廊的另一侧。他把头伸出窗外，双手握紧成拳。

按照以往的性格，这个时候他一定会上去帮忙劝外婆。可是现在叶平累了，真的累了，当他以一个旁观者的身份听着那些安慰的时候，他才发现那些安慰有多么无力。

不知过了多久，医生走了过来，站在和他并肩的位置。叶平看了医生一眼，医生的白大褂被撕开一条口子，可是他的表情却很平淡。"你都看见了。"医生轻声说。

"是的，我看见了。"叶平点点头。

"以后你要是有了孩子，千万别让他当医生。"医生从口袋里掏出一根烟，用眼神示意叶平。

叶平摇摇头："我不抽烟。"

医生笑笑："好男人啊。"然后就把烟叼在嘴里，手腕翻转，打火机握在手里。他点燃烟，深深吸了一口，头伸向外面，吐出一个完美的烟圈。

"听说医生都不抽烟。"叶平说。

"这句话应该是'医生大部分都不抽烟'。可惜我是小部分。"医生又吸了一口烟。

"这种事情发生得多吗？"叶平问。

"不算太多，几个月才有一次。只不过几个月一次人也受不了。"

"我能理解这种感觉，虽然我不是医生。"

"我现在特别后悔当时选择当医生。那个时候觉得医生就是白衣天使，可是直到当上了才发现根本就不是那么回事。"医生拍了拍叶平的肩膀，叹了口气，走了。

叶平又站了一会儿，然后走到叶永的病房。外婆跪在地上，紧紧握着叶永的手，她的肩膀一抽一抽的，哭泣声在空旷的病房里回响。他慢慢走向前去，握住了外婆的肩膀。外婆回头看了叶平一眼。"谢谢你，你是好人。"她充满感激地说完这句话，然后又立刻回过头凝视叶永的脸庞。

叶平缓缓弯下腰，帮外婆理顺了头发，又帮外婆擦去了眼泪。然后，悄悄离去。外婆没有再看叶平一眼。

他知道叶永还在熟睡，他昔日的活力和拼劲已经被病魔榨得一干二净。

他依然时不时地去看望他，虽然大多数情况下叶永都在沉睡。只有一次叶永是比较清醒的，可是他们寒暄片刻叶永的脸色就狰狞起来。他慌忙呼叫医生，一针麻醉剂下去叶永的神智又开始模糊。

终于，那天来了。那是天气很好的一天，阳光亮得刺眼。他刚上完课，去医院看叶永。可是当他推开病房门的时候，看见叶永正站在窗边，全身沐浴在阳光中。他刚想恭喜叶永身体好了点，却发现叶永的身体毫无预兆地倒了下来。他慌忙上前扶起叶永。可是叶永双眼紧闭，一动不动。他颤抖着试了试叶永的鼻息，然后立刻慌乱起来。

没有呼吸了。

他慌忙冲出病房。"救人啦，救人啦！"他大声呼喊道。医生护士们立刻意识到发生了什么事，全部跑了过来。他们迅速而又有条不紊地将叶永扶到病床上，然后推着床冲向急救室。擦肩而过的时候叶平注意到叶永的面容，他的表情如此安详，脸部充满了光泽，完全没有了几天前的颓唐之气。

他靠在走廊的栏杆上，眼睛直直地盯着天花板。他知道他们早已预料到的那一天终于来了。可是他还是没有做好准备。刚才他的脑袋空白一片，像是被什么洗过一样。

过了很久很久，急救室的门终于开了。一张床被推了出来，上面蒙了层白布，而白布下依稀可以看见一个人身体的轮廓。于是叶平知道，结束了，一切都结束了。

然后他看见叶永的外婆急匆匆地赶到。她一把抓住领头的医生，双手不停地颤抖。叶平叹了口气，转身准备离去，就在这时，身后爆发出响亮的哭声。叶平回过头，外婆瘫倒在地上，眼泪在脸上的沟壑间翻滚，双手用力捶地。

叶平没有再看下去，他离开医院，冰冷的风迎面扑来。他轻轻举起手，透过指缝看着太阳。

"冬天了呢。"他轻声说。

他就这么看完了一个孩子的一生，在短短几个月里。他知道叶永走的时候很幸福，至少不会像最近那样痛苦。叶永走的时候在想些什么呢？这个已经无从得知了。他曾经用力地想救叶永，可是最后他只能无能为力地看着叶永在泥潭里挣扎。

他突然好想杨欣。如果是现在的话，杨欣一定会满脸柔情地抚摸他吧。他停了下来，慢慢蹲下。

他觉得他该立刻行动了，谁也不知道下一秒会发生什么。

他辞去了他的教师职位。临走前方园找到他。

"老师，您要走了吗？"方园问。

"嗯，叶永走了，我也该走了，不过，我们的走不一样。"

方园笑笑："您一定要幸福，您是世界上最好的人。"

"为什么你们都喜欢说我是好人，其实我什么都没做啊，叶永最后还是离开了我们。"叶平突然想起了什么，"还有啊，想问一句，你真的喜欢叶永吗？"

"也许吧，其实这种事实在是说不清楚。您说呢？"方园挑了挑眉。

"真是调皮。"叶平使劲揉了揉方园的头。

去火车站的那一天父母都来送他了。他拖着大把大把的行李在前面走着，父母紧跟在后面。他们一路寒暄。终于，到检票口了，叶永回过头，笑了笑："我要走了。"

"你要好好的。"父亲说。

"如果在那边过得不如意，马上回来，千万不要勉强自己。还有，到了记得打电话给我们。"母亲说。

"好的，谢谢你们。"他笑着点头，转身走进入口，将票递给检票员。他慢慢向前走，推开门进入车站。

他再次回头，父母两人相互依偎着对他微笑。他轻轻一笑，招了招手，父母也向他招手。他转过身，然后他听见了门关上的声音。

人潮在前方流动。他静静地站着，无比清晰地听见了自己的呼吸声。

"再见了，永平。"他轻声说。